LÉA, L'ÉTÉ

ISBN 2 930657 83 7
murmuredessoirs.com

Stanislas Cotton

Léa, l'été

MURMURE DES SOIRS

Quand on est aimé, on ne doute de rien.
Quand on aime, on doute de tout.

COLETTE

Je me disais que pour la séduire, je devais la faire rire. Mais à chaque fois qu'elle riait, c'est moi qui tombais amoureux.

TOMMASO MARIA FERRARI

Premier mouvement

I

DES mouches gravitaient autour de la poubelle à côté de la porte, sous le panneau en quadrichromie représentant les planètes de notre système solaire, leur organisation, les orbites supérieures, les orbites inférieures, leurs différentes tailles et la distance les séparant de la terre. Combien d'heures avais-je consommé depuis que je fréquentais l'école, à m'extraire de la pesanteur des leçons en filant vers Mars ou Saturne ? Il en était de même ce jour-là, mais sans que j'en prenne conscience mon regard avait lentement glissé vers les mouches et ne les avait plus quittées. Je percevais, en dépit des quelques mètres qui nous séparaient, leurs irritants bourdonnements dans la torpeur qui engourdissait la classe, une ankylose née de cette chaleur précoce qui ponctuait cette fin de mois de juin de la première canicule de l'été naissant. Cependant qu'au second plan de mes perceptions auditives j'entendais l'exotique madame Pisciotta, notre maîtresse, nous donner cours de géographie, énonçant de sa voix épicée des vestiges d'un accent napolitain, la liste des différents affluents composant le bassin de l'Escaut, au premier plan les vrombissements obsédants avaient conquis toute mon attention. Les mouches et la poubelle m'hypnotisaient. Je me demandais quel contenu répugnant pouvait receler notre boîte à ordures pour les mettre dans cet état d'affolement électrique. J'imaginais que c'était un truc affreux – genre, le cadavre éventré du chat de la concierge, ou peut-être un doigt ou même une oreille humaine – gisant entre les rognures de crayons, les mouchoirs en papier usagés, les trognons de pommes et les pages de cahiers déchirées, morceaux de chair ensanglantés qui les rendaient raides foldingues. Si je me retournais, j'allais découvrir l'un ou l'une de mes camarades, mutilé, appuyant un mouchoir poisseux sur une horrible blessure. La fantaisie féroce qu'il pouvait s'agir aussi de la bite de cet enfoiré de Gabriel Maussin m'effleura ; appareil que j'aurais sans le moindre scrupule balancé dans la poubelle après le lui avoir arraché. Mais cette ambition soudaine d'entrer au panthéon des bourreaux allait bien au-delà de mes modestes dispositions athlétiques. Si ma taille et mon allure reflétaient une parfaite normalité pour un garçon de mon âge, celles de Maussin avaient tout de la difformité. Sa carrure était une anomalie et une petite voix pleine de bon sens me priait de décliner toute incitation à l'affronter. Je m'écrasais donc quand ce malintentionné balèze avait décidé de me piquer mon quatre-heures – c'est une image ; l'éventail de ses compétences nuisibles était large et surprenant. Durant l'année qui s'était écoulée, j'avais enduré à de nombreuses reprises les vicissitudes de son instinct barbare, et j'avais souvent imaginé la soudaine apparition d'un courageux chevalier, d'un Robin des Bois dépourvu de mes angoisses, qui surgirait d'une forêt de

Sherwood locale, lui ôterait son pantalon et lui battrait les fesses du plat de son épée vengeresse tandis qu'il – Maussin – nous régalerait avec des vagissements de nouveau-né. La méchanceté de Gabriel Maussin l'avait gratifié d'une cour de minables ilotes, dévoués, prêts à toute trahison pour peu qu'elle leur épargne d'être tourmentés. Mon potentiel de courage se situait lui aussi dans la normalité, mais il comptait suffisamment de ressources pour n'avoir jamais cédé et baissé les yeux devant le malabar stupide. J'étais conscient que cette fronde ne m'apportait aucune trêve, au contraire, mais une autre petite voix, différente de celle citée précédemment, tapait du poing sur la table en martelant qu'il n'était pas question que je m'incline devant le rustre. Lui tenir tête était ma seule arme. Trois petits pois dans la caboche n'ont rien d'un cerveau et je déplorais que ce danger public en soit dépourvu.

— Tournel !

Je me suis demandé un instant qui pouvait bien entrer dans ma rêverie sans frapper, puis j'ai vu la tête d'oiseau de madame Pisciotta pénétrer mon champ de vision, dérobant ainsi la poubelle et ses mouches à ma contemplation. Elle s'approchait, ses ailes de pie traînant par terre. J'ai entendu Manon – que l'on affublait du peu engageant sobriquet de *grosse Bertha* – et sa copine Cynthia – antithèse de sa complice, une espèce d'assemblage brut d'os sans une once de graisse – pouffer sur le banc d'à côté avec l'élégance qui les caractérisait.

— Êtes-vous bien avec nous, Tournel ?

Je suis revenu sur le champ, retrouvant l'atmosphère avec le coup de chaleur habituel. Je me suis demandé ce qui me valait ce brutal retour au réel. Pourquoi ce soudain coup de bec ? Je me suis dit que je ne lui avais rien fait. Jamais un pas de travers de toute l'année scolaire, jamais un mot plus haut, et des notes dans la moyenne ! Quelle perversité soudaine poussait la vieille pie à m'interpeller, à m'arracher à mes méditations contemplatives à quinze minutes de la fin des cours ?

— Que pouvez-vous nous dire de la Dendre[1], Melvil, mon garçon ?

Manon a persifflé en envoyant un « oh mais absolument rien, madame » qui a provoqué un gloussement général.

La quoi ?, ai-je failli m'exclamer tandis que le rouge me montait aux joues. Je n'avais pas la moindre idée de ce que pouvait être cette Dendre dont j'entendais prononcer le nom pour la première fois de ma vie. Et je me suis mis à imaginer la tête pointue de madame Pisciotta dans la poubelle. J'ai savouré quelques instants l'horrible spectacle… Bien sûr, ce n'était pas une solution d'envoyer la pie *ad patres*. Puis, l'idée me traversa l'esprit que c'était la mienne de cafetière qui offrait aux mouches un festin fastueux. J'ai pensé aussi que j'arrachais les yeux de l'hippopotame et que je forçais sa complice Cynthia à les avaler, peut-être avec de la crème Chantilly. Je me suis senti de très mauvaise humeur, pourquoi ce réveil brutal alors que j'étais en pleine élucubration, les vannes oniriques grandes ouvertes ?

Un frémissement a parcouru la classe. Une secousse, une onde électrique qui poussait hors de leur léthargie deux douzaines d'élèves assommés par la chaleur et le lénifiant monologue de leur professeur. La perspective d'une échauffourée, d'une prise de bec, d'un esclandre, enfonçait les commutateurs et rendait à la vie les automates qui me faisaient office de camarades. Maussin, au fond, près de la fenêtre me sou-

[1] Rivière de Belgique qui se jette dans l'Escaut à Termonde.

riait méchamment, et ce sourire, à cet instant-là, m'avertissait, j'en étais convaincu, de l'imminence d'un danger. J'étais certain, pour avoir connu des circonstances similaires, que les choses allaient mal tourner. J'ai dit :

— La Dendre ?

Et la classe entière de s'esclaffer... J'ai senti les petites pattes de madame Pisciotta s'attarder sur mon oreille, puis la saisir avec une vigueur que sa carrure d'oiseau ne laissait pas présager ; ses griffes me torturaient le lobe. J'ai poussé un cri de surprise aussitôt relayé par mes camarades dont les batteries soudain sollicitées délivraient toute leur énergie. Ça avait un peu le même effet qu'une saute de vent soudaine venue on ne sait pourquoi d'on ne sait où. L'horloge indiquait qu'il nous restait quelque temps à partager dans cet espace restreint où tout attestait qu'une tempête se levait. Un crayon a traversé la classe puis des boulettes de papier, puis une peau de banane, une tartine, et, d'où sortait-elle, une culotte de fille taille XXL. Madame Pisciotta a poussé un cri perçant en relâchant sa prise, me rendant par la même occasion mon oreille que j'ai frottée, une moue boudeuse posée sur les lèvres. J'ai vu Maussin se pencher et piquer une balle de tennis dans le cartable de Lambert, j'ai compris que le tir qu'il armait m'était destiné et je me suis aplati sur mon banc. La balle a rebondi sur le tableau, et par je ne sais quel mystère des lois physiques, de l'attraction terrestre, ou de quelque autre principe, s'est glissée juste sous la semelle du soulier de madame Pisciotta au moment où celle-ci partait furibarde dire deux mots au crétin lanceur de balle. Notre maîtresse jacasse a basculé en arrière et s'est retrouvée aussitôt les quatre fers en l'air, tandis que des cris de sioux hystériques remplissaient la classe. Puis les sioux se sont calmés, puis ils se sont tus. C'était étrange, madame Pisciotta était immobile, la jupe relevée, dévoilant des jambes maigres, une culotte rose ouvragée de dentelle et un petit ventre rond et très blanc. Elle ne bougeait pas. Un silence grave à peine installé, la porte de la classe s'est ouverte dans un grand fracas. Monsieur Lantier, notre directeur, a déboulé, rouge d'une colère inédite, prêt à en découdre avec les fauteurs de trouble. Il s'est arrêté net, pétrifié par le tableau qui s'offrait à lui. Les mouches avaient migré, elles tournaient maintenant autour de la tête de madame Pisciotta. Plus personne n'en menait large. J'ai murmuré, hypnotisé par le spectacle :

— Faut appeler une ambulance, m'sieur.

Monsieur Lantier, la tomate de son visage écarlate, a posé un genou par terre et remis maladroitement de l'ordre au tableau burlesque en rabaissant la jupe indisciplinée. Mon imagination se jouait de mon trouble, je vis un instant des os s'agiter sous la jupe et un crâne grimaçant rouler sur l'estrade, tandis que des mains décharnées secouaient des castagnettes. J'ai chassé la vision d'un geste. Les mains de monsieur Lantier tremblaient et il soufflait comme un bœuf, tout débordé qu'il était par la panique. Il a articulé un tremblant :

— Ne bougez pas !

Impossible de savoir s'il s'adressait à notre professeure inconsciente ou à sa classe tétanisée. Il est sorti en courant pour appeler les secours, nous laissant pantois devant le corps inanimé.

*

La tête posée dans un immobilisateur cervical, madame Pisciotta respirait. Son sang souillait le bord de l'estrade.

J'ai trouvé ça dégueulasse, une onde de nausée m'a secoué et j'ai détourné la tête l'estomac au bord des lèvres. Le sang en rêve, je m'en foutais. En vrai, ce n'était pas trop mon truc, enfin, celui des humains en vrai. Tailler d'un coup de hache l'encolure d'un poulet me laissait indifférent, tout comme éventrer un poisson pour le nettoyer.

La civière roulait dans le couloir, poussée par les ambulanciers au moment où la sonnerie annonçant la fin des cours a retenti. Monsieur Lantier avait du mal à suivre l'équipe médicale qui filait au pas de course. Une nuée de gamins et de gamines déboulant des classes s'est ruée dans la galerie offrant à la blessée une escorte inattendue. Détournant le regard de la tache de sang, j'ai rassemblé mes affaires en prenant mon temps. En passant, Maussin m'a frôlé et gratifié d'une mauvaise tape, m'écrasant l'angle aigu de ses phalanges repliées sur le crâne. Je l'ai fusillé du regard et je l'ai découpé en petits morceaux bien réguliers. Il a dû se douter du bien que je lui voulais. Il est sorti en gueulant :

— Tu es vraiment taré, Trouduc, tu fous la trouille !

J'ai attendu la fin du déluge, de cette cavalcade ponctuée de cris qui clôture indéfiniment les journées de classe. Tout s'est enfin tu. Le calme, le silence sont revenus. J'ai jeté un œil sur le calendrier qui pendait de travers à côté du tableau, une semaine, il restait une semaine avant que ne commencent les vacances, que je quitte cette classe et cette aile de l'école. En septembre, j'allais passer de l'autre côté, dans l'autre couloir, celui des grands.

*

J'ai traversé la Grand-Place pour prendre l'escalier plutôt

que la rue principale pour descendre à la rivière. J'ai abandonné mon cartable et mes sandales sous les arbres de la berge et j'ai glissé mes pieds dans l'eau. À cette saison, de nombreuses truites étaient suspendues dans le courant. Si la plupart du temps je tentais ma chance de pêcheur à la main, ce jour-là, ce n'étaient pas elles qui m'intéressaient, mais plutôt les galets de toutes tailles qui tapissaient le lit de la rivière. Depuis toujours, j'en avais un au fond de ma poche. C'était mon porte-bonheur. Ce matin, il sautait dans ma main, tandis que je rembobinais le fil du chemin qui me conduisait à l'école, quand Gabriel Maussin avait pointé le nez. Je ne savais pas d'où il sortait, je ne l'avais ni entendu ni vu venir. Il était là, à côté de moi, presque amical, il m'a même dit bonjour. J'aurais dû me douter qu'une anguille se cachait sous la roche, j'aurais dû me tenir sur mes gardes, mais j'ai un bon fond et la naïve croyance que les salauds peuvent changer – bon d'accord, j'ai aussi, par moments, des attitudes ou des comportements qui frisent la connerie, on le sait, nul n'est épargné. Je me suis donc dit : ça alors, Maussin a dû bien dormir, le voilà qui me traite en ami et enterre la hache de guerre. Mais je n'ai pas gardé cette pensée positive plus longtemps, cette espèce de crapule a saisi mon caillou – un petit galet noir, lissé et arrondi par l'écoulement patient des eaux – au moment où il s'élevait de ma main et il a détalé en me traitant de crétin des Alpes. J'ignore pourquoi il y aurait des crétins particulièrement dans les Alpes et je n'en viens pas, mais il m'a doublement blessé, à la fois en m'affublant de cette dénomination et en me volant l'ami qui dormait au fond de ma poche depuis l'automne dernier. Il est des gestes à l'allure anodine qui font aussi mal que les plus malveillants. Je l'ai regardé s'encourir, son rire bête résonnait dans la ruelle. Il a débouché sur la place avec un cri de triomphe, il l'a traversée, indifférent aux piétons qu'il importunait, et s'est arrêté près du mur qui la borde. Il a souri une fois de plus, de toutes ses dents, il a dit : regarde Ducon! Il s'est retourné et il a jeté mon caillou dans la rivière en contrebas. Je crois qu'il espérait une réaction violente de ma part, que sa carrure de brute endiguerait sans mal, mais loin de satisfaire ses appétits primaires, j'ai poursuivi ma route sans un regard, maudissant pourtant Gabriel Maussin, les dents serrées, refoulant les larmes qui se bousculaient dans mes yeux et j'ai franchi les épaules légèrement voûtées le portail de l'école.

*

Maintenant je m'activais, de l'eau jusqu'aux coudes. Mes mains couraient sur le fond, capturant l'un après l'autre les possibles candidats au baptême d'une amitié durable. J'étais exigeant, j'en voulais un joli, un rond, pas trop grand, pas trop lourd, il serait mon nouveau camarade, mon gri-gri, mon fétiche. Les postulants déboutés filaient dans le meilleur des cas en ricochets sur le fil de l'eau, les autres disparaissaient dans un plouf pitoyable. Je peux dire non sans une certaine fierté que j'étais habile au jeu des ricochets. La rivière, c'était mon domaine. Mon grand-père paternel avait acquis le moulin à aube et ses dépendances, situés en amont de la petite ville de Pont-sur-l'Ambrée, à la hauteur d'une retenue d'eau, j'y avais grandi. Désaffecté, mais en excellent état, ce moulin était ma maison. Il se dressait sur la rive, il me donnait l'impression d'un navire prêt à appareiller, initiateur imperturbable de mes plus profondes rêveries. Combien de fois ai-je espéré voir sortir du bois dans les brumes de l'hiver une compagnie de voyageurs égarés cherchant le gîte pour la nuit ? J'espérais découvrir dans les ombres du crépuscule les animaux fantastiques qui peuplaient mes lectures. Je m'éloignais volontiers jusqu'aux abords de Bois Vicomte, me préparant à voir surgir des taillis, la bande des Ayacks [1], j'étais prêt à la rejoindre et à semer le désordre en partageant les aventures de cette turbulente compagnie.

Quelquefois, les beaux jours venus, mon père ouvrait la vanne qui alimentait le bief et l'imposante roue basculait sur son axe entraînant la mécanique des engrenages et dans leur coffre la meule tournante sur la meule dormante. Toute la demeure se remplissait alors de la rumeur du moulin et je pouvais contempler le mouvement de sa roue pendant des heures. Parfois, madame Philippon, déléguée de la commune de Pont-sur-l'Ambrée pour tout ce qui concernait les questions de culture et de tourisme, débarquait sur rendez-vous, avec une quinzaine de touristes qui souhaitaient profiter de cette occasion unique de découvrir à l'œuvre un authentique moulin à aube en parfait état de fonctionnement. Mon père libérait alors la roue et versait un sac de grains dans la trémie, les meules accomplissaient leur travail, la farine brute glissait dans la bluterie qui séparait le son de la farine et le grain moulu rejoignait le sac qui l'abritait plus tôt. Mon père ouvrait une bouteille et trinquait avec les curieux toujours enchantés par la démonstration. J'adorais ces jours-là, parce qu'après, le calme revenu, dans la cuisine, ma mère pétrissait le pain. C'était un moment

[1] *La Bande des Ayacks*, célèbre roman de Jean-Louis Foncine qui a révolutionné la littérature pour la jeunesse. Collection « Signe de piste », 1938, de nombreuses fois réédité.

rare, et j'attendais impatiemment que la boule dorée sorte du four. J'aimais aussi quand maman s'asseyait au piano, cela arrivait plutôt le dimanche, mais de plus en plus rarement car, elle était, disait-elle, fatiguée, et puis, avec le temps, elle perdait la main.

Je poursuivais l'exploration du lit de la rivière. Je savais que ma tâche pouvait être longue, que peut-être ce ne serait pas le jour même que les eaux m'offriraient le galet escompté. Je croyais pourtant à la chance qui me rembourserait de la méchanceté gratuite de Maussin. Je me demandais par ailleurs s'il était possible que le sort lui règle son compte en paiement de son harcèlement. Le cours des planètes pouvait-il lui composer un détestable horoscope ? Pouvait-il trépasser, écrasé par un autobus en traversant la grand-route, ou assommé par la chute d'un pot de géranium tombé d'un rebord de fenêtre ? L'hypothèse de le voir mourir électrocuté dans son bain me plaisait également beaucoup, c'était assez ridicule de clamser de cette façon pour un grand gaillard comme lui. Tout était possible. Tout n'était qu'affaire de conjonction. Finalement, j'ai haussé les épaules. En fait, je m'en foutais. Je me foutais de Maussin. Maussin allait disparaître de ma vie durant des semaines. Je me sentais plus fort, je voulais que la vie me sourie, j'avais des rêves qui m'emmenaient au-delà des mers. Je connaissais de puissantes formules magiques. J'aimais les livres mais aussi les jeux électroniques. C'était l'été et deux mois de courses dans les prairies et les bois, de pêche dans la rivière, deux mois de soleil, deux mois de vacances et de bonheur absolu m'attendaient. Voilà ce qu'il pense le crétin des Alpes, je me suis dit. Et là, j'étais convaincu de l'imminente découverte d'un trésor. C'était chaud. Je m'appliquais. J'aimais mettre mes mains dans l'eau et remuer les pierres pour trouver la pépite, ma pépite. Je brûlais. J'ai encore gratté le fond durant plusieurs minutes puis mes doigts ont rencontré soudain un arrondi délicieux. J'ai refermé la main sur le caillou. Je suis resté immobile quelques instants contemplant les vagues minuscules que composait le courant. J'ai sorti ma main de l'eau les doigts serrés sur ma découverte. Puis je l'ai ouverte. Ma bouche s'est arrondie sur un *o* d'admiration. Mon cœur s'est mis à battre plus fort. J'ai souri de toutes mes dents. Je triomphais. Ma trouvaille avait tout d'une merveille reposant sur du sable gris dans le creux de ma paume. La courbure du galet blanc était presque parfaite. Il était légèrement bombé, deux fils d'or parallèles se dessinaient sur sa face et son revers, et le traversaient de part en part. Deux étoiles filant dans le firmament. Je l'ai rincé soigneusement. Je l'ai caressé. Je l'ai admiré. J'étais riche, plus riche que jamais. J'ai remercié la rivière et l'âme sautillante, j'ai regagné la rive.

*

La dernière semaine de cours s'écoula sans heurt. Monsieur Lantier conduisit son enquête sans parvenir à instruire le procès qu'il souhaitait intenter aux responsables de l'accident qui avait immobilisé madame Pisciotta sur un lit d'hôpital. Faute de coupable, il prononça un non-lieu et la faute fut mise, c'était bien commode, sur le dos des impondérables. Il prit soin de nous communiquer chaque matin le bulletin de santé de notre professeure et nous mimions avec conviction les marques d'un intérêt empreint de gravité. Pauvre madame Pisciotta, en bons pré-adolescents nous n'étions pas loin de nous préoccuper de son état autant que de nos premières culottes.

Monsieur Lantier nous fit la classe. Il s'avéra être un remplaçant poussif et maladroit. La chaleur était toujours accablante, et le maître et ses élèves bâillaient dans la touffeur. Les programmes scolaires étant accompli, l'ennui rendait interminables les heures que tentait de meubler monsieur Lantier en nous parlant, notamment, du Moyen Âge – période fétiche que cet ancien professeur d'histoire tenait pour la plus extraordinaire qui soit – ou nous racontant son expérience d'avoir achevé cette même dernière année de l'école primaire durant la guerre. Il parvint cependant à nous surprendre en nous dévoilant une étonnante aptitude à jouer la comédie lorsqu'il décida d'entreprendre devant une classe perplexe la lecture des *Fables* de La Fontaine. Ses interprétations de *la Cigale et la Fourmi* ainsi que de l'incontournable mésaventure du Corbeau floué par son ami le Renard resteront dans les annales.

Le vendredi, lorsque la cloche a ponctué la dernière journée, sonnant le glas qui annonçait la fin de l'année écoulée, l'habituel flot de jeunes pousses s'est répandu dans les couloirs avec un peu plus de cris, un peu plus d'excitation que de coutume. Une chanson aussi flottait dans l'air, qui jetait les cahiers au feu et les profs au milieu… Ainsi que j'aimais me l'accorder, j'ai pris mon temps. J'ai senti Maussin qui s'approchait dans mon dos. J'ai tourné vivement la tête et saisi sa main au moment où il allait me cogner le crâne. J'ai soutenu son regard. Il avait l'air surpris. Voyait-il dans mes yeux les couteaux qui le charcutaient ? Il a détourné les siens et il est sorti en hochant la tête :

— Pauvre taré de Trouduc.

J'ai murmuré :

— Deux mois sans croiser ta sale gueule…

J'avais paré le coup. Je savourais ma victoire. J'étais fier de moi. J'ai souri en serrant le galet au fond de ma poche et j'ai quitté la classe le cœur léger. Devant l'épicerie en face du portail de l'école, Manon et Cynthia s'envoyaient des glaces – le verbe manger était absent de leur vocabulaire. Leurs langues s'acharnaient sur leurs crèmes glacées à la fraise. Une coulée a souillé le menton de la grosse Bertha et déposé des gouttes roses sur son t-shirt, l'hippopotame a juré comme une charretière. J'étais fasciné par les deux énormes auréoles de transpiration sous ses aisselles, elle m'a demandé ce que j'avais à la regarder avec ma gueule de merlan. Elle a esquissé un pas vers moi. J'ai haussé les épaules et j'ai détalé. Je refermais une première tranche de ma vie, adieu l'école primaire, non sans orgueil, je pavanais, savourant mon admission dans les classes supérieures. J'allais fêter dans quelques jours mon douzième anniversaire.

2

LE matin du premier jour des vacances d'été, le soleil illuminait la rivière qui charriait à sa surface une multitude de diamants. J'ai traîné au lit n'ayant pas à m'extraire de l'asile douillet de mes draps et je me suis levé après le départ de mes parents, qui dans la ville voisine gratifiaient le nom de Tournel d'une certaine notoriété, concédée par leur compétence dans le négoce du vin. Une fourmi – d'où sortait-elle – flottait dans mon bol, j'ai tendu la main, la fourmi s'est collée au bout de mon doigt, je l'ai écrasée sur la toile cirée. Au bout du dérapage, parfaitement contrôlé de mon doigt, il ne restait rien de la fourmi. C'était évident, j'avais dispersé ses atomes dans l'atmosphère. J'ai respiré profondément, à tout hasard, peut-être ses particules se mélangeraient-elles aux miennes et vivrais-je ainsi une expérience de formicidé. Lecteur précoce, j'avais déjà lu *la Mouche*, la nouvelle de George Langelaan. Évidemment, respirer des atomes de fourmi n'avait pas grand-chose à voir avec un accident de téléportation, mais qui pouvait savoir… J'ai englouti mon bol de chocolat, ma tartine beurrée salé, puis je suis allé ouvrir la porte-fenêtre. J'ai aussitôt éprouvé la chaleur estivale dont les murs épais du vieil édifice me gardaient. La rivière coulant d'est en ouest, la porte-fenêtre du salon qui donnait sur une petite terrasse surplombant les eaux – aménagement tardif réalisé à la demande de mon grand-père – était orientée plein sud. L'onde sereine rutilait plongeant le pied des roseaux dans un scintillement éblouissant. Les oiseaux piaillaient ponctuant de leurs chants le murmure des eaux. Des canards pataugeaient dans la boue sur la berge opposée. Je me sentais possesseur d'une liberté nouvelle et infinie. Quelle sensation unique d'être un géant de douze ans. J'allais m'engager sur les chemins de campagne, m'éloigner du moulin aspiré par le désir de péripéties, parcourir ces sentiers qui soudain ne menaient plus nulle part, digérés par la végétation épaisse qui gardait l'entrée des pays légendaires, j'allais traverser le monde connu et chercher l'inexploré, craindre parfois la forêt plus noire et combattre mon bâton à la main les infâmes Gobelins. Mon esprit dérivait dans les cases d'un roman d'aventures que mon imagination débridée me dessinait. J'ai savouré cette rêverie puis je suis revenu sur terre. J'ai tourné la tête vers la retenue d'eau et à ma grande surprise, j'ai aperçu une fille debout sur le mur de la digue. Elle me tournait le dos et observait la rivière en amont, c'est du moins ce que je déduisis par son immobilité. Elle portait une robe jaune clair que la lumière éclatante rendait plus pâle encore, de longs cheveux blonds glissaient entre ses épaules dorées que les fines bretelles de la robe soulignaient. Sa chevelure bougeait, par moments soulevée par l'haleine tiède du zéphyr. Elle allait pieds nus et tenait une paire de sandales à la main. Il ne me semblait pas la connaître. Je ne bougeais pas, quelque chose en elle me captivait. Son allure, je crois, cette façon de se tenir, à la fois fragile et déterminée. Le temps était suspendu et, sans doute, offrais-je la vision d'une inertie un peu niaise. Le charme s'est brisé lorsqu'elle a pivoté vers la gauche et s'est dirigée vers la rive. J'ai démarré à contretemps et couru de l'autre côté du bâtiment en traversant le salon et la salle à manger à toute vitesse, je suis sorti en prenant soin de claquer la porte. Elle s'est immobilisée ainsi que je l'espérais. J'ai franchi les quelques pas qui me séparaient du barrage. Elle a tourné la tête vers moi :

— Salut !

Je tentais de masquer mon absence de souffle, celui-ci dévoré par ma course soudaine. Salut, j'ai dit.

— Tu habites là ? Au moulin ?

J'ai hoché la tête.

— Tu as de la chance.

Elle a atteint la rive. Il me semblait n'avoir jamais vu de cheveux de cette blondeur-là. D'où pouvait bien sortir cette fille que je n'avais jamais vue ? Moi qui quelques instants plus tôt rêvait d'équipées singulières au-delà des contrées familières, j'étais soudain confronté à la présence surprenante d'une inconnue tout droit sortie du monde des elfes. Son visage était fin et je vis quand elle fut près de moi que ses yeux étaient d'un bleu azur saisissant.

— Comment tu t'appelles ?

Elle m'a posé la question d'une voix claire à laquelle il n'était pas possible de résister. J'ai articulé sans gloire :

— Melvil.

— Bonjour Melvil, moi, c'est Léa.

Sa voix au timbre limpide affirmait qu'elle était bien

présente, apparition, sans doute, mais d'une indiscutable réalité. J'ai marmonné un bonjour au sens indéfinissable. Un j'y suis sans y être ou je n'y suis pas mais j'arrive… qui me consternait. Dans ma tête un petit bonhomme, en tous points pareil à votre serviteur, se démenait pour que je partage son enthousiasme devant cet être surprenant surgi d'on ne savait où, et que toute timidité dissoute, avec une assurance sans précédent, soudain habile dans l'art du bavardage, je l'entraîne sur le terrain de la pluie et du beau temps. Au contraire, j'avais tout d'une victime en plein stress post-traumatique, un bourdon désorienté, zonzonnant les fers en l'air, au sol après avoir subi la rencontre d'une vitre assassine. Elle s'est assise sur le mur de la digue. Elle avait sur le genou gauche une fine cicatrice révélée par sa blancheur sur sa peau dorée. D'un geste harmonieux elle a renvoyé ses cheveux derrière son épaule. Je cherchais des yeux où elle avait posé son arc, son épée, sa cape magique, son bouclier ou sa valise à sortilèges… N'avait-elle pas laissé son cheval dans le sous-bois ? Nom d'une pipe, peut-être voyageait-elle à dos de licorne ? Où diable se trouvait son insoupçonné Royaume ? J'ai tenté de me calmer, de remettre les pieds sur terre et un peu d'ordre dans mes idées ; elle ne pouvait pas sortir d'un roman elfique, bon sang ! Je n'avais qu'à lui demander d'où elle venait. Je ne l'avais jamais vue dans notre ville, était-elle nouvelle par chez nous ? Aimait-elle aussi les animaux ? Collectionnait-elle les pierres que l'on trouve au fond des rivières ? Aucun son ne sortait de ma bouche.

— Qu'est-ce qu'il y a ?

J'ai sursauté.

— Hein ?

Pourquoi la regardais-je avec cette insistance ?

— J'ai quelque chose ?

— Non, non...

Je me sentais bête à manger du foin – pardon pour les ânes. J'espérais qu'elle ne me pose plus de question et en même temps je n'attendais que cela.

Elle a déposé ses sandales sur le muret et a glissé ses pieds dans l'eau. Je ne savais pas si je devais l'imiter, m'asseoir et ficher les pattes idem à la baille ou rester sur la berge. Je suis resté sur la rive, les mains profondément enfoncées dans mes poches. Elle a regardé les alentours :

— C'est beau ici. Pour moi, tu sais, tu es chanceux.

Je me suis dit, un peu déçu quand même : bon, si elle pense que je suis verni, il y a peu de probabilités qu'elle ait surgi du pays des elfes ou d'une quelconque contrée magique, c'est une fille, point. Peut-être pas exactement d'ici, mais une fille. Il fallait néanmoins que j'en aie le cœur net. J'ai puisé des forces tout au fond de moi et après m'être gratté la gorge, j'ai imposé les mains et j'ai dit d'une voix grave que je ne me connaissais pas :

— Inconnue, jamais vue, si tu es là par magie, j'étouffe ta sorcellerie.

— Pardon ?

— Je vérifiais.

— Si j'étais une sorcière tu serais déjà transformé en grenouille, mon Prince.

— Ça va. Je suis obligé de les dire, les mots, sinon...

— Sinon ton petit monde s'effondre...

Bon, c'était une fille, normale. À peu près ; elle était agaçante.

— D'où tu sors ?

— Devine.

— Tu as l'air de...

Je ne savais absolument pas l'air de quoi.

— Je ne suis pas d'ici. Accordé !

Elle me regardait de son regard profond et lumineux. J'ai ramassé un caillou, je l'ai lancé et il a rebondi une dizaine de fois sur la surface des eaux avant de disparaître. Elle a souri. J'ai ramassé un autre caillou qui a ricoché et atteint l'autre côté de la retenue d'eau, dérangeant un faisan qui s'est envolé en glapissant. Léa, puisque c'était son prénom, a applaudi.

— Bravo !

Elle riait. Je n'en étais pas certain mais j'avais bien l'impression de rougir. Je me suis éloigné en feignant de chercher un autre caillou. Un poisson a sauté dans mon dos, au bruit j'ai parié avec moi-même que c'était une truite arc-en-ciel.

— Tu pêches ?

— Hein ?

— Tu pêches, ici ?

— Ben, oui...

— Et tu en attrapes ?

— Bien sûr.

— Il marche encore, ton moulin ?

— Sûr.

— Tes parents fabriquent de la farine ?

— Je t'ai dit qu'on habite ici.

Quel bavard, ce Melvil. Mais j'avais des excuses, elle avait pénétré sur mon territoire sans invitation et sans laissez-passer. Léa, donc, continuait à m'observer depuis son muret, battant doucement des pieds dans l'eau, avec une allure de princesse qui s'ennuie, pas trop, mais un petit peu quand même, et moi j'arpentais la rive rempli d'une indécision totale. Un paradoxe grandissait, je contestais cette invasion inattendue et en même temps, je ne voulais pas me retrouver soudain seul et abandonné. Je ne voulais pas qu'elle disparaisse tout-à-coup, chassée par mon air revêche voire même bourru par moments.

— Tu la connais bien, la rivière ?

Elle avait de ces questions. J'ai lancé un autre caillou.

— Hein, tu la connais ?

— C'est un peu comme si c'était mon jardin, la rivière.

— Tu me montreras ?

— Je te montrerai quoi ?

— Ben, ton jardin. Tu m'inviteras ?

Je restais planté sans comprendre.

— Une visite guidée. Tu m'emmèneras en visite ? Tu seras mon guide ?

— Maintenant ?

— Non, il est temps que je rentre. Ma grand-mère m'attend. Mais prenons rendez-vous.

Je me suis demandé sur quel genre de royaume régnait sa grand-mère et quel était son niveau de sorcellerie, j'ai failli lui poser la question, puis j'ai renoncé, craignant de me faire embobiner une fois de plus. J'ai articulé :

— Ta grand-mère habite en ville ?

— Oui, sur les hauteurs.

— Bon ben, demain alors ?

J'ai posé la question à tout hasard, convaincu qu'elle allait disparaître et ne plus jamais remettre les pieds dans mon trou. Au contraire, elle a souri :

— J'aimerais beaucoup. À quelle heure ?

Je ne savais pas moi. Je n'avais pas l'habitude de prendre des rendez-vous.

— Faut que tu viennes avec ton maillot de bain.

— Je serai là demain vers dix heures. Tu es d'accord ?

J'ai respiré et avalé ma salive.
— D'accord.

*

Une heure après cette improbable rencontre, j'étais convaincu d'avoir rêvé. J'avais dû m'assoir sur le muret, j'étais resté trop longtemps au soleil et j'avais été victime d'une hallucination. À force de lire des histoires fantastiques, mon cerveau m'offrait à voir ce qui peuplait mes rêves. Bon, tomber sur une princesse un peu mademoiselle je sais tout n'était pas précisément la principale de mes aspirations, mais c'était suffisamment inattendu pour éveiller mon intérêt. Après m'être baigné, je me suis installé dans la cuisine, dans la fraîcheur hospitalière du moulin. Je me suis concocté un déjeuner à base de tartines et de jambon, arrosé d'un grand verre de sirop de grenadine. Le goût de la grenadine m'est resté ; aujourd'hui encore, quand il m'arrive d'en boire l'effet est immédiat, je file instantanément retrouver mon enfance.

*

Le lendemain matin, comme je m'y attendais il n'y avait personne sur le mur. Voilà qui confirmait de façon claire le fait que j'avais été victime d'une illusion la veille, j'en fus soulagé mais un peu déçu aussi. Les elfes au pays des elfes, et les filles agaçantes au pays… qu'elles restent chez elles, point ! J'ai décidé de partir en promenade, de remonter sous le couvert des arbres le long de la rive gauche et de bifurquer du côté de la ferme Brassard pour monter vers Bois Vicomte. Un territoire secret, oublié des cartes d'état-major m'ouvrirait peut-être sa porte, je touchais du bois. Je suis sorti, l'esprit vaguant dans les pas d'Hermès aux pieds ailés, mesurant mes chances de mettre la main sur l'inattendu. Et l'inattendu était dans l'ombre que les arbres offraient à cette heure à la plage de galets.

— Salut!

J'ai sursauté. J'étais très heureux de ne pas avoir crié. J'aurais pu. Ce genre de stupeur peut m'arracher de la gorge des sons étonnants.

— C'est toi...

— C'est moi. Léa. Tu n'as pas oublié?

— Jamais. Qu'est-ce que tu crois...

Elle a tendu la main pour que je l'aide à se relever.

— Chouette. Alors qu'est-ce qu'on fait?

J'étais complètement perdu. Pris de court. Bon sang, d'où sortait-elle? C'est une magicienne, Melvil, prends garde à toi. Ne te laisse pas embobiner. Une bouffée de chaleur m'a envahi, je comptais sur l'ombre des arbres pour masquer le ton cramoisi qui s'était installé sur mon visage. Je me suis éloigné, l'air d'observer les alentours, puis j'ai indiqué la rivière, et j'ai dit :

— Bon, ben alors, c'est par là.

J'ai ôté mon tee-shirt et mon short. Je me suis tourné vers la rivière, j'ai couru et j'ai plongé. Elle a souri. Elle m'observait de son regard étrange, les mains sur les hanches. L'eau était fraîche. J'ai crié, un peu haletant :

— Ben alors, tu viens? Fais pas attendre le guide!

Elle a soulevé sa robe avec des gestes élégants. Elle l'a pliée et déposée sur ses sandales. Elle portait un maillot de bain assorti à la couleur de son vêtement. Elle était toute finesse et bon goût, mais j'ignorais tout de cela à l'époque. Elle a couru trois pas et plongé à son tour. Le geste était parfait. Elle semblait aussi à l'aise dans cet élément que sur la terre ferme. J'ai nagé vers l'amont, elle s'est glissée dans mon sillage. Nous avons parcouru une soixantaine de mètres jusqu'à ce que la profondeur réduite ne nous permette plus de nager. Je me suis relevé. Son crawl était harmonieux et puissant. J'ai pensé qu'elle était sympa d'être restée en arrière convaincu que si elle l'avait voulu, elle m'aurait laissé sur place sans que je puisse la suivre. Je me suis dit que tout était clair, j'avais affaire à un poisson et pas à une fille. Où avais-je été cherché cette idée d'elfe. Elle venait d'un royaume aquatique. Léa, me suis-je rappelé, s'est relevée, un sourire aux lèvres et même pas essoufflée. Je me suis souvenu que dans la mythologie, les sirènes, sous des apparences avantageuses, étaient des monstres carnassiers, impitoyables et sanguinaires… Je modifiais donc mon jugement, constatant que cette option ne tenait pas la route.

— Qu'est-ce qu'elle est bonne. Je vais revenir tous les jours.

— C'est vrai ?

Dans ma bouche, l'exclamation était naïvement joyeuse. Je m'en suis voulu. J'ai pointé le doigt derrière elle pour camoufler cet enthousiasme soudain en invoquant l'apparition d'un rat musqué, praticien expert d'une nage souple et ondoyante. Elle a hésité un instant infime, mais elle n'a pas bronché. Elle n'a pas jeté un regard en arrière.

— Et alors ?

— Il y en a, des rats musqués. L'eau, c'est leur domaine. Si je te le dis, c'est parce que je suis le guide, non ? On voit parfois des ragondins aussi.

— Des quoi ?

— Des ragondins. C'est la même chose, mais en plus gros.

Nous sommes repartis, à pied cette fois, vers l'amont. Il y avait quelques cailloux plus gros au milieu du courant, et un bouquet de roseau. Je lui ai montré les insectes qui s'y étaient posés. Il y avait, en plus de papillons et de quelques abeilles à la fête dans un bouquet de myosotis, des demoiselles et des libellules.

— La demoiselle est une sorte de libellule. Mais la demoiselle replie ses ailes sur son dos. La libellule, non. La libellule, elle les laisse étendues de part et d'autre de son corps comme si elle les séchait au soleil.

En y repensant aujourd'hui, je me taperais bien sur les doigts tant il me semble avoir dans mon souvenir le ton péremptoire d'un petit prétentieux tout à fait horripilant.

Un pic s'est mis à casser du bois, accompagnant les grillons et leurs violons, les cigales et leurs cymbales. À la hauteur du Gué du Loup, je l'ai invitée à bifurquer vers la rive pour lui montrer le Tambon, le ruisseau qui à cet endroit se jette dans la rivière. J'ai aperçu sur la berge, dans une tache de soleil, une couleuvre qui déroulait ses anneaux pour s'éclipser, sieste interrompue par ces importuns qui pataugeaient à deux pas. Je me suis immobilisé, j'ai saisi l'avant-bras de Léa et elle a buté doucement contre moi.

— Il est dangereux, ce serpent?

— Non, c'est une couleuvre. Il y en a beaucoup vu que jamais personne ne vient par ici. Ils aiment bien ça, les animaux, qu'il n'y ait personne.

— Qu'est-ce que tu as tu es tout blanc?

— Je... je n'aime pas les serpents.

Le chasseur de mystères, l'aventurier sans peur, glissait sur la peau de banane de ses aversions, s'étalant lamentablement dans la poussière au pied de son cheval ricanant. J'ai frissonné alors que le soleil commençait à taper vraiment fort.

— J'ai lu que ça s'appelle l'ophidiophobie, la peur des serpents. J'y peux rien, ça me donne froid dans le dos.

Je me suis rendu compte que je tenais toujours le bras de Léa, je l'ai lâché. J'avais la chair de poule.

— Tu vois les grenouilles ? La couleuvre, elle est là pour les grenouilles, tu comprends ?

— Et ça, c'est quoi ?

J'ai suivi son doigt qui indiquait une masse verdâtre dans la boue du bord d'eau.

— C'est le crâne d'une vache. Parfois, une vache disparaît, on la cherche et on ne met jamais la main sur elle. On ne sait pas… Puis un jour on la retrouve comme ça.

Nous avons quitté la rivière pour suivre le Tambon jusqu'à sa source située au pied des collines, tout au plus à quatre-cent mètres de leur confluence. La source était en quelque sorte domestiquée, on avait pratiqué une excavation pour constituer un bassin, un mur de pierres se dressait sur son bord, appuyé contre la pente. Au milieu de ce mur, sourdait l'eau, à l'extrémité d'un tuyau de fonte. La construction était ancienne.

— Quand mon grand-père avait mon âge, on disait qu'elle était magique cette eau.

— Elle est potable ?

— Une source magique, tu penses !

On s'est rafraîchi, on a bu de grandes gorgées.

— Et c'est quoi le secret de cette eau miraculeuse ?

— On la disait de sainte Odile et saint je-ne-sais-plus-qui… Qu'elle rendait leurs oreilles aux sourds et leurs yeux aux aveugles.

— On ne pourra pas vérifier si ça marche.

Je l'ai regardée sans comprendre…

— Je ne suis pas sourde, tu n'es pas aveugle ou l'inverse.

Au loin, les cloches de l'église ont sonné. Léa m'a demandé si c'était midi. On a suivi le ruisseau dans l'autre sens et retrouvé la rivière. On a pris sur la droite, le sentier sur la rive qui nous ramenait vers la retenue d'eau. Un renard est apparu au milieu du sentier, un lapereau coincé entre ses mâchoires, il nous a fixés un instant de ses yeux pétillants avant de s'éclipser dans les fourrés épais. J'ai pensé qu'il était culotté celui-là, voilà qu'il chassait en plein jour.

— Les renards n'ont plus peur de rien, on en voit parfois jusque dans les rues de la ville.

— C'est vrai, des renards… ?

J'ai couru devant Léa pour ramasser quelques galets. Je les ai divisés à parts égales et on s'est mis à les lancer. Elle ne me laisserait pas sans surprise. Elle faisait mieux que se défendre. Elle n'avait rien à envier au galopin maître ès ricochets que je me croyais être. Du coup, je l'admirais un peu plus, tout en regrettant qu'elle ne soit pas nulle à ce jeu, me laissant ma fierté de vainqueur et le privilège de goûter son enthousiasme pour mon talent.

— Il faut que je m'en aille, ma grand-mère m'attend.

— Ah.

Elle m'a tourné le dos et s'est éloignée d'un pas rapide. À la hauteur de la digue, elle a fait volte-face :

— Et merci, Melvil.

— Tu reviendras quand ? Cet après-midi ?

— Je ne peux pas.

— Demain matin ?

— Non. Demain après-midi, d'accord ?

— D'accord.

Elle est partie en courant, s'est dissoute dans les frondaisons. J'ai retrouvé plus tard l'éclat de sa robe lorsqu'elle traversait le pont pour rejoindre l'entrée de l'agglomération. Puis, elle a disparu.

Je suis resté là, à jeter distraitement des cailloux, la tête vide, ou plutôt les pensées lentes, tout entier plongé dans des interrogations et des émotions nouvelles que je ne comprenais pas.

3

Le soir, j'ai dressé la table et préparé sur la terrasse tout ce qui était indispensable au service de l'apéritif, sauf les glaçons – c'était évident – que je comptais apporter en dernière minute. Mes parents, ravis, m'ont demandé comment s'était déroulé ce deuxième jour de vacances. J'ai décidé de garder Léa pour moi seul. J'ai raconté le renard aperçu chassant en plein midi, la couleuvre se déroulant sur la rive, la source du Tambon jusqu'où j'étais monté et le plaisir de me baigner par cette chaleur. J'aurais pu ajouter qu'en fin d'après-midi, couché dans l'ombre des saules j'avais embarqué sur l'Hispaniola en compagnie de Jim Hawkins et que nous avions rencontré Long John Silver qui chantait dans sa cambuse *quinze marins sur le coffre du mort, Yo-ho-ho, et une bouteille de rhum*[1]. Ma mère a glissé à mon père qu'ils avaient de la chance d'avoir cet enfant

[1] Robert Louis Stevenson, *l'Île au trésor*, 1883.

qui ne s'ennuyait jamais – j'ai pensé qu'elle me connaissait mal. Mon père a sorti de sa poche un petit paquet avec un joli papier rouge et un ruban bleu dont les bouclettes étaient réunies sur un bord par le petit autocollant portant le nom du magasin : la Coutellerie des Ardennes. J'ai souri. Bon anniversaire, Melvil, ont-ils proclamé en chœur. J'étais surpris et heureux. J'ai lentement défait le nœud du ruban, j'ai ôté le papier. Dans une petite boîte en carton reposait un couteau suisse. Mon premier canif. J'ai embrassé mes parents puis entrepris d'examiner les différents accessoires figurant aux côtés des deux lames. Mon père a rempli son verre, ma mère s'est éloignée vers la cuisine en élevant la voix pour annoncer qu'il était nécessaire que je joue aussi avec des enfants de mon âge, âge où l'on ne dépensait pas l'été en solitaire, et que ce constat établi, je pouvais inviter qui je voulais et partager ainsi mes journées au moulin. Quoi de plus sympathique que de proposer des baignades et des jeux d'eau à ses amis. Et elle ajouta avec un brin de nostalgie que je soupçonnais un rien forcé, qu'elle en avait, elle, des souvenirs d'été entre la rivière et le moulin. Elle est revenue vers nous. Elle m'a dit encore, me prenant doucement le bras, qu'elle et mon père regrettaient d'être si peu présents, mais qu'ils n'avaient pas le choix. Les affaires étaient si exigeantes qu'elles dévoraient leurs journées. Je l'avais entendue soupirer parfois le soir, se plaignant de voir le temps filer aussi vite, mon père écartait alors les bras en signe d'impuissance, une moue fataliste sur les lèvres, puis passant un bras par-dessus ses épaules, il l'attirait contre lui et l'embrassait sur le front. Mon père était d'accord, il fallait que je voie du monde. Il a ajouté qu'il mangerait bien des truites grillées un de ces jours et m'a suggéré de mettre en œuvre mes talents de pêcheur ; il s'occuperait du feu.

— Tu as trouvé un nouveau galet?

J'avais déposé mon trésor sur la table à côté de mon assiette et j'avais oublié de le remettre en poche après avoir mis le couvert. À cet instant, j'étais totalement absorbé par les différents outils qui s'agençaient dans le manche de mon couteau.

— Oui. J'ai perdu l'autre...

— Le noir?

— Oui.

— Regardez-moi ça.

Mon père a soulevé le galet blanc aux fils d'or et a sifflé entre ses lèvres en l'observant dans la lumière.

— On a toujours dit qu'il y avait des filons aurifères dans la vallée, en voici la preuve par Melvil. Tu as eu de la chance sur ce coup-là. Il est superbe. Ne le perds pas.

J'ai haussé les épaules en me disant que c'était bien la dernière chose qui pouvait arriver à la merveille.

Ma mère est revenue de la cuisine avec un saladier au contenu généreusement fourni qui allait accompagner les magrets de canard séchés qu'un client réjoui leur avait offert. Elle a demandé à papa ce qu'il y avait de superbe. Et il lui a montré le galet en vantant mes qualités de chercheur d'or.

— Tu devrais profiter de tes vacances pour fouiller les alentours. Tu ne creuserais pas un peu, histoire de nous ramener quelques pépites?

Ils se sont extasiés les quinze secondes suivantes, maman m'a souri, puis, comme s'il était temps, tout est rentré dans l'ordre, exclamations admiratives et sourires rempochés, ils ont commencé à manger. J'ai enfoui le galet dans ma poche et j'ai reçu l'autorisation spéciale de manger avec mon couteau neuf.

Je sentais que mes parents essayaient d'être plaisants, gentils. Sans doute, une forme de culpabilité les rongeait-elle lorsqu'ils rentraient et se retrouvaient soudain en face de ce fils qu'ils voyaient si peu. Je regrettais qu'ils sur-jouent alors l'attention qu'ils me portaient, leur seule présence était pour moi synonyme de joie et de plaisir. Et puis, de toute façon, je ne souffrais pas d'isolement. Ils ne se doutaient pas de ce que signifiait pour moi la solitude. Ils ne savaient pas que cette liberté était pour leur fils le bien le plus précieux. Cependant, lorsque ma mère insista une fois de plus pour que j'invite des amis, pour leur plaire à mon tour, je m'agitais sur ma chaise pour exprimer ma joie et je tapais du genou dans le pied de la table, ce qui déséquilibra les verres et la bouteille de vin qu'un réflexe salutaire stabilisa in extremis sauvant du krach ce repas dont les actions étaient au beau fixe. Sous le coup de l'émotion j'enchaînais en promettant d'inviter mes meilleurs amis. Promesse qui me mit aussitôt aux prises avec une agitation mentale peu coutumière où je tentais de comptabiliser combien de mes condisciples pouvaient glisser de cette condition commune vers celle, plus avantageuse, d'ami, voire de meilleur ami. Je soupesais également mon envie réelle de partager mes journées avec des gamins de mon âge, hésitant fortement entre le désir de garder les apparitions futures de Léa dans le jardin de mes secrets et celui de ne plus me retrouver complètement seul avec elle. Quelques copains pour accompagner nos jeux et balades post-méridiens, c'était peut-être une bonne idée, je pourrais noyer mon admiration béate dans l'agitation du groupe. Je devais bien connaître des dilettantes suffisamment fantaisistes pour vouloir goûter l'aventure.

Après le repas, maman s'est assise au piano. Elle jouait

de moins en moins souvent mais ce soir-là, c'était mon anniversaire et cela valait bien quelques chansons.

Plus tard, capitaine à la barre de mon vaisseau d'équipées nocturnes, fendant les ombres crépusculaires, je fis sur les doigts de ma main le compte de mes futurs invités. Je ne perdis plus de temps en vaines tergiversations, point d'hésitation, les rares enfants de mon âge avec lesquelles j'échangeais parfois quelques mots ou quelques regards complices étaient au nombre de trois, il s'agissait de Lorient Decker, Philémon Joinville, que nous appelions Phil, et Luisa Moretti, que Maussin surnommait en ricanant, je cite, *du monde au balcon*, formule qui m'échappait, mais dont j'appris la signification plus tard. La raison qui valait cette appellation à Luisa était une évidente puberté précoce qui la dotait de seins généreux pour son âge, caractéristique qui ne m'avait pas encore ému à l'époque.

J'envoyais le lendemain matin quelques signaux de fumée ciblés afin de rameuter les sioux en début d'après-midi, annonçant baignades, pêche et goûter en prime, dans la fraîcheur de la salle de meunerie. Lorient fut le premier à m'annoncer sa venue. Il trouvait mon invitation absolument, absolument… il me le dirait plus tard, les mots ne lui venant pas dans l'instant. Phil promis de débarquer un peu en retard mais avec une surprise, et Luisa ne répondit rien, sans que cela ne m'inquiète, Luisa ne répondait jamais aux invitations mais pointait toujours le nez lorsqu'on la sollicitait. Me restait ensuite à enfiler les minutes de cette matinée sur le collier du temps. Je ne savais pas trop quoi entreprendre. Je décidais finalement de me rendre en ville car c'était le jour du marché et l'animation qui s'emparait à cette occasion de la Grand-Place était plaisante. Ma curiosité s'accommodait fort bien des étals regorgeant de trésors, notamment celui du quincaillier qui me fascinait par la singularité de sa devanture offrant aux curieux un éventail de modèles de couteaux qui séduisait le plus exigeant des amateurs. Ensuite il y avait les marteaux, les pinces diverses, les tournevis de toutes tailles, les charnières, les boulons et leurs écrous, les vis, les clous – l'assortiment se déployant des petits bouts de fer carrés et pointus du tapissier jusqu'aux longues pointes de charpentier. Puis venaient les poignées de portes, les serrures, les garnitures de serrures, puis les brosses, les pinceaux, les rouleaux, et j'en passe, bref tout un attirail qui chatouillait l'imagination, transformant les plus timides et les plus indécis en bricoleurs chevronnés. Tout ceci au côté de passoires, de passe-vite, de grilles de tous les modèles, d'ustensiles de toutes sortes et toutes tailles, de verres, d'assiettes et de casseroles, de goupillons, de balayettes, de balais, de frottoirs, de seaux de différents gabarits, de plumeaux, de ramassoires et autres ramasse-poussière. Je ne cite pas ici la quantité d'objets mystérieux dont j'ignorais le nom et l'usage. Certains, aujourd'hui, me sont toujours inconnus. Dans un autre registre, le long comptoir frigorifique du poissonnier attirait également toute mon attention, j'observais de longues minutes et selon les saisons, les turbots, les soles, les maquereaux, les bars, les dorades, les merlans, les harengs, les lottes, les crevettes grises et les crevettes géantes, les calamars, les anneaux de calamars, les encornets et les poulpes, les huitres, les moules, les coquillages… J'éprouvais une fascination pour la lotte et sa gueule monstrueuse qui ne pouvait qu'appartenir à un monde abyssal épouvantable. Parfois un espadon, une paire de saumons ou un thon trônaient au milieu de l'étalage, reposant pour mon plus grand plaisir sur une colline de glace. La plupart du temps, le poissonnier, qui me reconnaissait, m'accordait quelques minutes d'observation, puis d'une injonction qui ne souffrait aucune protestation, il m'imposait d'aller voir ailleurs si par hasard il y était, en m'offrant le plus souriant des clins d'œil. Je le saluais et m'éloignais sans discussion quittant cette faune pélagique qui m'était quasiment inconnue. Je n'avais vu, à cette époque, que deux ou trois fois la mer, lorsque mes parents, sur un soudain coup de tête, décidaient d'y faire un saut le temps d'un week-end. Et question faune, ma mère n'ayant jamais le temps, je n'ai jamais vu ces poissons de mer que sous l'aspect modélisé et uniforme de filets. J'étais un petit gars des campagnes, des bois et des rivières, je ne grandissais pas du sable entre les orteils, une marinière sur les épaules et la barre d'un petit dériveur entre les mains. J'ai appris plus tard, bien heureusement, qui étaient les gens de la mer, les pêcheurs, les marins, les navigateurs, les voyageurs au long cours, rendant à ceux-ci le respect que je leur devais, moi qui ai cru longtemps que l'océan était la chasse gardée de ces jeunes gens bien élevés qui se baladaient en pulls marin, cabans et docksides, que je fréquentais parfois avec ennui durant mes courtes études. Entre les champs, les prairies et la forêt, j'étais mi-cul-terreux mi-bûcheron, un peu coureur de collines, et je ne savais pas que cette empreinte-là me collerait à la peau toute ma vie.

J'ai traversé le pont, en jetant des coups d'œil en aval, puis en amont vers le moulin et la retenue d'eau. J'ai évité la rue principale et son trafic de fin de matinée, j'ai pris comme souvent l'escalier qui montait le long du contrefort et débouchait sur la Grand-Place. J'aimais l'odeur des plantes chauffées par le soleil, l'odeur de la menthe et du thym me ravissaient. Sautant la dernière marche, je me retrouvais derrière le camion du traiteur italien, son nom s'étalait en lettres multicolores, Benedetto Benedetti – salumeria, gastronomia. Je l'entendais appâter les badauds de sa voix chantante qui vantait à cet instant l'incomparable saveur d'un jambon de San Daniele vieilli dans la fraîcheur des caves coopératives centenaires. Une queue s'étirait la plupart du temps devant son étal car il y avait foule au marché. C'était le rendez-vous incontournable de la semaine pour les habitants de ma petite ville, ils se rassemblaient aux terrasses des cafés pour céder complaisamment – les beaux jours venus – au plaisir d'un apéritif au soleil une fois leurs emplettes accomplies. De bonnes odeurs de pain flottaient dans l'air, de fruits aussi, de fleurs, de légumes, certains d'entre eux, comme le fenouil ou les tomates bien mûres dégageaient des parfums qui me montaient à la tête. Je vaguais, doucement heureux de l'agitation qui m'entourait, observateur désintéressé des étalages quand, au détour d'une allée, ce que j'aperçus me pétrifia. D'un instant à l'autre, un poids s'est déposé sur ma poitrine, entravant ma respiration. Il me semblait que l'entièreté de mon monde, tout ce qui se tenait d'équerre dans mon quotidien, ma ville, les gens, la rivière, le moulin, l'école, l'été, toute cette belle organisation se disloquait et s'écoulait, triste mélasse, sans que j'y puisse rien, vers le caniveau qui allait tout engloutir. Au milieu de l'allée qui s'étirait devant moi, Gabriel Maussin, un panier à la main marchait aux côtés de Léa. L'elfe, la sirène ou je ne savais plus qui, accompagnait une dame qui lui tenait le bras. Je retournais dans ma tête diverses hypothèses sans qu'aucune ne me satisfasse. Il était clair que Léa m'appartenait et qu'il était hors de question que quiconque passa du temps en sa compagnie sans que j'en sois tout au moins informé. Le choc m'a plongé dans une hébétude qui, la première émotion passée, se transformait petit à petit en colère, j'ai pris l'allée parallèle à toute vitesse, surveillant, le souffle court, leur progression dans les espaces entre les éventaires des commerçants. J'ai lentement contourné le bout de l'allée pour emprunter celle qui les rapprochait de moi. J'ai fait quelques pas encore et je me suis retrouvé pratiquement nez à nez avec Maussin. Je ne sais pas s'il l'a jouée, mais sa surprise était à la hauteur de mes espérances, il a poussé un petit cri aigu et s'est arrêté net. J'ai dit un truc du genre salut Gabriel, ça roule? Il me regardait avec des yeux ronds, pas certain de voir ce qu'il voyait. Il a tendu la main vers ma poitrine et m'a repoussé en arrière, apparemment incapable du moindre bonjour. J'ai senti qu'il allait devenir méchant, mais à cet instant-là, Léa a souri en poussant un oh de surprise, puis, mais c'est toi, Melvil, elle s'est approchée et a posé un baiser sur ma joue. À l'intérieur de moi-même, je me liquéfiais de bonheur, mais je n'en laissais rien paraître. Gabriel Maussin était paralysé, quelque chose lui échappait. Son œil allait de Léa à moi puis de moi à Léa. La dame au bras de Léa m'a regardé en me lançant un bonjour jeune homme auquel j'ai répondu par un bonjour madame un peu rauque. Léa s'est tournée à nouveau vers moi :

— Melvil, tu connais Gabriel? Vous êtes dans la même classe, n'est-ce pas?

Pris au dépourvu, nous avons grommelé lamentablement dans nos barbes, c'est évidemment une image, à peine pouvions-nous nous targuer de l'apparition de trois poils timides à l'endroit de nos moustaches, mes mains résistaient au code social qui voulait qu'on se salue, je les enfonçai profondément dans mes poches, tripotant dans l'une le galet, dans l'autre mon couteau suisse, tandis que celles de

Maussin s'accrochaient au panier – je le sus deux secondes plus tard – de la grand-mère de Léa.

— Gabriel est notre voisin, il a eu la gentillesse de nous accompagner grand-mère et moi pour porter notre panier pendant que nous faisions nos courses.

— Trop fort. Gabriel, c'est le top…

Je balbutiais. Un sursaut d'énergie m'a permis d'articuler avec un peu plus d'assurance :

— C'est vrai, Gabriel est un garçon serviable et un grand ami… Il est tellement costaud, ce serait dommage de ne pas en profiter.

Maussin est devenu tout rouge. Je me suis dit que c'était peut-être de colère. En tout cas, dans la situation où nous nous trouvions, je sentais que j'avais tous les pouvoirs et je jubilais, j'ai ajouté :

— Rien à dire, Gabriel, c'est super de filer un coup de main, tu es le meilleur !

Je me suis tourné vers Léa et sa grand-mère.

— Aider est son maître mot ! Quel chic type !

Gabriel m'a jeté un regard noir dans lequel je me suis vu recevoir plusieurs paires de claques. J'ai souri. J'ai salué la grand-mère de Léa en lui suggérant de poursuivre ses commissions puisqu'elle pouvait profiter des services d'un porteur hautement qualifié. J'ai regardé Léa droit dans les yeux, j'ai dit à cet après-midi alors. Elle m'a répondu oui bien sûr, à tout à l'heure. Gabriel Maussin était définitivement perdu, le panier pendant au bout de ses deux bras, il contemplait la scène comme catapulté d'on ne sait où en un temps et un lieu où évoluaient des personnages de lui inconnus. Il avait un air particulièrement niais qui me réjouissait.

Salut Gabriel, à tout à l'heure Léa, au revoir madame,

j'ai dit. J'ai tourné les talons et poursuivi ma route du pas décidé de celui qui sait où il va, le cœur battant pourtant à tout rompre dans ma poitrine, shooté à l'adrénaline, à la fois fier de moi et terrifié à l'idée que j'allais me retrouver à un moment ou un autre seul en face de Gabriel Maussin. J'ai entendu la grand-mère de Léa lui dire qu'il était bien charmant ce petit jeune homme, puis les clochettes du rire de Léa ont résonné. J'avançais sans me retourner. Je craignais à juste titre une terrible vengeance pour cette humiliation publique. Je m'imaginais titubant dans l'allée les mains pressées sur mon ventre percé de plusieurs coups de couteau, renversant les tables des commerçants et m'effondrant plus loin, en plein soleil, dans une mare de sang, le nez dans le ciel bleu. J'imaginais Léa accourant, posant ma tête sur ses genoux et prononçant indéfiniment mon prénom en me caressant les cheveux, tandis que Maussin léchait la lame ensanglantée de son couteau un sourire dément imprimé sur son visage. Une autre hypothèse qui me fichait une trouille bleue me voyait surpris le long du sentier qui longe la rivière. Maussin me sautait dessus, il me plaquait violemment au sol, s'asseyait sur ma poitrine et loin des regards, il m'étranglait sans que j'y puisse rien et balançait mon corps inanimé à la baille dont le courant placide m'emportait loin, très loin, peut-être jusqu'à la mer où je disparaissais pour toujours, dévoré par les poissons sans que personne n'en sache jamais rien.

Je pouvais bien avoir la trouille, mais je pouvais aussi être heureux : j'avais été à la hauteur. J'avais pris Gabriel Maussin par surprise et je l'avais terrassé. Dans l'heure je voulais goûter ce plaisir et me repasser en boucle le rire joyeux de Léa.

Je suis rentré en longeant la rive droite, évitant le pont,

car Maussin, son service rendu, pouvait très bien décider de mettre sa vengeance à exécution et tenter de m'intercepter avant mon retour sur mon territoire. De ce côté, il n'y avait pas de chemin, la plupart des terrains à traverser étaient des prés où paissaient des vaches et plus loin des brebis et des chèvres. Il y avait aussi une centaine de mètres de taillis touffus au bas d'une prairie qui constituaient l'obstacle le plus difficile à franchir avant que j'atteigne le mur du barrage de l'autre côté duquel, se dressait le moulin. Les vaches m'ont regardé d'un œil curieux, quelques-unes se sont approchées, je leur ai lancé un oh-oh en observant leur troupeau à la recherche de Claudius Maximus, le taureau, mais je me suis souvenu qu'à cette saison il était isolé dans un autre pré où il engraissait en vue du prochain concours. J'avoue être parfois passé derrière la clôture en hurlant hé Claudius sac à puce Maximus le gugusse, tapant du pied pour le faire enrager. Sans, je l'avoue également, ne jamais modifier une once de son humeur. Le monstre me fixait imperturbable, ruminant son herbe, s'interrogeant semblait-il sur les intentions du microbe qui s'égosillait derrière la clôture électrifiée. Je m'attaquais aux taillis, le bon sens aurait voulu que je fasse le détour par la prairie, mais je préférais, bien sûr, les défis et j'entrepris la traversée sauvage. *Quinze hommes sur le coffre du mort, yo-ho-ho, et une bouteille de rhum*, peut-être étais-je sur l'île… À force de passages répétés, j'avais des repères et peu à peu, tel un animal, mon sillage traçait sa coulée au milieu des buissons et des arbustes. Durant ces moments-là, cet espace clos de moins d'un hectare devenait mon île des Caraïbes, ma forêt, mes tropiques, je suivais la piste des éléphants, j'allais découvrir un temple enfoui dans la jungle épaisse, j'étais en pleine nature transitant dans des territoires connus de moi seul, aventurier solitaire que rien n'arrêtait. Les odeurs des arbres, des plantes, des fleurs des marécages, de la terre, de la boue m'enivraient. Je m'arrêtais à un endroit où dans une cuvette boueuse sourdait l'eau d'une source qui s'écoulait sur quelques mètres et se jetait à peine née dans la rivière. Aux premiers beaux jours, franchissant ce luxuriant bosquet, ce breuil touffu, j'avais arrêté ma course dans ce bout du monde marécageux, je m'étais déshabillé et, sanglier roulant dans la fange, je m'étais couvert de boue de la tête aux pieds, puis allongé dans la broussaille je m'étais laissé sécher au soleil. La terre avait commencé à se craqueler et à piquer ma peau. J'avais sauté dans la rivière pour me décrasser. Une fois rhabillé, j'étais certain d'avoir scellé un pacte avec ce micro-territoire, je lui appartenais comme il m'appartenait, nous n'avions plus de secret l'un pour l'autre, j'étais pour toujours fils de cette jungle, monarque déclaré de ses sujets, salué à son passage par les chants des oiseaux. Arrivé au mur du barrage, j'ai tout de même jeté un œil en direction du moulin, la prudence restait de mise. Un caillou a soudain ricoché sur l'eau pour échouer dans l'herbe à deux pas. Je me suis jeté à terre cherchant un signe de vie sur l'autre rive. J'ai soupiré de soulagement, en découvrant sur la plage de galets, la longiligne silhouette de Lorient qui sans le moindre doute s'entraînait, certain de me défier plus tard dans l'après-midi. Je mc suis redressé et j'ai sauté sur le mur.

4

J'AI offert des tartines et une omelette aux lardons à Lorient, déguerpi de chez lui après s'être une nouvelle fois solidement disputé avec sa grande sœur. Il a prononcé le mot *lubrique*. Tu comprends, elle est complètement lubrique ! J'ai dit comment tu dis ? Il m'a regardé sans saisir ma question, puis a secoué sa tête chevelue, en levant les bras au ciel, c'est une obsédée, tu vois, elle ne pense qu'à ça, elle voulait me compromettre en m'obligeant à soutenir un mensonge énorme devant mes parents, pour pouvoir filer ce soir, ni vue ni connue, dans les bras de je ne sais qui, ça change tout le temps ! Ma lanterne n'était pas beaucoup plus éclairée, Lorient connaissait quantité de chose que j'ignorais – sans doute cette grande sœur y était-elle pour beaucoup et c'était un avantage certain sur mon statut de fils unique -, il était particulièrement fort en vocabulaire et collectionnait d'excellentes notes en composition, matière où nous nous distinguions tous les deux. Je répondis, ah oui, d'accord, histoire d'assurer, et enfournai de grandes bouchées d'omelette pour clore la discussion.

Après avoir mangé, on s'est assis sur le mur pour y attendre les autres. Lorient m'a parlé du livre qu'il lisait. Il l'avait piqué dans la bibliothèque de ses parents parce que ceux-ci affirmaient qu'il était trop jeune pour le lire, argument qui avait eu pour effet d'exacerber sa curiosité et donc décidé du larcin. C'était une histoire d'amour tortueuse avec des promesses et des trahisons et une dose suffisante de malchance et de coups du sort pour que les tourtereaux loupent pendant des années le coche de leur amour et que sourdent à l'œil du lecteur les larmes vibrantes de la compassion. Je ne comprenais pas bien pourquoi il lisait des histoires d'amour compliquées et finalement un peu barbantes alors que les romans d'aventures nous emportaient sans la moindre larme dans des pérégrinations palpitantes.

— C'est à cause de ma sœur, tu comprends? Je veux savoir pourquoi elle est à ce point tarée. Je te jure qu'elle est vraiment dingue, elle ferait n'importe quoi pour se jeter dans la gueule du loup!

Je ne déchiffrais pas bien de quelle gueule du loup il s'agissait – ma naïveté sincère m'aveuglait – et je ne voyais pas pourquoi, Coline Decker, dix-sept ans bien comptés, voulait s'y jeter. Un *yop, les gars!* qui venait du chemin nous a sortis de notre conciliabule. Phil nous a rejoints en brandissant devant lui une petite bouteille portant un nom barbare et remplie d'un liquide inconnu.

— Surprise, les gars!

C'était bien Phil et son improbable dégaine de basketteur. Il était fan de NBA et portait la plupart du temps le maillot de son équipe favorite dont le nom m'échappe aujourd'hui. Mes copains avaient vraiment une touche peu commune. Ça me plaisait, en fait. Et je me demandais ce que les autres voyaient en moi.

— Qu'est-ce que c'est, d'après vous ?

On était là, sur le mur, attendant qu'il nous éclaire. L'autre passait sa bouteille devant nos yeux en chantonnant un air qui devait signifier un suspense dramatique et captivant. Lorient et moi nous grattions la tête, incapables de résoudre l'énigme, quand, venant de derrière, Phil qui nous bouchait la vue, une voix a dit :

— C'est du soda, non, ton truc ?

Phil s'est retourné, nous découvrant Léa au bout du mur. J'ai tressailli. Mon cœur a sauté dans ma poitrine et s'est mis à battre douloureusement en même temps que des gouttes de sueurs, glacées malgré la chaleur du début d'après-midi, perlaient sur mon front et le long de mon échine. Derrière Léa il y avait l'être au monde que j'avais le moins envie de voir, Gabriel Maussin. Lorient m'a soufflé à l'oreille : « Ça va, Melvil ? Tu n'as pas l'air bien. » Je me suis redressé, puis relevé, prêt à filer le long du mur et à disparaître dans les fourrés épais de mon île au trésor, l'unique issue m'offrant la possibilité de fuir. Je me suis raclé la gorge :

— Salut, Léa. Voici Lorient, et lui avec le truc dans la bouteille, c'est Philémon, pour nous c'est Phil. Donc, les gars, je vous présente Léa. Et puis – j'ai avalé ma salive – et Maussin… Gabriel, que vous connaissez.

Gabriel souriait d'un air extrêmement satisfait. Je n'avais qu'une idée en tête, c'était que les choses allaient certainement mal tourner. Phil a bondi sur ses pieds, repoussant ainsi à plus tard l'échéance calamiteuse que je pronostiquais :

— Presque gagné Léa ! Salut !

— Salut, Phil !

— En fait, c'est du soda, mais pas n'importe lequel. C'est du Saïany, ça vient de Sibérie !

Phil tenait sa bouteille au bout de son bras, fier de nous impressionner avec sa trouvaille exotique. C'était facile pour lui, sa mère voyageait un peu partout pour son boulot et lui rapportait toujours des curiosités qu'il nous mettait sous le nez dans la cour de récréation, l'éventail de ce qu'il soumettait au verdict de nos papilles couvrait en grande partie le monde entier, de la viande séchée d'Afrique de l'Ouest ou de rennes de Finlande au chocolat du Kirghizistan en passant par des sauterelles asiatiques, des galettes de maïs d'Amérique latine ou des calamars dans leur encre, serrés dans leur boîte, tout droit venus du Portugal. Il a regardé tout le monde avec un air mystérieux :

— Vous voulez goûter ?

Oui a lancé Luisa qui venait d'arriver et observait la scène sur la pointe des pieds derrière le monolithe Maussin qui lui barrait l'accès au mur. Philémon a sorti un décapsuleur de sa poche – il pensait toujours à tout, histoire de ne pas rater ses effets – la capsule a sauté laissant échapper un pschitt prometteur. Il s'est tourné vers Léa :

— À toi, l'honneur !

Léa s'est emparée de la bouteille, l'a portée à ses lèvres et a bu une petite gorgée. Elle a claqué la langue avec satisfaction :

— Pas mal !

Elle s'est tournée vers Gabriel qui a pris la bouteille et a avalé un peu du liquide en faisant la grimace :

— Tout ce que je peux dire, c'est que ça ne vient pas d'ici et que ça se goûte.

La bouteille est passée chez Luisa puis est revenue vers Lorient, mais à cet instant précis, Gabriel a tendu la main comme s'il voulait attraper une mouche ou un insecte, il a bousculé la bouteille au moment où elle passait de la main de Luisa à celle de Lorient, elle a rebondi sur le mur et basculé dans l'eau. Oh, merde, a dit Gabriel, pardon, c'est à cause de la mouche. Je... J'attrape les mouches. Léa l'a regardé contrariée :

— C'est malin ! Ma grand-mère a raison, tu es vraiment maladroit, Gabriel.

Je ne reconnaissais pas Maussin la terreur, il se tenait là, les bras ballants, la tête basse, il a marmonné quelque chose que je n'ai pas compris mais qui ressemblait à une espèce d'excuse-moi. Je n'en revenais pas. J'avais l'impression que Léa le tenait entre ses doigts. N'était-ce pas elle, son aura, qui anesthésiait la brute enfouie sous la peau de Gabriel Maussin et le métamorphosait en gamin docile ? La question m'amusait un peu et m'agaçait beaucoup. Gabriel a fait un signe de la main à Phil :

— Hum, pardon vieux, désolé, c'est à cause de la mouche.

Gabriel demandait pardon... L'événement était tellement remarquable que Lorient et Phil le regardait idem sans bien comprendre ce qui lui arrivait. Toujours coincée derrière le balèze, Luisa fronçait les sourcils et nous montrait les paumes de ses mains pour exprimer qu'elle n'entendait rien. Il y avait un drôle de malaise dans l'air et c'est à ce moment-là que Léa a sauvé tout le monde de l'envasement dans les marais de l'indécision.

— Eh bien, baignons-nous, puisqu'il fait si chaud !

L'embarras s'est décomposé subitement, glissant à nos pieds qui l'ont piétiné sans remords en courant d'un même élan vers la plage. Les exclamations joyeuses ont balayé les questions et rétabli l'anarchie habituelle qui régissait les déplacements d'un groupe d'enfants libres de profiter au maximum d'une occupation à cet instant, et sans nul doute, favorite. Les shorts, tee-shirts, jupes ou robes se sont envolés, les sandales, les tennis et leurs chaussettes – au risque de rester célibataires – se sont éparpillées sur le tapis de cailloux et des gerbes se sont élevées dans l'air brûlant quand la bande s'est jetée à la rivière, chacun et chacune entamant une nage frénétique dans cette eau rendue glacée par l'écart de température. Je tentais de suivre Léa qui filait vers l'amont de sa nage fluide et puissante quand j'ai senti une main me saisir un pied. Je me suis littéralement arrêté entre les deux rives, Lorient et Phil nageaient le long de la rive droite et Luisa un peu à la traîne longeait tranquillement la rive gauche. La main a soudain libéré mon pied et j'allais repartir soulagé quand une créature énorme a surgi des profondeurs brandissant des tentacules démesurés. Des mains se sont agrippées à mes épaules et m'ont enfoncé dans les eaux noires. La nuit a avalé le jour et la lumière éblouissante du soleil. Légèrement essoufflé par le début de la course, j'allais rapidement manquer d'air, je me débattais sans conviction tentant d'économiser mes pauvres réserves, je sentais sous mes pieds la vase du fond et je m'efforçais d'y prendre appui pour me donner l'impulsion nécessaire à la remontée, mais la poigne qui m'immobilisait semblait inaltérable et définitive. Je sentais avec terreur approcher le moment où à cours d'oxygène, j'allais inspirer et remplir irrévocablement mes poumons de cette eau qui composait depuis toujours la plus chère de mes amies, la rivière. Ma tête allait exploser, mes tympans étaient douloureux; j'ai pensé qu'il valait mieux ne plus bouger, ne plus me débattre et me laisser aller sur le lit vaseux. J'ai glissé lentement à la surface de ce limon, la créature me suivait, elle me tenait, me secouait, des étoiles explosaient dans mes yeux, des masses d'étoiles multicolores et c'est à cet instant que j'ai perdu connaissance.

*

Quand j'ai repris mes esprits, je ne me suis d'abord souvenu de rien, je sentais bien une douleur diffuse du côté de ma poitrine mais je ne comprenais pas pourquoi j'étais couché sur les galets. J'étais hors de l'eau, une serviette roulée sous la nuque, des visages étaient penchés sur moi, celui de Léa tout devant, je me sentais totalement calme et apaisé. Je me suis mis à tousser et tous m'ont interpellé en s'exclamant : « Allez Melvil, respire, reviens, crache ! » « Tu m'entends, Melvil ? » Cette voix-là, c'était celle de Léa, « tu m'entends, Melvil ? » Et le brouhaha des autres continuait, « tu es là gars, Melvil allez, respire, merde, t'es pas mort, t'exagères, t'as même pas tout bu... » Je toussais encore, puis j'ai inspiré un grand coup et je me suis laissé aller sur les galets, je les sentais meurtrir mes épaules, mais j'étais bien, Léa caressait doucement mon visage. La mémoire me revenait peu à peu. Léa s'est penchée vers mon oreille, tu as dû faire un malaise à cause de la chaleur, personne n'a rien vu. Heureusement que Gabriel était là, c'est lui qui t'a sorti de l'eau. J'ai croisé son regard et là, soudain débarrassé de toutes mes inhibitions, je lui ai souri aussi doucement que je le pouvais.

Plus tard, nous sommes allés au moulin, j'entendais Lorient et Phil polir la couenne de Gabriel à coup de compliments, franchement il a eu de la chance que tu sois là, et puis que tu sois costaud comme tu l'es, parce que pour remonter un gars du fond, il en faut de la force. Gabriel semblait se satisfaire de ce statut de héros, les filles l'avaient congratulé plus tôt et moi, je n'avais pas hésité à lui dire merci avec une reconnaissance un peu forcée et j'avais craint un instant d'en faire trop. Ma mémoire avait repris le dessus et le déroulé de ce qui s'était passé s'affichait maintenant clairement dans mon esprit. Nous étions deux à connaître l'exacte vérité et j'espérais qu'un jour Gabriel Maussin paierait pour son geste crapuleux. Je savais que cette vérité serait pour moi légère à porter, j'espérais que pour lui, elle serait un fardeau. Nos comptes étaient-ils réglés une fois pour toutes ?

*

La salle de meunerie était glaciale. Lorient avait dit : un vrai frigo d'abattoir – et personne n'avait ri. Il en savait quelque chose puisque son père travaillait dans l'établissement régional qui *traitait* le bétail des communes avoisinantes. Il m'avait raconté qu'un samedi matin – Lorient devait avoir huit ans à l'époque – son père qui voulait qu'il soit un homme l'avait introduit à l'insu de tous dans les mystérieux bâtiments. Harnaché de protections hygiéniques trop grandes pour lui, il était entré dans une salle blanche éclairée au néon où les bêtes défilaient suspendues par les pattes à des crochets glissant le long d'un rail. Des géants immaculés et encagoulés, armés de longs couteaux, les ouvraient de haut en bas libérant leurs viscères qui se répandaient sur le sol. Il avait vomi dans son masque, s'était évanoui et réveillé à l'infirmerie où une grosse dame très gentille s'était occupée de lui pendant que le supérieur de son père lui passait un savon carabiné dont il se souviendrait longtemps. Jamais plus son père ne lui avait parlé de son travail ni de quoi que ce soit en lien avec sa profession de boucher.

Nous avons déployé le grand parasol sur la terrasse. Avec l'aide de Luisa et de Lorient, j'ai apporté un panier de fruits et des biscuits sablés au beurre de Bretagne que j'adorais. Nous avons bu de l'eau et du jus de pomme. Puis Luisa, Phil et Lorient ont commencé à poser des questions à Léa. Tu es qui ? D'où tu viens ? Qu'est-ce que tu fais ? Et Léa s'est prise au jeu et nous a parlé d'elle et de ce qui constituait, selon elle, sa vie vraie. Après quelques minutes d'exclamations diverses, ses talents de conteuse étaient incontestables, nous nous sommes tus. La vie de Léa était extraordinaire et j'étais un peu jaloux de partager cette vie avec d'autres. Elle nous entraînait très loin. Son quotidien se déroulait à mille lieues du nôtre, dans le lointain sixième continent, l'Heptagone aux Sept Rivages et ses mondes oubliés. Peu à peu, les plaisanteries et les éclats de rire avaient disparu cédant la place à la curiosité. Quand elle a prononcé le nom de Diremlédidou, la capitale, le silence était presque total, seul le murmure de la rivière et des chants d'oiseaux se mêlaient au récit de Léa. Depuis deux longues années, elle vivait par-delà l'océan avec ses parents. Son père était un savant qui étudiait les sociétés humaines et s'intéressait aux peuples du continent isolé. Leur éloignement les avait longtemps préservés de tout contact avec la civilisation de notre monde. Aujourd'hui encore, ces peuplades vivaient selon les règles ancestrales bien loin du mode de vie commun à la plupart des pays de la planète. Son père l'avait emmenée dans ces villages, elle avait rencontré ces hommes d'autres temps et ne les oublierait jamais. Je me disais qu'il fallait avoir vécu quelque chose de singulier pour affirmer ne vouloir oublier jamais. Je cherchais en moi la sensation, l'émotion d'où pouvait naître une telle affirmation, mais je fus bien obligé de reconnaître que dans ma courte vie, rien ni personne n'avait provoqué un tel remue-ménage. Je me sentais l'égal d'un voyageur entamant son périple en exécutant ses premiers pas. Tout était devant, mais combien de temps faudrait-il marcher avant que surviennent les péripéties ? J'avalai un autre sablé et vidai mon verre d'eau. Je me remis à suivre Léa des yeux, elle parlait de sa mère qui selon ce que je comprenais était d'une espèce rare, mi-fée mi-sorcière, férue d'alimentation naturelle, qui fabriquait des potions magiques dans son laboratoire et écrivait des livres qui dévoilaient comment se sentir bien et en bonne santé dans le chaos des grandes villes contemporaines. Léa, quant à elle, étudiait avec l'aide du célèbre magicien Azur et de son assistant, l'étonnant professeur malgache au nom imprononçable : Mahandry Rakotomalala. À la rentrée, elle passerait le portail des grands savoirs – ce qui correspondait à notre niveau.

— Nous aussi !

L'exclamation juvénile avait jailli de toutes parts dans un unisson fourni par le hasard. Nous avions le même âge sauf Maussin qui avait un an de plus vu qu'il avait redoublé sa première année à cause d'une maladie qui l'avait tenu plusieurs mois loin des bancs de l'école. Il avait pris sa revanche sur la pathologie puisque chétif à six ans il avait grandi plus rapidement que nous tous et développait une taille et une carrure qui nous laissaient mariner dans une catégorie inférieure. Je remarquais que Gabriel, les yeux plissés, écoutait attentivement le récit de Léa, il n'en perdait rien. Pour la première fois de ma vie, je le découvrais capable de concentration. Cet intérêt aigu me nouait l'estomac, j'étais jaloux.

L'Heptagone aux Sept Rivages… La vie dans ce monde

rêvé avait tout et rien à voir avec la nôtre, on y mangeait, on y étudiait, on y jouait, dormait, rêvait, on y respectait des horaires de classe, mais le cours des jours suivait d'autres prescriptions et la géographie du pays imposait de vivre sous un climat agréable ou terriblement hostile. Je contemplais cette jeune fille que je ne connaissais pas trois jours plus tôt et qui en quelques heures s'était imposée à moi – et à mes amis – et devenait d'heure en heure plus précieuse et indispensable. Je devais lui emboiter le pas, tresser mes mondes avec les siens, en ouvrant des passages spatio-temporels nous pourrions sauter de l'Heptagone aux forêts peuplées par les Elfes. Les cœurs battants s'accordent et s'entrelacent, il suffit de connaître les paroles magiques.

*

La nuit suivante je me suis réveillé en sursaut vers quatre heures du matin, malmené par un sacré mauvais rêve. Comme dans la vie vraie, je rencontrais Léa, nous nagions, nous nous promenions, nous apprenions à nous connaître. Puis se formait notre bande et nous écumions les environs à la recherche d'aventures. Dans mon rêve, nous passions une journée folle déployant nos bras ailés, survolant la rivière et puis les Hauts-Sarts et Bois Vicomte et la ferme Brassard. Nous terminions par une incursion dans la ville remontant en formation serrée la Grand-Rue et les artères principales en chantant sous les yeux ébahis des habitants. Je me disais que c'était fort d'être à ce point les héritiers de Peter Pan. Puis l'on se posait près du moulin, Gabriel empoignait son vélo et demandait à Léa s'il la raccompagnait, elle répondait non merci, je ne rentre pas tout de suite. Il affichait une moue perplexe, un rien boudeuse, se balançait d'un pied sur l'autre, puis lançait un ciao général et filait en soulevant un nuage de poussière. Lorient, Phil et Luisa s'éloignaient à leur tour, rapidement digérés par la nébuleuse que laissait Maussin dans son sillage. Léa restait là. Et moi, je ne savais pas quoi… Non, elle disait, ne bouge pas. Elle joignait bizarrement les mains comme dans une prière, il y avait une espèce de grand souffle qui ne soulevait rien, et un vaisseau spatial apparaissait et se posait sur la plage. Elle me fixait avec un air sérieux, presque dur et soudain se répandait – je ne trouve pas d'autre mot – se répandait sur le sol en une espèce de mélasse gluante qui entrait en ébullition et se transformait tout aussi soudainement en une espèce de reptile, horrifiant, j'étais paralysé, la chose s'approchait avec une affreuse reptation, s'enroulait autour de mes jambes et mordait soudain mon poignet. Je hurlais tandis que l'affreuse bestiole se glissait dans le vaisseau et que celui-ci disparaissait comme il était apparu. Je m'étais dressé dans mon lit, essoufflé et suant, la main droite tenant fermement mon poignet gauche. Sous ma main, bien sûr, pas la moindre morsure.

5

L'ÉTÉ s'écoulait. Trop vite, bien entendu. La bande du moulin, comme nous l'avions baptisée à force de nous y retrouver, se soudait dans une amitié nouvelle, joyeuse et franche. Gabriel semblait concéder mon appartenance à l'espèce humaine et non plus à une quelconque variété d'animal domestique qu'il se réjouissait de tourmenter – dans un sens la concession était réciproque puisque je n'étais plus très loin de lui accorder la possession d'un cerveau. Gabriel était même drôle parfois, quand il racontait avec un brin d'autodérision inattendu comment la grand-mère de Léa lui tapait sur les doigts quand il faisait preuve de gaucherie ou que simplement balourd, il avait écrasé les tomates sous les melons en remplissant son panier à l'emporte-pièce. Nous hantions les bords de la rivière, mais il nous arrivait de courir plus loin, au-delà des Hauts-Sarts et la présence de Gabriel rassurait chacun d'entre nous, son poids et sa taille était un avantage certain au cas où nous ferions une mauvaise rencontre, une bande rivale ou des égarés d'un monde parallèle. Cette dernière perspective m'excitait au plus haut point, je considérais ce futur événement parfaitement vraisemblable. La visite, la surprenante interférence proviendrait, un jour ou l'autre, du frottement de notre monde avec un univers inconnu. Chacune de nos équipées me remplissait d'une impatiente euphorie.

À la fin de nos longues journées, Gabriel raccompagnait Léa la plupart du temps, puisqu'ils étaient voisins. Ce qui n'était qu'un détail au début de l'été devenait chaque jour plus pesant pour moi.

*

Mais nous partagions, Léa et moi, un secret. Quelquefois, d'un commun accord pris la veille, nous nous retrouvions le matin suivant et nous partions seuls, à l'aventure. J'adorais ce privilège et je guettais à la fenêtre l'apparition de sa silhouette remontant le chemin le long de l'Ambrée. Ce jour-là, nous avons emprunté le sentier Brassard qui longe les terres de la ferme du même nom et nous sommes montés jusqu'au sommet de la colline. Là-haut s'étendait un plateau forestier dont l'une des curiosités était une pinède qui se déployait jusqu'à proximité d'une carrière de sable aujourd'hui abandonnée. Une solide clôture agrémentée de barbelés tenait les promeneurs à distance car les abords de l'ancienne exploitation étaient instables et des effondrements entraînaient parfois dans le fond des arbres et de grandes quantités de sable et de pierres. Le paysage qu'offrait la sablière désaffectée était d'une étrange beauté, la végétation reprenait ses droits dans cette fosse qui s'élargissait vers le nord, le ton des sables variait sur une gamme qui s'étendait du blanc cassé à l'ocre, le vert des arbres, l'argent des mares où l'eau stagnait, et les variations de lumière tout au long du jour donnaient à l'endroit l'aspect d'une terre magique, un lieu sorti tout droit de l'esprit d'un maître de l'imaginaire. J'étais certain d'y avoir vu passer fugitivement des ancêtres humains vieux de plusieurs dizaines de milliers d'années; dans cet angle mort de ma vision périphérique mon imagination était au pouvoir. Au fond de la carrière il était fréquent de mettre la main sur des fossiles de coquillages ou de petits animaux marins qui vivaient dans l'océan qui recouvrait la terre plusieurs millions d'années auparavant. J'étais convaincu du caractère unique et précieux des quelques exemplaires que j'avais ramenés lors de mes expéditions solitaires, ils trônaient en bonne place dans une petite vitrine posée sur l'étagère de ma chambre. Pour moi qui considérais une jolie pierre comme un trésor, le contenu de la vitrine était inestimable. L'enceinte clôturée qui se dressait à une dizaine de mètres des bords de la dépression ne permettait pas de découvrir le spectacle. Mais je connaissais les lieux, plus loin sur la droite, à l'extrémité sud, une falaise rocheuse fermait la carrière et l'enceinte grillagée obliquait pour s'arrêter au-dessus du vide, là où les risques d'effondrement devenaient quasiment nuls. J'ai pris la main de Léa et je l'ai entraînée entre les pins jusqu'au bord de l'escarpement.

— Regarde, la terre des légendes, c'est ici.

Un couple de chevreuils cheminait tranquille le long d'un bouquet d'arbres que le soleil n'avait pas encore atteint. Des lapins couraient dans l'herbe qui recouvrait par endroits le fond de la cuvette. J'ai lâché la main de Léa et j'ai fait un pas en arrière.

— Tu t'en vas ?

— J'ai le vertige… C'est idiot.

J'ai fait un autre pas en retrait. Léa m'offrait un visage gentiment étonné.

— C'est vrai ?

— Je voyage tellement dans ma tête que je l'oublie, on n'a pas le vertige dans les rêves, mais en vrai chaque fois que je retrouve le vide, je meurs un petit peu.

Je ne pense pas lui avoir dit exactement cela, parce qu'à l'époque je ne devais pas m'être véritablement interrogé sur la question, la mort n'est pas de l'âge des enfants. Même si je lui en ai parlé plus tard, de la mort, en repassant devant les fourmilières, mais ce n'était pas la même chose. Léa a penché la tête sur le côté en dessinant une moue qui devait vouloir dire dommage et elle a repris sa contemplation à dix centimètres du vide. Je n'en menais pas large, la regarder immobile sur ce bord de falaise, fine, fragile, à la merci d'une saute de vent, d'un sursaut, d'un faux pas me rendait malade. Des gouttes de sueurs perlaient sur mon front, mon estomac noué me faisait mal, je n'osais pas bouger. Elle a ajouté un pas sur la droite en s'exclamant regarde ! Un groupe de faisans dérangé par un prédateur ou un lourdaud de sanglier a pris son vol dans un multiple battement d'ailes et de plumes. Elle m'a souri. Son bras est retombé le long de son corps. Je l'ai regardé retomber parce que je trouvais ses bras parfaits, et ses mains à leurs bouts tout idem, adorables. Ses cheveux bougeaient doucement dans la brise invisible, elle a ajouté un pas de plus vers la droite, j'étais mort de peur, je trouvais ses pieds si jolis. Ses jambes étaient tannées par l'été. Sa robe bleue azur était assortie à ses yeux. Elle s'est encore avancée suivant le fil de l'arête, elle a ouvert les bras et levé un pied, elle se tenait droite, aigrette bleue, aigrette blonde plantée sur une patte songeant à l'envol. Mon angoisse était à son comble, à chaque seconde je la voyais victime d'un faux pas, glissant et disparaissant dans le vide. Je n'y tenais plus.

— Pardon, Léa, tu me fiches une de ces trouilles...

Elle a posé le pied, aigrette bleue, aigrette blonde, s'est retournée lentement. Je devais offrir une bien triste figure, le front et les mains moites, tremblant des pieds à la tête, instable sur mes quilles, je devais les faire mes douze ans, comme un gamin surpris par la pluie qui grelotte dans le vent levé. Tu les vois mes douze ans ? Léa m'a souri tendrement, puis elle s'est mise à rire, d'un rire cristallin délicat, une caresse émise dans le grand fourbi des sons, elle s'est approchée et m'a pris dans ses bras, elle a posé son menton sur mon épaule et m'a serré contre elle. Mon visage s'est noyé dans ses cheveux, je respirais le plus doux des parfums, une essence inconnue qui conduisait à l'apaisement, mes bras se sont refermés sur elle, je sentais sous sa robe l'architecture de ses omoplates et contre ma poitrine ses petits seins naissants.

— Tout va bien, Melvil, tout va bien.

Mes mains se sont arrêtées sur sa taille. Je respirais dans ses cheveux et je voulais que cela ne s'arrête jamais. Je me suis étranglé d'émotion, une larme a coulé le long de ma joue.

— Je suis là, je ne m'envole pas. Je reste là, Melvil.

Je me suis senti petit et infiniment vulnérable. Je l'ai serrée un peu plus fort contre moi. Et tout à coup j'ai compris que je serais pour longtemps lié à Léa, je quittais soudain avec une rapidité fulgurante le monde des petits garçons pour entrer dans un autre, un monde dans lequel se dissolvaient les fantômes de l'innocence, un monde plus ancré dans la réalité des êtres et des choses, un monde qui demeurait certes grisant, mais où les joies et les larmes attestaient de leur légèreté ou de leur poids, matérialisé par la préhension sans équivoque du réel. Je le compris – et ce fut une sensation étrange, comme dans un jeu vidéo lorsqu'on entre dans un niveau supérieur et risqué –, j'étais éperdument amoureux.

Nous nous sommes détachés. Léa a passé une main sur mon visage et posé un baiser sur mon front.

— Ça va ?

J'ai hoché la tête ne sachant quoi répondre. On est resté là, sans rien dire, à s'observer les yeux, se caresser les regards. Bien que le cœur battant, j'étais tranquille. Je lui ai souri. Le temps était arrêté. Léa a dit bizarrement, les choses sérieuses il faut s'en souvenir, donne-moi ton couteau suisse. Je ne voyais pas où elle voulait en venir. Elle a sorti la petite lame et son tranchant de rasoir, elle l'a posé sur son poignet, elle a appuyé un peu et tiré en arrière, le sang a perlé sur deux centimètres. Elle m'a tendu le couteau, à toi, elle a dit. Une fois de plus, je n'étais pas dans mon assiette, le sang humain c'était… Mais je ne pouvais pas me défiler. Bon sang, d'où sortait cette fille ? J'ai pris le couteau et j'ai accompli le même geste, des gouttes de sang sont apparues. Elle a pris mon bras et posé l'une contre l'autre nos blessures mélangeant nos fluides vermeils. Nous sommes liés maintenant, Melvil, pour la vie. J'ai demandé comme un idiot, pour la vie ?

On s'est assis au pied d'un arbre laissant au vent le soin de sécher nos éraflures.

— Je vais te montrer une merveille ?

J'ai fouillé et sorti le galet de ma poche.

— Regarde.

Elle a poussé un cri d'admiration.

— Ce qu'il est beau avec ses fils d'or.

Léa l'a fait tourner entre ses doigts, puis levé dans la lumière.

— Il est magnifique.

— C'est un cadeau de la rivière. C'est une chance que les rivières soient là depuis si longtemps. Elles en ont creusé des roches, elles en ont dissous des filons d'or. Les filons d'or, ce sont des bonbons pour les rivières, des bonbons qu'elles sucent pendant des milliers d'années, il faut arriver au bon moment et leur piquer leur sucre d'orge avant qu'elles aient fini.

— Moi aussi j'aime bien les pierres, les bouts de bois, les coquillages…

J'ai replongé mon trésor au fond de ma poche. Je me suis relevé.

— Viens, j'ai autre chose à te montrer.

Je suis parti devant, glissant entre les pins vers une clairière où se dressaient d'étranges monticules formés d'innombrables aiguilles et morceaux de brindilles. Il s'agissait de fourmilières à dômes qui s'élevaient pour la plupart à plus d'un mètre. Léa ne m'a pas laissé le temps de parler. Elle s'est arrêtée :

— Des fourmilières. Il y en a de semblables sur le sixième continent.

J'étais heureux. Je me foutais pas mal d'avoir raté mon petit effet. J'étais fier d'être en compagnie de Léa qui en savait presqu'autant que moi. Je souriais, incapable d'enrayer ma mécanique béate. J'aurais pu me douter que ce n'était pas mes fourmis qui impressionneraient une voyageuse qui courait l'Heptagone aux Sept Rivages. Léa taquinait les ouvrières de la pointe d'un bâton et les insectes se ruaient à l'attaque investissant la branche qu'elle avait à la main.

— Quand mon grand-père était enfant elles étaient déjà là. L'été, elles s'affairent dans les dômes et sur leur territoire qui s'étend très loin, l'hiver elles disparaissent dans leur inextricable réseau de galeries souterraines.

Léa a jeté son bâton devant elle.

— Mon grand-père racontait une histoire. Durant la guerre, un de ses amis qui braconnait avait été surpris par deux soldats en patrouille. Cet ami, costaud et non dépourvu d'intelligence, était parvenu à se débarrasser des deux boches. Il les avait égorgés puis abandonnés sur place, pour se ménager une retraite tranquille et surtout ne pas retomber sur eux en ville. Ce qu'il n'avait pas remarqué dans l'agitation et la précipitation qui avait suivi l'incident, c'est qu'il avait abandonné les deux patrouilleurs, ici-même, à proximité des dômes. L'armée allemande s'activa pour retrouver les deux disparus. Il lui fallut plus d'une semaine pour mettre la main sur eux, ou plutôt ce qu'il en restait. Ils étaient à moitié enfouis sous un grouillement laborieux d'ouvrières qui méthodiquement, au prix d'incessants allers et retours, remplissaient les garde-manger dans les galeries souterraines situées sous les dômes. Les bestioles avaient fait leur ordinaire des deux allemands dont il ne restait que les vêtements recouvrant leurs os blanchis…

— Moi j'ai aussi entendu des histoires terribles, des histoires d'enfants disparus.

Nous sommes restés là un moment encore contemplant l'agitation frénétique et fascinante qui animait les millions d'insectes que l'on devinait à peine quand on n'y prenait pas garde.

— Il est tard déjà, non ? On s'en va ?

J'ai hoché la tête. Nous sommes redescendus, en coupant par Bois Vicomte pour éviter les Hauts-Sarts. La forêt était magnifique dans ce qui devait être le plein midi, des rayons de lumière traversaient les feuillages et inondaient des parcelles de terrain d'une lumière éclatante. Léa m'a dit qu'elle n'avait pas envie de remonter chez sa grand-mère pour le repas de midi, est-ce que ça me dérangeait de l'inviter à déjeuner ? J'ai ri, elle aussi. Mais il fallait qu'elle appelle sa grand-mère pour la prévenir. Nous avons marché en silence. Quand nous sommes arrivés à la plage de galets, Lorient était assis dans l'ombre. Il n'avait pas l'air surpris de nous voir, il s'est tourné vers nous :

— Ah ! Finalement, vous voilà !

— Qu'est-ce qui se passe ?

— Je vous attends depuis une éternité et je meurs de faim. Voilà ce qui se passe.

— Eh bien, si tu veux le savoir, nous aussi on a faim.

C'était raté pour le déjeuner en tête à tête que je m'étais imaginé avec une joie rêveuse. J'ai donc invité Lorient à partager nos tartines. Il ne s'est pas fait prier et a entamé illico la confection d'un sandwich géant. Il en avait selon lui, bien besoin, après une énième dispute avec sa grande sœur qui avait certainement décidé d'avoir sa peau. Il était convaincu de l'existence d'un complot visant à anéantir ses vacances, une cabale ourdie par cette aînée insatiable, goulue et hystérique qui le martyrisait sans le moindre scrupule afin qu'il atteste auprès de leurs parents de la véracité des mensonges qu'elle élaborait dans le but de s'éclipser de la cellule familiale. Elle exerçait selon lui une véritable persécution, hurlant son prénom à toute heure pour le débusquer et lui faire jurer que ci ou que ça, interrompant à tout bout de champ ses lectures et les contemplations méditatives qui nourrissaient son âme de futur écrivain. C'était la dernière lubie de Lorient, il l'avait décidé, bien sûr après mûres réflexions, il serait écrivain, poète observateur des mœurs de son temps. Léa l'écoutait en souriant, moi, les lamentations de Lorient et ses plans sur la comète, je commençais à en avoir assez, et je ne comprenais toujours rien à ce rapport guerrier entre lui et sa sœur. Je regardais Léa, le mouvement de ses lèvres quand elle s'adressait à lui, cette façon toujours de remettre ses cheveux en place d'un geste de la main. Lorient a englouti la fin de son sandwich, il a poussé un grand soupir de satisfaction, puis il a passé les doigts écartés de ses deux mains dans ses longs cheveux pour les peigner en arrière et il a croisé les bras sur la table. Il nous a regardés, Léa et moi, avec une petite lueur dans l'œil, il s'est penché légèrement en avant et il a demandé, comme si c'était la chose la plus naturelle :

— Vous êtes amoureux, c'est ça ?

Ma tartine est restée en suspens au-dessus de mon assiette, je pense bien que j'avais la bouche ouverte. Il a précisé que c'était l'écrivain en lui qui manifestait cette curiosité, ce désir de connaître la vérité. Toute intrigue était d'un grand intérêt ! C'était une matière première qui appelait l'écrivain à sa table, il saisissait alors sa plume et s'engageait dans l'écriture composant – charpente et gros œuvre – du A au Z, les péripéties d'une histoire.

— Je pourrais devenir votre biographe !

J'étais totalement désarçonné, partagé entre l'éclat de rire et l'aveu. Léa le regardait, amusée, rassemblant d'un mouvement mécanique du bout de son doigt les miettes de pain amassées dans son assiette. Je ne savais, en fait, absolument pas quoi répondre à Lorient qui manifestement attendait de notre part une réaction. Léa s'est mise à rire et en l'entendant je me suis dit qu'une autre hypothèse que l'amour serait non avenue. Son rire glissait sur mon cœur comme l'eau fraîche d'une source dans la gorge d'un assoiffé. Elle a croisé les bras et s'est penchée légèrement en avant à son tour.

— Tu as exactement l'imagination qu'il faut pour écrire Lorient, ton choix de t'y consacrer est parfait. Je te souhaite d'accomplir du bon travail. Et pour répondre à ta question, Melvil et moi nous sommes amis, nous sommes bons amis. Par ailleurs, il est sans doute un peu tôt pour que nous nous attachions les services d'un biographe... Je ne me rappelle pas comment Léa formula sa réponse à l'époque, nous étions si jeunes, mais l'idée était celle-là. Quand j'y réfléchis, je n'ai pas le moindre souvenir de comment nous nous parlions en ce temps-là et quel était notre vocabulaire.

— Oui, moi aussi je suis votre ami. Mais je vois bien qu'entre vous deux ce n'est pas la même chose. Ça crève les yeux qu'il y a un truc en plus.

Qu'est-ce qu'il avait celui-là avec sa nouvelle lubie d'écriture ? Pourquoi devait-il étaler publiquement cette nouvelle tocade ? Du haut de mes douze ans, moi aussi je gribouillais dans ma chambre. J'aimais cette intimité avec moi-même, mais je n'avais pas besoin d'en faire état au monde entier. J'avais l'impression que Lorient avait plus besoin de dire qu'il se sentait écrivain que de s'atteler véritablement au travail qu'une telle entreprise exigeait. Par la fenêtre de la cuisine, j'ai aperçu Luisa qui remontait le sentier le long de la rivière. J'ai saisi cette occasion, je me suis levé et je suis allé lui ouvrir la porte d'entrée pour couper court à cette conversation.

— Salut.

— Salut.

— Tu as mangé ?

— Non, mais je n'ai pas faim, merci.

— Tu fais un régime ?

— Pourquoi ? Tu crois que j'en ai besoin.

— Ce n'est pas ce que je dis.

— Je te taquine. Salut Léa. Monsieur Lorient. Eh bien, tu en fais une tête. C'est encore ta sœur qui te pourrit l'existence ?

Lorient a acquiescé, c'est ça, ma fichue sœur, tandis que son regard glissait de Léa à moi et vice versa.

— Qu'elle est lourde alors celle-là ! Tu vas te sentir seul quand elle se tirera. Qu'est-ce que tu vas devenir sans ce piment dans ta vie ?

— Lâche-moi, Luisa.

— Il paraît que tu lis des histoires d'amour pour essayer de comprendre comment ça marche et pourquoi ça rend ta frangine complètement dingue.

— Qui t'a dit ça ?

Lorient m'a fusillé du regard.

— Merci Melvil !

J'ai haussé les épaules, il en parlait à tout le monde de sa sœur, Lorient, alors qu'il lise des bouquins sur la question, tout le monde s'en foutait.

— Tout le monde s'en fout de ta sœur, Lorient !

Luisa a mis ses mains sur les yeux de Lorient.

— Mais quel domaine mystérieux, quelle fête étrange, est-ce une mascarade, un bal masqué, mais non, c'est une noce, un mariage. Une promenade en barque, Lorient, une promenade sur l'étang ! Mais qui est donc cette jeune fille ? Yvonne ? Oh, Yvonne, je vous aime.

— Toi aussi, tu l'as lu ?

— Oui.

— Et?

— C'est une histoire horrible qui retourne le cœur. L'amour est un pillard, je ne pense pas que cela vaille la peine de lui accorder la moindre attention. Moi, je n'ai pas l'intention de tomber amoureuse de qui que ce soit! Souffrir? Non, mais vous rigolez ou quoi?

Le heurtoir a retenti. Je suis allé ouvrir la porte, Gabriel est entré suivi de Phil. Nous étions au complet. Luisa et Lorient ont rangé leurs points de vue sur l'amour dans leur poche. L'après-midi était à nous. Nous l'avons dépensé comme à notre habitude entre la berge et la rivière. Le soir, nous étions éreintés. Au moment de nous quitter, Léa est venue vers moi, sous le couvert des arbres elle m'a dit :

— Je vais bientôt partir, Melvil.

— Partir? Mais pourquoi?

— Parce que je dois rentrer. Les vacances se terminent sur le sixième continent, la cloche sonne. C'est la fin du mois et mes parents vont venir me chercher.

Lorient et Phil jetaient des cailloux dans l'eau, indifférents à notre conciliabule. Luisa, allongée les bras en croix dans l'herbe et casque sur les oreilles, écoutait de la musique en agitant la tête. Gabriel nous observait affichant délibérément de l'intérêt pour ce que nous nous disions, mais il était trop loin pour saisir nos paroles. C'est sans doute pour cela qu'il s'est soudain retourné, a ramassé des galets et s'est rageusement joint aux autres. Je n'aimais pas retrouver sur son visage l'œil noir des mauvais jours.

— Et tu vas partir toute une année?

Elle m'a regardé longtemps sans me répondre. Puis elle s'est approchée de moi. Elle a glissé quelque chose dans ma main et a doucement posé ses lèvres sur les miennes. Puis, elle s'est retournée pour rejoindre les garçons.

— Léa, attends.

Elle est revenue lentement vers moi. J'ai fouillé ma poche et j'en ai sorti mon galet aux fils d'or.

— J'ai un cadeau pour toi.

J'ai tendu la main, la pierre dans le secret de mes doigts. Ses yeux étaient plongés dans les miens et j'aurais voulu que cet instant dure aussi longtemps que notre moitié d'été. Elle a tendu la main. J'ai posé le galet dans sa paume. Elle l'a pris entre ses doigts. Elle a souri.

— Merci. Il est magnifique, je vais en prendre soin. Je reviendrai, Melvil. Promis.

Son corps a pivoté tandis que ses yeux restaient attachés aux miens. Puis, le fil s'est rompu. Elle a marché vers les garçons me laissant seul avec mon cœur battant. Je suis sorti de l'ombre comme un boxeur se relevant d'un KO. Léa a demandé aux garçons :

— Bon, les gars, on y va ?

— Une minute.

— On arrive.

— Oh, attends !

— Moi, il faut que j'y aille.

Une grenouille sautait aux pieds de Phil, il l'a saisie, il s'est approché de Luisa. Il a glissé la grenouille sous sa chemise et a détalé en s'étranglant de rire. Luisa a bondi en hurlant. Elle a sauté sur Phil qui gloussait comme une vieille poule. Elle lui a asséné une avalanche de claques. Gabriel et Lorient attendaient que ça passe. Léa s'impatientait, les bras croisés, une lueur vive brillait dans ses yeux, je me suis dit que cette lueur ressemblait à de la colère.

*

Puis ils sont partis. Un silence soudain prenait possession des lieux. Debout sur le mur du barrage, je les ai suivis des yeux. Luisa a essayé plusieurs fois de botter les fesses de Phil qui esquivait sans trop de mal. Gabriel marchait les mains dans les poches aux côté de Léa, j'avais l'impression qu'ils se parlaient. Ils ont disparu sous les frondaisons, pour reparaître quelques minutes plus tard sur le pont. Léa s'est arrêtée un instant, elle m'a cherché du regard, puis m'a envoyé un dernier au revoir d'un geste de la main.

6

Nous n'avons pas revu Léa cet été-là. Gabriel est arrivé le lendemain, la tête basse. Nous sommes allés nous assoir sur le mur, les pieds dans l'eau. Qui aurait pu croire que quelques semaines plus tôt, il y avait plus de chance de nous trouver une morgue de défi sur les lèvres, prêts à nous affronter sur une aire de combats, nos plumes de jeunes coqs hérissées et les ergots décidés à frapper ? Là, nous soupirions de concert, chaque fois qu'il ajoutait à son récit une information nouvelle. La veille, ils étaient remontés en ville, Phil et Lorient les avaient quittés sur la Grand-Place, Luisa un peu plus loin. Gabriel avait accompagné Léa jusque chez sa grand-mère. En arrivant, elle a aperçu des valises aux côtés de la sienne dans la cour. Elle s'est précipitée laissant Gabriel à la hauteur du portail. Elle a crié papa, maman, elle est entrée dans la cuisine en remuant les lanières multicolores du rideau chasse-mouches. Il a entendu des cris et des exclamations joyeuses. Il s'est assis devant le portail, une immense sensation de perte prenant peu à peu ses aises dans son esprit. Un peu plus tard, Léa lui a apporté un verre d'orangeade – c'est marrant a dit Gabriel, les grand-mères, elles ont toujours de l'orangeade dans leur frigo, tu sais pourquoi, toi ? J'ai dit que je n'en savais rien, la mienne, enfin celle qui était toujours vivante n'avait jamais d'orangeade dans son frigo. Gabriel m'a regardé en laissant échapper un ah étonné. Il semblait déçu. Léa lui a dit qu'elle partait le jour même dans la soirée avec l'avion de nuit. Il n'avait su quoi lui répondre, si ce n'est un penaud ah bon déjà. Un taxi était arrivé et la famille avait disparu les laissant lui et la grand-mère devant le portail. Ils étaient restés là un bon moment comme débranchés du réel, puis la grand-mère avait sorti son mouchoir pour s'essuyer les yeux. Elle lui avait offert un second verre d'orangeade que Gabriel avait bu sans rien dire. La grand-mère avait demandé s'il pourrait malgré tout l'accompagner le prochain jour de marché, il avait répondu que oui, bien sûr. Plus tard, la nuit était tombée et tout était fini.

— Cette Léa, alors.

— Oui… Cette Léa...

Puis nous sommes restés longtemps silencieux, balançant paresseusement nos pieds dans l'eau fraîche. Plus tard, Gabriel s'est levé. Il a dit bon je vais y aller.

— Tu ne restes pas ?

— Je vais regarder le Tour de France au Café des Sports, il y a de l'ambiance. Il y a toujours un vieux qui m'offre un coca. Tu veux venir ?

— Non, merci, je vais rester là.

— Ne pense pas trop. Faut la mettre au repos ta cervelle. Mon père dit : une de perdue, dix de retrouvées.

— Qu'est-ce que tu veux dire ?

— Rien. Je ne dis rien. Il n'y a rien à comprendre.

On s'est observé en silence. Puis, Gabriel m'a dit en hésitant :

— Je voulais m'excuser, Melvil. De t'avoir noyé.

— J'espère que tu ne me feras plus jamais un truc pareil.

— Je me suis retenu quand même…

— Plus jamais.

— Juré.

Il a craché par terre et m'a tendu la main. Je l'ai serrée. Il m'a demandé si on se voyait le lendemain. J'ai réfléchi un instant, j'ai dit, oui, demain il fera moins chaud, on pourra pêcher. Gabriel a levé un pouce enthousiaste en empoignant son vélo.

— Super ! À demain.

Il a enfourché sa machine et il a filé en trombe sur le sentier, soulevant à sa suite un habituel nuage de poussière. Tout ce qui bouillonnait la veille me semblait désespérément vide aujourd'hui. Particulièrement, la grande armoire des désirs. Pas de course dans les bois, pas de bain dans la rivière, pas d'aventure sur l'île au trésor ou au pays des légendes, la vue du moulin n'éveillait rien en moi, ma tête était dépeuplée, Léa était partie et rien ne m'y avait préparé. J'étais soudain seul et abandonné. Et je n'avais vraiment rien à cirer du proverbe à la con de Gabriel. Que l'on devienne plus ou moins amis n'enlevait rien au fait qu'il était un peu limité. Et je n'avais rien à foutre de l'arrivée du Tour de France… Merde, le type avait quand même essayé de me noyer.

J'ai cherché dans ma poche le bout de papier que m'avait remis Léa, je l'ai déplié et relu pour la centième fois : *Tant que nous serons des enfants, tout ce que l'on imaginera existera. Notre meilleur ami est l'imaginaire, il nous dicte toutes les for-*

mules magiques. Je te promets de revenir l'année prochaine pour faire avec toi l'avion sur la pente des collines. C'était écrit d'une jolie écriture bleue et signé Léa. Au-dessous, il y avait une adresse de courriel.

*

La tâche qui m'importait donc le plus maintenant était d'écrire une lettre, une lettre électronique dans laquelle je pouvais enfin exprimer l'entièreté de mes sentiments. Il fallait que je me libère, que j'allège mon cœur du poids envahissant qui l'entravait. Cette idée prit peu à peu le pas sur la détresse qui avait entrepris de me ronger. Durant l'après-midi, un regain de vie s'empara de moi, je m'agitais tentant de composer les vers d'un poème, le commençant, le recommençant, ayant des idées de génie, les oubliant, puis les retrouvant. Je me mis à marcher sur la plage en agitant les bras et m'y trouvais vite à l'étroit. Je m'élançais sur le sentier. La marche favorisait l'épanouissement de ma fibre artistique, je le sentais, je me mis à articuler à voix haute les vers que je composais. Je récitais mon poème amoureux, je n'étais plus le petit Melvil, fragile, balbutiant, sujet au vertige, non, je devenais le grand Melvil, celui de la cadence et de la rime, le courageux, l'intrépide, aux vers d'une beauté qui appelaient la lumière, celui qui affirmait son amour et le proclamait à l'élue de son cœur. Je fendais les hautes herbes des prés à fourrage, je franchissais les taillis, les fossés, les talus du Bois des Bosses, parvint à la source du Tambon sur laquelle je me suis penché pour assouvir ma soif, je suis reparti longeant le ruisseau jusqu'à son embouchure. J'espérais revoir le renard pour lui dire que j'écrivais à mon amie, que j'avais besoin de conseils, peut-être pouvais-je lui dire mon cantique et l'enrichir de ses judicieuses remarques. Et la couleuvre, qu'avait-elle à me dire? Et la libellule? Et la demoiselle? Je revins à la plage de galets, je lançais deux cailloux qui sautillèrent à la surface, puis je pris, décidé, la direction du moulin. Il y avait une petite pièce ouverte sur le hall d'entrée. Sur une petite table trônait l'ordinateur familial. J'y avais ma session, mais je dois avouer que l'objet ne s'était pas encore emparé de mon esprit, je préférais de loin passer du temps sur ma console de jeu plutôt qu'à pianoter sur un clavier. J'ai allumé la machine, ouvert ma session et le programme de courrier électronique. Je ne maîtrisais pas vraiment cet outil qui jusqu'à présent ne m'avait pas paru très utile, c'était une nouveauté et à l'école, peu d'entre nous disposaient d'un ordinateur. Il me fallait donc compléter le champ du destinataire. Je n'avais pas mémorisé l'adresse composée de lettres et de chiffres que Léa m'avait confiée. J'ai cherché dans ma poche, le papier de Léa n'y était plus. Je me suis levé, j'ai fouillé, retourné mes deux poches, rien. Le billet avait disparu. J'ai couru jusqu'au mur de la digue, j'ai scruté la plage puis l'onde immobile, j'ai pris le sentier explorant du regard chaque mètre carré. J'ai cherché sans répit. J'ai refait à l'envers le chemin de ma promenade, hautes herbes, fossés, bosses, le temps changeait, l'air était épais, immobile, et le ciel noircissait, j'avais de la sueur plein les yeux. De lourds nuages s'amoncelaient couvant un des premiers orages de la saison. Je regardais le ciel sans y croire, se pouvait-il que je sois à ce point puni? Et de quoi, s'il vous plait? Les premières gouttes se sont mises à tomber, serrées, lourdes, le vent s'est levé. Jamais je ne remettrai la main sur l'adresse de Léa, jamais, la fureur des éléments allait l'emporter à tout jamais. J'eus quelques injures envers le ciel, puis cet abattement qui vient lorsque l'on est définitivement battu. J'étais de retour, debout sur la plage, je ne comprenais pas pourquoi le sort me jouait un tour aussi injuste et douloureux. Mes larmes coulaient sur mon visage et la pluie les noyait. Même mes larmes n'avaient pas le droit d'exister. Le vent a redoublé de puissance. J'étais trempé et dans le froid, soudain, je claquais des dents. Une longue branche s'est rompue dans un craquement sinistre et s'est abattue sur la plage. J'imaginais Léa sur son lointain continent, entrer chaque jour dans sa hutte, ouvrir la boîte de réception de sa messagerie électronique sans que jamais ne lui arrive les mots que je voulais lui écrire. *Jamais* était ce soir-là le mot le plus abominable que j'aie entendu de toute ma vie. Que penserait-elle de moi ? Mon silence lui ferait-il mal ? Que penserait-elle de Melvil le petit enfoiré de Triffouillis-les-Oies ? Que me dirait-elle l'été prochain ? J'étais dévasté.

J'ai poussé la porte, j'ai essuyé mon visage. J'ai essayé de raisonner. Peut-être que Gabriel avait son adresse. Peut-être Luisa. Et sa grand-mère, mais oui, évidemment, sa grand-mère avait au moins une adresse. Je retrouvais quelque espoir. Je suis allé éteindre l'ordinateur. J'ai repoussé la chaise sous la table. Et je me suis remis à pleurer de plus belle. J'étais un véritable imbécile, mon degré de nullité atteignait des sommets jamais franchis, mon calme apparent cachait une impulsivité qui me jouait de vilains tours, dans quel état m'étais-je mis en oubliant de raisonner, en enfouissant tout pragmatisme sous les feux de ma passion. Sur le carrelage, déformé à force d'avoir été plié et déplié, se trouvait le billet de Léa. Il avait dû glisser hors de ma poche, tomber sous la chaise. Je l'ai ramassé. « …tout ce que l'on imaginera existera… lea0788@vanderlinden.com » Je l'ai répétée tout bas plusieurs fois, cette adresse, puis j'ai ouvert le tiroir qui m'était destiné, j'ai glissé le papier dans le cahier que j'y laissais. Lea 0788... Mes parents sont rentrés à ce moment-là. Je tremblais, les pieds au milieu d'une petite flaque d'eau. J'ai dit que je rentrais à l'instant, que l'orage m'avait surpris, que je n'avais pu m'abriter. Je suppose que mes parents ne virent pas mes larmes mélangées aux gouttes d'eau s'écoulant de mes cheveux. Ma mère m'a ordonné de prendre un bain chaud. Je me suis glissé dans l'eau, c'était incroyablement bon. Ma course folle m'avait épuisé. Les épines des ronciers m'avaient griffé les jambes. J'avais mal partout. J'entendais les bruits de la maison, ma mère dans la cuisine, la télévision qui diffusait le journal du soir, mon père qui proposait un verre à ma mère... Je flottais dans un rêve, engourdi par la chaleur. Je cherchais les mots du poème que j'avais composé, météore lâché dans les bois et les campagnes, bolide chevauchant les muses, je me souvenais de l'avoir murmuré aux orties, je l'avais scandé dans les blés, et puis proclamé dans l'alignement de la hêtraie de Bois Vicomte, avant que n'éclate l'orage, mais rien, alangui dans ce bain, rien ne me revenait, pas un vers, pas un mot, comme si, semences, je les avais lancées pour que la terre féconde m'en rende plus tard le fruit. J'en demeurais hébété, épuisé. J'ai entendu quelques notes de piano et je me suis endormi.

7

AOÛT s'étira, assoupi sous les arbres ou à l'abri de la fureur de ses orages. Août, c'était l'été dans sa routine, dans son habitude, nonchalant, léthargique, parfois mollasse, août, c'était l'été paresseux. Il commença le lendemain de ma mésaventure. Je me suis levé avec l'idée d'écrire à Léa, rien de particulier, juste une attention, un mot qu'elle recevrait peut-être avec plaisir. Mais je suis resté à nouveau devant la page blanche. Un boulet retenait mon bras. J'ai pensé que je devais attendre quelques jours puis reprendre le fil de ma course de la veille et récolter dans les orties, puis dans les blés, puis dans la hêtraie le gain de mes semailles. Quelques minutes plus tard, je me considérais au contraire trop plein d'émotions nouvelles et incapable d'en saisir le fil pour exprimer ce que je ressentais. Et l'heure suivante, spectateur à nouveau de mon être déserté, dépouillé, mare printanière asséchée par l'été.

L'arrivée de Léa avait provoqué un séisme aux innombrables conséquences. J'étais le petit paysan du film qui, les pieds dans la boue, regardait passer dans sa voiture tirée par des chevaux la ravissante et intouchable fille du roi, et découvrait soudain qu'un autre monde existait. Le mien gentiment ordonné dans lequel je vivais depuis l'enfance était ébranlé, fragilisé, je sentais que son contrôle m'échappait. Il ne suffisait plus de me raconter des histoires pour récupérer le fil de ma vie, de mettre sur le dos de l'esprit changeant de la rivière les petits soucis du quotidien ou sur celui de la fatalité les accrocs majeurs, cela ne convenait pas au nouvel état des choses. Il est un temps où l'on n'est plus seulement le spectateur du tableau dans lequel on évolue, on prend conscience qu'on en est un des acteurs, et que l'existence exige que l'on accomplisse des choix qui engagent notre responsabilité. Cette idée était vertigineuse, pourquoi compliquer les choses à ce point. Je n'avais absolument pas besoin d'entrer dans cet univers abyssal. Un trou se creusait en moi, un trou dans lequel je tombais. Je tentais de m'accrocher aux parois, mais elles étaient désespérément lisses et dépourvues d'aspérités. Ce fichu vertige ! J'étais emporté par le cyclone Léa et je me diluais dans la spirale de son départ. Bon sang, mais non, la vie n'est pas encore sérieuse à douze ans !

Je pensais qu'en fin de compte tout était de ma faute, pourquoi diable étais-je tombé amoureux, je m'en passais très bien jusqu'ici. Cet embarras soudain, cette complication avait une somme de conséquences dont je ne voulais pas entendre parler. Je commençais à entrevoir la plaie que pouvait être cet amour qui rendait Lorient fou furieux envers sa sœur, cette espèce de maladie de croissance qui surgissait sans crier gare et qui semait le désordre dans les esprits, la discorde dans les familles, et dieu sait quelles étaient ses nuisances complémentaires. Cet amour-là, il fallait s'en débarrasser, vivre loin de ses débordements, la quiétude et la paix étaient à ce prix.

J'entrepris de fouiller mes souvenirs de juillet, du jour de ma rencontre avec Léa à celui de son départ, dans le but de relativiser les heures que j'avais passées en sa compagnie. Je pus sans mal rapprocher Léa de Gabriel, leur voisinage, leur complicité les jours de marché, je mis au jour le grand nombre de regards qu'ils avaient échangés lors des équipées de la bande du moulin. Et j'entrepris même de reconstituer un possible dialogue lorsqu'ils étaient partis côte à côte, le jour du départ de Léa. Ils auraient très bien pu se dire ceci, et soudain ça m'arrangeait :

— Mes parents viennent me chercher ce soir.

— Oh, déjà. Bon, tu vas enfin pouvoir te débarrasser de ce crétin de Melvil.

— Oui, il est temps, quel boulet alors.

— Je t'avais prévenue.

— C'est vrai, j'aurais dû t'écouter.

— Tu sauras à quoi t'en tenir la prochaine fois.

— Oui.

— Tu sais, l'été prochain, je t'emmènerai au Café des Sports pour l'arrivée du tour.

— C'est vrai ? Tu ferais ça ?

— Sûr. Je te le promets, Léa.

— Comment te remercier ? Tu es si gentil, Gabriel.

Ils complotaient dans mon dos. Peut-être même qu'ils s'embrassaient. Voilà. En fait, ils étaient ensemble et passaient leur temps à rire et à se moquer de mes hésitations et de mes regards bovins d'amoureux transi. La tentative qui avait visé à m'éliminer par noyade était une preuve de plus. Je devais impérativement me tenir sur mes gardes.

Et je ne m'arrêtais pas là, mes soupçons se posèrent sur Lorient, mais j'eus beau chercher je ne voyais vraiment pas quelle menace il pouvait représenter. Je passais ensuite le cas de Phil aux rayons X mais rien de suspect ne m'apparût. Et Luisa dans tout ça ? Bon, il était hors de question que je succombe plus longtemps. Plus question d'être la risée de ces tristes sires, recroquevillés sur leurs ambitions mesquines. Sus aux lilliputiens ! Il fallait que je boucle mes faiblesses de minus dans les oubliettes et que j'y jette, bien entendu, la clé. Aussitôt dit, aussitôt fait.

On a sonné. C'était Lorient, Phil, Gabriel et Luisa. Quelle heure est-il, j'ai demandé. Ben, deux heures a dit Phil en brandissant une boîte en carton couverte de caractère arabes. Loukoum, il a dit. Des douceurs ! Gabriel n'était pas convaincu...

— Lou quoi ?

— Koum ! Loukoum.

— Je ne suis pas venu pour manger tes trucs exotiques à la noix moi, je suis là pour pêcher.

Gabriel brandissait la canne qu'il avait à la main. Au moins, lui, il avait son matériel. OK pour la pêche, c'est ce qu'on avait dit, j'ai répondu. Allez-y, je vais chercher mes cannes.

— Tu en as une pour moi ?

— Pour moi aussi ?

J'ai répondu à Luisa et à Phil que j'avais tout ce qu'il fallait. Je suis revenu avec le matériel. On s'est installé sous les arbres un peu après la plage. Lorient s'est couché dans l'herbe. Il devait réfléchir à ses écritures, les grandes œuvres appellent la réflexion, il a dit. La pêche, ce n'était pas exactement son truc, il s'intéresserait éventuellement à nos prises, à titre documentaire, histoire de se rappeler comment était constitué un poisson et peut-être à la version grillades des spécimens si la faim se faisait sentir. Je l'ai trouvé terriblement chiant dans cette posture. Sûr, il pétait plus haut que son cul. J'ai préparé la canne de Luisa, et ensuite celle de Phil. Je leur ai demandé ne pas rester collés les uns aux autres pour ne pas emmêler leurs lignes et me les foutre en l'air; je tenais à cet attirail de qualité dont j'avais hérité de mon grand-père. Ils ont débattu du choix des emplacements. Après quelques minutes de discussion ils s'étaient mis d'accord. Mes copains avaient l'œil sur le bouchon de leur ligne. Un calme neuf s'installait. À moi de m'y mettre. Mon idée était de m'éloigner, de pêcher dans le courant au-delà de la retenue d'eau, je maîtrisais suffisamment la technique de la pêche à la mouche pour m'y consacrer un moment. Je reviendrais flemmarder avec cette bande d'amateurs plus tard. Une grenouille a sauté dans l'herbe, une belle grenouille verte toute luisante, avec ses petits doigts à l'avant et ses pattes palmées à l'arrière. Je ne sais pas ce qui m'a pris, j'ai attrapé le piquet de la bourriche, une pointe métallique d'une vingtaine de centimètres agrémentée d'un manche en bois patiné cerclé de cuivre, j'ai fixé la grenouille et lancé le pic d'un geste vif. Il s'est planté en plein milieu de son corps, elle était comme punaisée sur le gazon court du chemin. De la bave mêlée de sang s'écoulait de sa gueule ouverte.

— Merde, qu'est-ce que tu fous, Melvil, c'est dégueulasse !

Lorient regardait l'animal d'un œil dégoûté.

— Tu es malade ? Elle ne t'a rien fait cette bestiole.

Gabriel s'est approché pour voir de quoi il s'agissait. J'ai dit à Lorient :

— Bouffe-lui les cuisses, ça te fera un apéro.

— Melvil, il a toujours eu un truc pas clair. Parfois il fait peur rien qu'à voir ses yeux, je te jure. Méfie-toi.

Gabriel m'a lancé un regard que je connaissais, le genre même de ceux qu'il m'envoyait quand il comprenait que je le disséquais en pensée. J'ai ramassé la grenouille et je l'ai jetée à ses pieds.

— Taquine le brochet si ça te tente !

Luisa m'a gratifié d'un regard mauvais.

— Tu es vraiment con quand tu veux, Melvil.

J'ai empoigné ma canne, j'ai suivi le sentier jusqu'aux eaux moins profondes, j'ai essuyé deux larmes qui surgissaient soudain sans avoir été conviées, j'avais mal au ventre et l'impression d'avoir mangé du métal. J'ai mis les pieds dans l'eau, je me suis avancé et j'ai entamé la chasse. Je lançais, la mouche se posait à la surface et glissait emportée par le courant, je lâchais de la soie, puis je reprenais ma ligne et je fouettais pour relancer. Après une dizaine de minutes, une truite arc-en-ciel d'une trentaine de centimètres a mordu, j'étais chanceux. J'ai marché ramenant le poisson vers la rive où je l'ai saisi. J'ai décroché l'hameçon et sa mouche artificielle. Mon estomac s'est retourné, j'ai vomi dans les hautes herbes du bord du chemin. J'ai repris mon souffle. J'ai rincé mon visage avec l'eau de la rivière. Je suis revenu en arrière la truite à la main, je l'ai glissée dans la bourriche. Luisa a poussé un cri, son bouchon avait disparu et sa canne pliait sous la traction. Le poisson était vif et rapide, il cherchait à s'échapper dans la végétation, j'ai parié pour une perche. Je donnais des instructions à Luisa tout en tendant l'épuisette pour me saisir de sa prise. Deux nageoires dorsales épineuses et des rayures noires : une perche de vingt-cinq centimètres a rejoint ma truite dans la bourriche. Lorient se grattait la tête, surpris par notre succès. Il s'est lancé dans une élucubration théorique qui parlait de la chance que les dieux accordaient aux débutants. Je lui ai demandé de se taire. Gabriel a suivi, sortant de l'eau un autre poisson. C'était un jour à perche, et cela n'avait rien d'étonnant car ces carnivores se déplaçaient en bancs. Je suis resté à leur côté. Phil, lui, a pris un gardon.

J'essayais de comprendre pourquoi j'avais tué cette grenouille. Qu'est-ce qui m'avait poussé à commettre cet acte cruel aussi inutile que stupide ? Ce geste ne me ressemblait pas. J'avais tué des poules, bien sûr, des poissons, j'avais vu briser le cou des lapins chez les Brassard et comment on ôtait leur peau comme une chaussette, j'avais vu dans la cour de la ferme comment on saignait le cochon et enregistré pour toujours la stridence de ses hurlements, mais je n'avais jamais tué de sang-froid et gratuitement un animal.

— Ben, il m'a mangé mon ver ! Je n'ai plus de ver.

Phil regardait son hameçon et puis l'eau avec un œil mauvais.

— Demande au boucher de t'en donner un autre.

Luisa avait parlé sans quitter son bouchon des yeux. J'ai enfilé un ver au bas de la ligne de Phil. Je n'aimais pas que Luisa soit fâchée avec moi. Je trouvais ça idiot. Mais l'idiot en l'occurrence, c'était moi, moi, l'assassin de la grenouille.

À la fin de l'après-midi nous étions loin d'être ridicules. Chacun est reparti avec sa pêche, plutôt fier de rentrer d'une insouciante journée de vacances avec un butin à partager en famille.

J'avais pris trois truites. Mais je restais indifférent aux félicitations de mes parents. Toute mes pensées étaient concentrées sur ma préoccupation du jour et ma décision était prise, ce truc qu'on appelait l'amour et qui, comme je le découvrais, promettait faillite et naufrage à ses victimes, ne m'aurait pas, je ne le laisserais pas mettre ses bâtons dans mes roues, j'allais tenir à l'écart ce vandale et ses sabotages ; je considérais cette expérience précoce comme une victoire qui allait changer mon avenir. Ce soir-là mon père s'est consacré au feu et à la cuisson des poissons. J'ai très bien dormi.

*

Si je dormis comme un loir cette nuit-là, ce ne fut pas le cas des suivantes. Un combat que j'imaginais sans merci s'était engagé entre mon cœur battant et ma cervelle froide et pragmatique. Si je pouvais gérer la situation durant le jour, camouflant sous la mauvaise humeur ou les excès de rire ou encore les courses effrénées dans les campagnes cette préoccupation inamovible, la nuit, je me retournais dans mon lit, en sueur, parcouru de frémissements, secoué par les heurts, les coups d'estoc, les chutes, les esquives, les sauts, les ressauts et les pauses où les arguments s'enchaînaient à toute vitesse espérant mettre un terme aux ardeurs de l'adversaire. Mais la bagarre reprenait de plus belle, cœur et cervelle convoitant la déculottée du détracteur, réamorçant les attaques et les parades, les assauts toujours. Ce combat-là ne cesserait que faute de combattants, lorsque plus éreinté que l'autre, l'un ne parerait plus les coups. Les rivaux n'étaient plus que plaies, coquarts et ecchymoses. Au bout de la troisième nuit, les combattants gisant sans plus de souffle, toutes forces bues, toute rhétorique consommée, tous arguments défaits, je sombrais dans un sommeil sans rêves.

Ce que fut cette nuit pour mon cœur et pour ma raison, je ne le sus pas et je le sais encore moins aujourd'hui. À mon réveil, l'image de Léa immobile sur le mur du barrage le jour de notre rencontre illuminait l'écran de ma mémoire. Je voyais ses cheveux bouger dans la brise invisible et des bouffées de leur odeur me revenaient de cet instant où sur les bords de l'ancienne sablière je l'avais serrée dans mes bras. Malgré de timides tentatives, je ne parvenais pas à l'effacer, les souvenirs m'imposaient sa silhouette harmonieuse et ses mouvements gracieux. Ses pieds nus se posant avec délicatesse quand elle s'avançait les sandales à la main. Je me surpris immobile, la brosse à dents entre les doigts, bavant du dentifrice dans le lavabo, les yeux plongés dans le miroir qui, je m'en rendais soudain compte, me renvoyait un portrait peu avenant. Une douce langueur m'envahissait, une mélancolie que chaque nouvelle vision des semaines écoulées alourdissait. Je ne bottais plus les fesses de l'envahisseur, il était là, vainqueur arpentant le champ de bataille de mes pensées, de ma raison étalée, mon cœur vaillant lançait vers le ciel des éclats de son rire pour célébrer sa victoire.

Je me suis assis devant l'ordinateur. Et j'ai écrit. Rien de bien extraordinaire, juste quelques mots de tendresse et de bienveillance et un baiser virtuel qui m'ont reposé l'âme. L'année allait être longue.

*

À la toute fin du mois d'août, l'avant-veille de la rentrée, si ma mémoire est bonne, on s'est retrouvé pour la dernière fois. Le temps était lourd et nous étions fatigués. Sans doute entrions-nous dans la dépression de l'ennui, une forme de lassitude qui s'installait après deux mois de liberté, nous avions besoin de retrouver des horaires, des règles, quoiqu'on en dise, nous aspirions à retrouver les rigueurs de l'école, avec en plus l'excitation de la nouveauté, nous allions passer dans le couloir des grands.

À cette idée, on s'est chambré un certain temps en dénigrant le potentiel de réussite des uns et des autres. Puis, je ne sais quelle motivation l'a poussé à agir de cette façon, Gabriel s'est glissé derrière Luisa, il a saisi ses seins dans ses deux mains en criant camion ! Tout le monde a éclaté de rire. Luisa a poussé un cri strident qui a aussitôt étouffé notre hilarité. Vive comme l'éclair, elle lui a écrasé la main sur la figure en l'inondant d'insultes en italien, incompréhensibles pour nous. Surpris par la violence de sa réaction Gabriel se tenait le visage, déconcerté, et ne bougeait plus le petit doigt. Il s'est piteusement excusé. Luisa lui a donné le coup de grâce :

— Espèce de stupide connard !

Nous sommes restés là un bon moment, la tête basse, évitant de croiser nos regards. Je découvrais soudain stupéfait la réalité des seins de Luisa et une étrange sensation se déployait en moi. Il me semblait tout à coup pouvoir donner un sens à cette remarque de Gabriel qui voulait qu'il y ait *du monde au balcon*. Dès cet instant, je tentais de ne pas leur accorder d'attention, mais j'y revenais immanquablement.

— Bon, eh bien, nous n'avons plus qu'à enterrer les vacances.

C'est Lorient qui venait cette fois à notre secours en inventant cette formule. On s'est observé durant quelques secondes, puis, pris d'une agitation aussi soudaine que collective, nous avons creusé un trou en retrait du chemin, trois fois rien, un petit trou pas bien profond, nous y avons placé un bout de ligne, une tête de poisson, la boîte de loukoum vide de Phil, la bouteille de Saïany que j'avais retrouvée sur le fond quelques jours plus tôt, un caillou jaune qui dénotait parmi les galets que Lorient disait provenir du sixième continent, ainsi que d'autres broutilles que nous attachions à ces semaines de liberté. Nous avons jeté de la terre sur les heures défuntes et chacun d'entre nous a raconté un moment choisi. On s'est lancé dans un cérémonial loufoque, inspiré des rites de l'église, de l'arbitrage en football et de monsieur Lantier... Ce qui nous a plongés dans des moments de fous rires électriques qui s'éteignaient soudain, suivis de plages de consternation muette durant lesquelles nous reprenions notre souffle. Et je pense que là, nous étions heureux.

Gabriel nous a dit que ses parents l'avaient inscrit à l'ASPA, l'Association sportive de Pont-sur-l'Ambrée, il allait faire ses débuts dans l'équipe cycliste en catégorie minime dès la mi-septembre et il participerait à ses premières courses l'automne prochain. Nous avons poussé des cris et applaudi notre champion. Nous serions ses supporters, sans le moindre doute, nous brandirions des drapeaux et des banderoles pour encourager ses performances sur les routes de la province. Lorient a soupiré et secoué sa chevelure de plus en plus longue :

— Ce n'est pas ça qui va t'ajouter des neurones.

— Qu'est-ce que tu veux dire ?

— Rien de particulier. C'est clair.

— Le vélo, mon vieux, c'est noble. C'est le sport des grands !

— Je n'ai pas dit le contraire.

— Pourquoi tu me cherches, alors ?

Gabriel a attrapé Lorient par l'épaule et levait déjà le poing. Lorient qui le regardait de haut a ajouté : on n'est pas un homme tant qu'on se laisse dominer par la colère [1]. Gabriel écumait. On va se baigner, a crié Luisa. Les filles avaient l'art de désamorcer les querelles stupides des garçons. Elle a jeté son tee-shirt sur la plage et a plongé dans l'eau. Les garçons se sont retournés comme s'ils se rappelaient soudain l'existence de la rivière. Gabriel a lâché l'épaule de Lorient.

— Tu es vraiment con quand tu veux.

Il a rangé son poing et Lorient son regard hautain. Tout le monde s'est jeté à l'eau. Phil a battu tout le monde à la course. Il s'était vachement amélioré durant les semaines de vacances. Nous sommes restés vautrés sur la plage, survivants épuisés de l'été de nos douze ans. Plus tard Lorient s'est redressé, il a ramassé ses affaires, et nous a donné rendez-vous à l'école le lundi suivant. Sa longue silhouette s'est éloignée en tanguant légèrement, il avait l'air d'un gamin marchant sur des échasses. Phil a bondi, attends-moi, il faut que j'y aille aussi. Salut les gars ! Notre compagnie s'amenuisait. Gabriel a plié ses affaires, il a posé le tout sur le porte-bagage de son vélo. Il est venu vers moi :

— Tournel, c'était chouette l'été.

Il m'a cérémonieusement tendu la main. J'attrapais sa main.

— On ne se fera pas chier cette année, d'accord.

D'accord, j'ai répondu. Tout en me disant que, personnellement, je n'avais jamais cherché à l'emmerder de quelque manière que ce soit. Les bourreaux repentis cherchent-ils à culpabiliser leurs victimes pour s'alléger la conscience ?

— À lundi.

Il a enjambé son vélo et donné de grands coups de pédale.

— Salut poulette !

— Tu sais ce qu'elle te dit la poulette !

1 Proverbe oriental.

Partis. Presque tous. La tache de la chemise claire de Gabriel s'est diluée dans la verdure des feuillages. Un grand plouf a rompu le silence soudain. Luisa était retournée à l'eau.

— Tu viens, Melvil?

J'ai hoché la tête une moue sur les lèvres. J'avais eu ma dose. Elle a nagé un peu, elle a fait la planche, puis elle m'a rejoint. Elle s'est assise sur sa serviette.

— Tu es amoureux de Léa.

— Pourquoi tu dis ça.

— Ça se voit, Melvil, tout le monde le sait. Tu as passé un mois à la regarder et un autre mois à la chercher partout, tout le temps, comme un oiseau tombé du nid.

— Tu racontes vraiment n'importe quoi.

— J'écoute ce que tu me dis et j'entends exactement l'inverse.

Des gouttes d'eau coulaient de ses cheveux sur ses épaules, d'autres dans son cou puis entre ses seins. Une vague de chaleur m'a traversé. J'ai toussé.

— Toi et tes idées…

— Moi aussi, je vais devoir rentrer.

Luisa a jeté un œil alentour, puis elle est revenue vers moi.

— C'était bien, l'été, cet imbécile de Gabriel a raison. Merci Melvil.

Elle m'a embrassé sur la joue. Je me sentais bizarre. J'avais l'impression de planer au-dessus de l'endroit où j'étais assis. J'ai demandé à Luisa si elle voulait que je la raccompagne jusqu'au pont. Si tu veux, elle a dit. Tu as déjà traversé l'île au trésor? Elle m'a regardé avec un air surpris. La quoi? L'île au trésor, c'est là. C'est la rive droite, il y a un chemin, un seul, le mien. Je te montre? Elle a plissé les yeux en me regardant légèrement de biais. D'accord, elle a dit. Je me suis levé, je lui ai tendu la main. Nous nous sommes retrouvés face à face. Je me suis penché pour ramasser sa serviette. Merci. Je l'ai frôlée en lui disant de me suivre. Au bout du mur, j'ai écarté les hautes herbes et nous avons pénétré dans la végétation luxuriante. L'air était lourd. Le sol était humide, mais nos pieds s'enfonçaient à peine dans la boue. Nous étions très proches, je sentais le souffle de Luisa entre mes omoplates, mon cœur battait la chamade. J'écartais les branches, elle se faufilait et m'effleurait. J'étais parcouru de sensations inconnues. Nous sommes arrivés à la source, nous avons pataugé dans l'eau claire qui s'est troublée aussitôt. Je me suis tourné vers Luisa, elle avait dans les yeux une lueur que je ne connaissais pas. Nos souffles étaient courts. Elle a soulevé les bretelles de son maillot de bain et l'a baissé jusqu'au nombril. Ses seins me sont apparus, une vague m'a submergé, un flux soudain brûlant dans mes veines. Nos corps se sont collés l'un contre l'autre, nous avions le nez dans nos cheveux, nous portions nos odeurs de sueur et de rivière mélangées, les mains de Luisa cherchaient en bas. Je tâtonnais, je ne savais pas, j'ai peloté ses seins puis ses fesses, j'ai abaissé son maillot, et j'ai fouillé, les doigts balbutiant dans un mystère humide. Elle soufflait dans mon cou. Je me suis redressé. Sa main a remplacé la mienne, elle avait l'air habile, ses yeux brûlaient. Nous nous sommes caressés regards noués, souffles emmêlés. Puis nous sommes retombés l'un contre l'autre saisis par une jouissance fulgurante. On est resté là, tremblants, secoués, tenant debout parce que l'un sur l'autre appuyés. Puis, Luisa s'est écartée, elle a remonté son maillot et confiné ses seins. Elle a tendu la main et repoussé mes cheveux en arrière.

— Tu viens ? On y va ?

J'ai dit oui, le maillot de bain sur les chevilles, ébranlé par la jouissance dont l'écho résonnait dans tout mon corps. Oui, oui, on y va. J'ai fait deux pas manquant de m'étaler.

— Rhabille-toi, Melvil, tesoro.

Nous avons quitté l'île au trésor sans plus échanger un mot.

8

À la rentrée, Manon, l'hippopotame – ou la grosse Bertha, ça dépendait des jours -, et Cynthia, la girafe ou la grande perche, ont répandu la rumeur que durant l'été Gabriel Maussin, le plus beau et le plus fort, avait enfin eu raison de ce crétin de Melvil Tournel, qui dorénavant glissait dans son sillage avec la plus satisfaisante soumission. Je n'ai pas manqué de les remettre à leur place en évoquant que si mon ami Gabriel apprenait qu'elles me traitaient de crétin soumis, il allait voir rouge, terriblement, et que dans leur grand intérêt, je leur conseillais de suspendre au plus vite leur épandage nauséabond. Elles me dévisageaient, pas convaincues le moins du monde, avec leurs airs de merluche mâchant du chewing-gum, quand j'ai vu apparaître Gabriel à l'entrée de la cour. J'ai marché vers lui, sourire aux lèvres, on s'est serré vigoureusement la main. Nous sommes passés devant la girafe et l'hippopotame en riant, Gabriel s'est tourné vers moi :

— Elles ont vraiment dit ça.
— Je te jure.
— Quelle bande de connes !

Les merluches décomposées me ficheraient sûrement la paix quelques temps.

*

Je correspondais avec Léa, au début de cette année-là. Petit à petit, mon cœur s'était libéré, je m'étais déclaré ouvertement amoureux et j'avais même osé l'un ou l'autre poème que j'avais joint à mes messages. Mais l'éloignement était contre nous, le lien qui nous unissait se détendait. Nos vies s'y prenaient les pieds. Notre jeunesse avide se nourrissait du quotidien, de ses surprises renouvelées, nos yeux et nos oreilles menaient une quête anarchique des touts et des riens, les événements chatouillaient la fleur de nos peaux, nous trépignions dans nos stalles de pouliches et de poulains avant de ruer au dehors et de traverser au galop les terres qui s'offraient à nous. Nous hurlions de joie lors de nos victoires et nous versions toutes les larmes de nos corps lorsque la vie nous découvrant ses failles nous poussait dans les cordes. Et l'émotion qui nous étreignait au sortir de l'été s'est émoussée le printemps suivant, usée par la séparation et les réalités quotidiennes. Je me demandais où se trouvait le sixième continent de Léa, je supposais qu'il s'agissait d'une rue de la capitale. J'imaginais parfois que je prenais le train pour m'y rendre, que je marchais au hasard des rues, et que soudain dans l'après-midi à la sortie d'une école je l'apercevais marchant avec des copines. Je m'approchais. Quand elle me découvrait, elle s'écriait : « Oh Melvil, cher Melvil, viens, mais viens que je te présente ! » Elle prenait ma main et nous marchions longtemps, jusqu'à la nuit. Je remontais dans un train. Elle agitait la main sur le quai. Puis elle disparaissait. Et je n'en savais pas plus et je me disais que je ne saurais jamais rien de Léa, c'était comme ça. Elle ne me dévoilerait rien d'elle, elle ne me parlerait que des Sept Rivages de l'Heptagone et de la puissance des formules magiques.

Nos vies nous happaient. Les remous de l'adolescence, les stupeurs et les tremblements, les appétits de croque-mitaine, la soif, les indiscrétions, nous rendirent plus rares l'un pour l'autre, même si je jubilais toujours lorsque surgissait un mot de ma complice dans la boîte de ma messagerie électronique. Cependant, au début du mois de juin, un regain d'activité fit son apparition, notre correspondance reprit vigueur à l'approche des vacances. Nos messages s'intensifièrent. S'allongèrent. Nous échafaudions des plans, nous construisions notre été, il fallait réunir la bande, nous raconter notre année – est-ce que Lorient avait toujours sa sœur sur le dos ? – nous voulions moudre du grain au moulin et cuire du pain, descendre dans le pays imaginaire de la carrière de sable, organiser le championnat du monde des ricochets, mettre de notre côté toutes les chances de pêcher un seigneur de la rivière, un brochet… L'espoir de reprendre Léa dans mes bras et de respirer l'odeur de ses cheveux me plongeait dans une immobilité rêveuse. Je composais des équations magiques, je lançais des incantations aux magiciens et magiciennes des sous-bois pour que la belle revenue se glisse contre moi et que je referme mes bras sur ses épaules. Mais au milieu du mois de juin la nouvelle tomba avec la netteté d'un couperet et toutes mes perspectives s'effondrèrent, Léa m'apprit le décès inopiné de sa grand-mère. C'était un séisme pour nos projets. L'été que nous convoitions avec impatience n'aurait pas lieu.

*

Bien sûr, Léa et ses parents sont venus pour les funérailles. La grand-mère fut inhumée au cimetière de Pont-sur-l'Ambrée. Ce jour-là, nous sommes arrivés, Luisa, Lorient, Phil, Gabriel et moi, en formation gauche, sans expérience dans l'exercice, novices en obsèques. Nous étions, comme il se doit, tirés à quatre épingles, Luisa moulée dans le gant d'une robe noire qui révélait – avec discrétion cependant – la plasticité grandissante de son corps adolescent, Phil et Lorient portaient des costumes de communiants dont les pantalons trop courts annonçaient un imminent départ à la retraite ou un rangement dans l'armoire des petits frères. Gabriel, veste noire, cravate noire, chemise blanche et pantalon gris était parfait, même avec sa corpulence de buffet ardennais. J'étais quant à moi, comme à mon habitude, en jean. J'avais opté pour une chemise foncée, j'étais déjà rétif au port du costard, mais propre et peigné. Nous sommes entrés dans l'église. Blottis les uns contre les autres sous le porche, notre groupe a produit des mouvements d'accordéon, s'étirant puis se regroupant, jusqu'à ce qu'une rangée de sièges libres s'offre à nous. La prise de possession des chaises fut brouillonne et plus sonore que nous ne l'aurions voulue, d'autant qu'une dame vacillante sur ses quilles regagnait la place qu'elle avait quittée un instant plus tôt au moment de notre installation, semant la déroute dans notre organisation. Pour mettre fin au cafouillage, je me suis appuyé à une colonne et j'ai croisé les bras. À quelques mètres de moi, entre ses parents, se tenait Léa.

L'ambiance était lourde, régulièrement brisée par un petit turbulent qui se levait à tout bout de champ et que sa mère ou son père allait repêcher dans tous les coins de la nef. Il fila à un moment droit vers le cercueil et frappa du poing comme à une porte en criant : «Y a quelqu'un?» Une rumeur sourde traversa l'assistance tandis que le bras vif de son père cueillait le petit et l'homme fila aussitôt vers la sortie de l'église. Phil et Gabriel furent pris d'un fou rire qu'ils mirent un certain temps à circonscrire. Lorient donnait des coups de coude inefficaces à Phil. Luisa, impassible, se tenait bien droite sur sa chaise. J'ai remarqué qu'elle m'adressait de temps à autre un rapide coup d'œil et j'ai compris qu'elle cherchait à savoir où je posais les yeux.

J'aurais eu bien du mal à cacher la destination de mes regards, Léa était là, à quelques mètres, les cheveux rassemblés en un chignon que je ne lui avais jamais vu, elle était un peu plus longue, un peu plus belle, et lorsqu'elle a tourné la tête et que nous nous sommes vus, je suis retombé amoureux comme au premier jour.

Je sus des années plus tard que Luisa n'avait rien perdu de cet instant et que ce qu'elle avait saisi sur mon visage l'avait désolée au point que deux larmes appropriées en la circonstance avaient jailli avant de disparaître effacées par ses doigts qui tremblaient un peu.

*

Après la cérémonie notre quintette rassemblé sur le parvis, guère plus habile, tanguait, incertain dans le choix des mouvements à opérer. Valse-hésitation de pingouins maladroits, deux pas sur la gauche puis un sur la droite… Nous avons hoché tristement la tête au passage du cercueil. Une saute de vent soudaine a semé la panique, emportant les foulards et les chapeaux derrière lesquels les uns et les autres se sont précipités. Puis Léa est venue vers nous dans sa robe bleu marine qui lui donnait un air de mousse élégant sur un paquebot au long cours. Toujours le même regard, les mêmes gestes gracieux. Et cette allure qu'elle avait… Elle a embrassé chacun de nous et nous a remerciés. Elle s'est arrêtée devant moi, elle a posé la main sur mon bras. Elle a dit – et c'était pour chacun de nous – que contrairement à ce qui était prévu elle ne passerait pas l'été en notre compagnie parce qu'elle devait rentrer là-bas, de l'autre côté de l'océan. Elle reviendrait plus tard. Ses parents gardaient la maison, mais ils comptaient y effectuer de grands travaux et ce ne serait qu'après, certainement l'année suivante, qu'ils y passeraient l'été. Mon cœur, si prompt aux déchirements, après avoir battu une demi-heure au rythme de Léa retrouvée, s'est rompu brutalement. L'Heptagone aux Sept Rivages était un pur salaud sans scrupule. J'en demeurais assommé, incapable d'un mot, d'un geste. Léa m'a attiré vers elle et a posé les lèvres sur ma joue me disant au revoir, elle a glissé un instant sa main dans la mienne, puis elle a lâché mon bras et repris en sens inverse le fil de ses salutations.

Le corbillard a démarré et freiné aussitôt à bloc, devant le petit énervé qui passait en trombe poursuivi par sa mère qui l'appelait : Lucien, mais Lucien, viens ici tout de suite… Des exclamations effrayées se sont répandues. Une couronne de fleurs s'est détachée et s'est mise à rouler sur elle-même en direction de la route poursuivie par un agent des pompes funèbres en redingote.

La voiture des parents de Léa est passée devant nous au pas. Léa nous a salués d'un geste. Elle a tourné la tête, et nous a suivis du regard au travers de la lunette arrière tandis que nous agitions nos mains levées.

Nous nous sommes donné rendez-vous l'après-midi à la plage, il fallait bien que l'on fasse quelque chose de ce fichu samedi. La tribu s'est éparpillée, Lorient et Phil par-là, Gabriel vers les Hauts. Luisa a couru vers son autobus mais elle l'a raté. Je me suis assis sur le banc pour attendre le suivant avec elle, j'avais tout mon temps. Dans ma main, au fond de ma poche, je serrais le galet blanc aux fils d'or.

Deuxième mouvement

I

Depuis que j'avais franchi cette étape – quitter le couloir des petits pour celui des grands – pas loin de quatre années s'étaient écoulées et je n'avais pas produit le moindre éclat dans l'établissement où je passais, contraint et forcé, le plus clair de mon temps. J'entends par éclat des prestations scolaires dignes de compliments. Si mon parcours à l'école primaire avait été honnête, travailleur, et se situait dans la partie supérieure de ce que l'on appelle la moyenne, celui que j'avais initié ensuite relevait du chaos. J'avais d'entrée redoublé la première année de ce nouveau cycle, et renouvelé la performance avec la suivante. Dès mon arrivée dans le système secondaire, j'avais contracté une furieuse allergie à l'autorité, j'en étais le premier surpris ayant toujours fait preuve d'une certaine docilité. Mes parents étaient préoccupés et attristés, je savais qu'ils ruminaient un sentiment de culpabilité nourri par leur absence récurrente, et j'en étais désolé, je ne souffrais pas de cette privation plus que précédemment, la liberté demeurant l'unique et le plus cher de mes biens. Mon enfance avait été solitaire et les années suivantes lui ressemblaient en tout point, j'avais juste gagné en indépendance. Si quelques-unes de mes illusions s'étaient fracassées sur le mur de la réalité lors de mon entrée dans l'adolescence, je gardais suffisamment de fantaisie. La plus grande force se situait pour moi dans l'imagination et ses utopies, je la cultivais avec passion, dévorant les livres qui me tombaient sous la main. Et j'ajoutais à cela, des tentatives de travaux pratiques. Dans le secret de ma chambre, je remplissais des cahiers quadrillés d'esquisses poétiques voire de poèmes, de débuts d'histoires, de réflexions, et parfois de paroles de chansons que je tentais de mettre laborieusement en musique sur une guitare qui m'écorchait les doigts.

J'allais donc à la fin de ce mois de juin accrocher le wagon de mes seize ans au convoi que je conduisais tant bien que mal. Lorient et Luisa entreraient dans la classe de cinquième en septembre alors que j'allais, au prix d'un effort soutenu durant les trois derniers mois, me hisser enfin en troisième. J'étais accompagné dans cet exercice par Gabriel qui avait accompli un parcours en tout point pareil au mien. Moi qui avais soutenu un temps la théorie selon laquelle le bonhomme souffrait d'une pénurie aigüe de neurones, j'en étais venu à m'interroger fermement sur l'état de mes méninges. Selon toute évidence, ce que j'appelais ma pensée ne correspondait en rien avec les règles qu'édictaient l'école et mes professeurs, et l'esprit rebelle que j'avais développé se heurtait avec constance à l'ordre que l'on tentait de m'imposer. Souffrais-je moi aussi d'un handicap ? Ma résistance était-elle une pathologie ? Finirais-je dans quelque mystérieuse consultation orchestrée par un docteur de la caboche ?

Heureusement, des cours tels que celui de français et celui d'histoire constituaient les exceptions qui maintenaient dans mon esprit la curiosité nécessaire à montrer quelque intérêt pour les études. J'y avais accès à la discussion, à la réflexion et j'y livrais souvent mes points de vue, certes singuliers, mais toujours écoutés, sur le monde dans lequel nous vivions. Ma conscience politique s'éveillait, je revendiquais mon engagement à gauche, ne pratiquant nulle équivoque quant à mes sympathies communistes. Je récoltais évidemment mes meilleures notes en composition française, domaine où je brillais par l'ébullition constante de mon imagination ; ceci même lorsque je bousculais les convenances. Et Gabriel ne manquait jamais de souligner que j'avais l'art de compliquer tout ce qui au premier abord relevait d'une simplicité enfantine. Je coupais les cheveux en quatre.

— Tu te prends la tête, mec. Un jour elle va te péter entre les doigts.

— Parle pour toi Gab, trois neurones supplémentaires ont poussé dans la tienne cette année, ça va commencer à chauffer. Tu ne passeras pas l'été.

— Un vrai fondu de capilotraction !

Asticotages et tracasseries, balancés sans heurts, nous étions devenus bons amis.

*

Depuis deux ans, Phil était parti. Sa mère avait décroché un contrat qui avait provoqué un départ de toute la famille vers les tropiques. Nous avions envié cette chance durant quelques temps, certains qu'il avait touché le gros lot. Nous avions non seulement perdu un ami mais aussi un maître de la devinette gourmande avec lequel nous explorions le monde par l'entremise de nos papilles gustatives. Les courriels que nous échangions au début s'étaient dilués dans le temps et ne furent bientôt plus qu'un souvenir. C'est à cette époque-là que nous arriva un précieux renfort constitué des jumeaux Mansour, Adil et Aden, débarqués d'Égypte dans les valises de leur oncle, Shady Mansour, patron du *Bazar d'Alexandrie* sis au n° 7 de la Grand-Rue de Pont-sur-l'Ambrée. Adil et Aden adoptés par cet oncle Shady après l'effondrement de leur immeuble au Caire. Par chance pour les garçons, ils étaient à l'école au moment des faits, ce qui n'était pas le cas de leurs infortunés parents. Bons élèves et du même âge que nous, ils n'allèrent pas rejoindre Lorient et Luisa en troisième à l'époque, mais bien Gabriel et moi, qui terminions laborieusement notre seconde première. N'ayant pas suivi le cursus adéquat dans les ruelles du Caire, ceux qui allaient devenir nos nouveaux camarades se voyaient rétrogradés dans une classe où ces vaches du corps professoral espéraient les voir s'épanouir. Le système affichait sans vergogne ses préjugés et son racisme primaire. Adil et Aden, loin d'être des imbéciles, auraient franchi sans encombre le cap de la troisième, mais bien élevés et n'ayant rien à perdre, ils se contentèrent de ce qui leur était offert et naviguèrent dorénavant en première position, récoltant les meilleures notes de la classe dans la plupart des matières, sauf la composition française, bien entendu. Contrairement à certains condisciples – tendant vers la connerie, et donc, limités du plafond, qui pensaient régler leurs problèmes existentiels en cassant de l'arabe sur leurs genoux –, nous fûmes séduits par cette paire exotique et ils firent vite partie de notre petite bande de baroudeurs des campagnes – monde totalement neuf pour nos nouveaux amis qui n'avaient jusqu'alors connu que le sable du désert et la poussière de la ville. Les deux frères ne tardèrent pas à éblouir la plupart des habitants de Pont-sur-l'Ambrée quand ils firent preuve d'un indiscutable courage le jour où un imprudent qui s'était mis en tête de braquer l'oncle Shady pénétra dans le Bazar d'Alexandrie un revolver à la main en gueulant *la caisse, bouffeur de chameaux!* – injonction rapportée par les jumeaux eux-mêmes. L'oncle Shady, assis derrière sa caisse, leva tranquillement les mains. Les jumeaux bondirent de nulle part ou plus exactement jaillirent de l'improbable labyrinthe que composaient l'accumulation de marchandises, et se jetèrent sur la fripouille mal informée des risques qu'elle encourait. Une balle tirée fâcheusement dans la bousculade trancha net la chaîne à laquelle était suspendue une marmite à confiture de belle facture qui assomma l'oncle Shady dans sa chute; heureusement sans grand mal, celui-ci s'en tira avec une belle bosse et une reconnaissance exubérante pour ses neveux. L'imprudent fut menotté par les gendarmes qui ne manquèrent pas de féliciter les frères pour leur courageuse intervention musclée. Luisa était particulièrement fan des deux zèbres, et nous étions jaloux, Gabriel et moi, ce qui nous révéla que nous tenions à elle plus que nous le pensions. Si le hasard faisait bien les choses, nous aurions, nous aussi, un jour, l'occasion de montrer de quoi nous étions capables, et nous serions alors à notre tour les heureux vainqueurs pouvant nous targuer de l'affection de la Moretti. Agathe apparu également dans le sillage de Luisa qui l'avait prise sous son aile à son arrivée de la capitale, ainsi que Jessie, une anglaise dont personne ne comprenait la raison pour laquelle ses parents avaient débarqué dans notre ville. Nouvelle à Pont-sur-l'Ambrée, Agathe avait tout de l'oiseau tombé du nid et nous étions décidés à parfaire son éducation dans tous les domaines – elle était particulièrement jolie – mais notre priorité concernait son initiation à la rivière, aux bois environnants et aux secrets de nos campagnes. Jessie quant à elle n'était pas très jolie mais elle était très sympathique. Elle buvait la bière à la bouteille et rotait plus fort que Gabriel. Il lui arrivait de sauter sur un garçon qui lui plaisait à seule fin de lui arracher un baiser. Initiée à la boxe elle était capable d'étendre n'importe lequel d'entre nous d'un seul coup de poing. Elle avait la faculté d'enchaîner des chapelets d'injures d'une vulgarité que notre manque de pratique de sa langue remisait dans le placard de l'incompréhension. La rythmique de son phrasé nous plaisait, mais nous n'en saisîmes la verdeur que bien plus tard. Ainsi, le jour où en conflit avec lui, Gabriel avait lancé à Lorient une poétique envolée de Jessie ressortie de sa mémoire approximative, dans la cour, en pleine fête de l'école et à deux mètres de Monsieur Lantier, il ne comprit pas immédiatement les raisons de la punition que lui infligea notre directeur. Nous fîmes appel à Jessie qui expliqua à Gabriel, qu'il avait dit : putain de branleur de fils de pute suceur de bite ! Ah, oui, quand même avait dit Gabriel, qui s'était alors promis d'approfondir sa connaissance de la langue de Shakespeare. Quant à Lorient, il était honoré que l'on fleurisse de telle façon des mots lancés à son endroit. Notre école restait un petit monde coloré et pittoresque au sein duquel nous nous sentions chez nous.

*

À quelques jours de la fin des cours, j'ai quitté ma classe en bon dernier, comme à mon habitude. J'ai suivi le couloir, le cartable sur l'épaule, avec ce sentiment de légèreté qu'annonce une prochaine délivrance. J'ai salué monsieur Lantier et madame Pisciotta qui papotaient dans la cour, inséparables depuis le jour lointain de l'accident. Quand je suis sorti, Luisa, Agathe, Jessie, les jumeaux, Lorient et Gabriel étaient en conciliabule. Gabriel semblait très agité, et montrait l'écran de son téléphone à Luisa. Je me suis approché, Gabriel m'a dit : elle arrive ! Je l'ai regardé sans comprendre. Il m'a mis son appareil sous le nez, un message succinct occupait l'écran, nous arriverons début juillet. Et c'était signé Léa. J'ai sorti mon téléphone de ma poche. Les téléphones portables étant interdits en classe, j'avais l'habitude de l'éteindre. Si l'école m'emmerdait, autant qu'elle le fasse bien à fond, pourquoi diluer cet ennui dans l'esclavage d'un écran. Le pouvoir hypnotique des jeux stupides m'irritait. Il me semblait de plus totalement idiot de risquer la confiscation et de perdre ainsi ce qui était devenu pour nous tous le principal moyen de communication. Je l'ai rallumé. Un message identique figurait dans ma boîte à courriels. Je ne savais que penser de cette nouvelle inattendue. Gabriel, qui habitait la maison voisine de feue la grand-mère de Léa, avait bien annoncé quelques mois plus tôt que des travaux avaient enfin commencé après plusieurs années d'abandon, mais ni lui ni personne n'avait jugé l'information digne d'intérêt. Rien n'attestait que la maison appartenait encore à la famille de la défunte. Ni moi ni les autres n'avions revu Léa depuis l'enterrement de sa grand-mère. Trois longues années s'étaient écoulées, et si elle m'avait causé bien des tourments, je l'avais remisée dans un tiroir bien au fond de ma mémoire. Depuis longtemps tout échange de message s'était tu. Je n'avais plus pensé à elle, nous n'avions plus parlé d'elle, elle s'était dissoute elle aussi dans le courant, le temps était une rivière qui moulinait les souvenirs. Plus étrange, comment avait-elle nos contacts téléphoniques, nous ne les lui avions évidemment jamais donnés. Mais il s'agissait de Léa, et pour elle, nous nous doutions bien que rien n'était impossible. Son nom à peine prononcé, elle régnait à nouveau sur nous, son aura planait au-dessus de nos têtes. Luisa est venue vers moi, elle m'a donné un léger coup de poing sur l'épaule en soupirant. Elle avait les yeux brillants.

— La princesse sort de sa boîte ! Que ça ne t'empêche pas de dormir, Melvil. C'est tout ce que je te souhaite…

— Mais qu'est-ce que tu veux dire…

J'étais là, les mains ouvertes au bout de mes bras mous, avec ce faux air de ne rien comprendre qui m'allait, j'en étais sûr, très mal. La mauvaise foi ne m'allait pas. Gabriel souriait de cet air bête qu'il pouvait si bien se donner. Son téléphone a sonné, il a décroché. Luisa nous a embrassés et nous a quittés en prenant les jumeaux par les bras dans l'intention de leur expliquer qui était cette mystérieuse Léa. Agathe et Jessie leur ont emboité le pas, l'oreille tendue. Gabriel arpentait le trottoir en parlant à voix basse. Finalement, il a raccroché. Il s'est assis sur sa nouvelle moto, une Aprilia 125 sur laquelle il ne pouvait s'empêcher de poser. Dès ses quatorze ans, Gabriel avait remisé son vélo et ses aspirations de coureur cycliste, dégoûté par la concurrence. L'unique signe révélateur de sa passion pour la petite reine était son porte-clés, le moulage d'un vélo sur lequel pédalait Eddy Merckx avec le maillot havane du charcutier italien Molteni, qui avait été sponsor de son équipe après Faema, producteur de machines à espresso, l'équipe de ses débuts.

Il m'a donné une tape désagréable dans le dos, une espèce de réminiscence du temps où il me pourrissait l'existence. Puis il a mis le contact et filé en donnant des coups nerveux d'accélérateur pour répondre à je ne sais quelle urgence. Lorient m'a contemplé avec une moue perplexe. J'espère qu'elle ne va pas te gâcher l'été, la petite, il a dit. T'inquiète, je lui ai répondu, tu penses bien que tout ça c'est loin. Il s'est éloigné à reculons, avec une moue sur les lèvres qui indiquait qu'il n'était pas convaincu. Il m'a dit salut mon pote, fais attention à toi, et il m'a tourné le dos en s'engageant dans le Passage des Hérons. Je me suis dit qu'il en avait bien l'air, lui, d'un héron, version piétonne, gris, aux longs membres à défaut d'ailes. J'ai jeté un œil aux alentours, les bras ballants, eh bien, merci pour cette défection générale, les gars. Nous avions pris l'habitude de prendre un verre à la sortie des classes et, là, je restais sur le carreau, une vieille chaussette oubliée sur la moquette. Le cours des choses me laissait seul, abandonné, après que l'on eut prononcé un prénom oublié de chacun, deux syllabes surgissant des vestiges d'un passé lointain, de l'authentique et véritable histoire ancienne. J'ai posé mon sac sur le porte-bagage de ma mobylette. Je devais être le dernier élève du pays à rouler sur ce modèle 103 de chez Peugeot. La plupart de mes copains se fichaient de moi, mais j'adorais cet engin peu gourmand, rapide, léger et maniable. Mes parents avaient déposé dans le plus grand secret le cyclomoteur de mon grand-père chez un mécano spécialiste de la marque qui l'avait remis à neuf, et ils m'avaient totalement surpris par leur cadeau le jour de mes quatorze ans. Mon enthousiasme avait détrompé leurs craintes que mon désir se porte sur un modèle plus récent. Mon emballement n'avait rien de feint, je me fichais de la mode et je trouvais cette machine très classe et en parfaite harmonie avec ma frondeuse indiscipline. J'avais appliqué au pochoir, des deux côtés du réservoir blanc, le célèbre visage de Che Guevara, photographié par Alberto Korda, et au-dessous la célèbre phrase *del commandante* : soyez réalistes, demandez l'impossible.

Je suis rentré en dessinant un immense détour au travers des campagnes, personne ne m'attendait. J'aimais rouler avec le vent dans les cheveux et son bourdonnement dans les oreilles. J'avais l'impression d'exister plus fort, plus complètement. Mon esprit était cerné par une multitude de souvenirs qui surgissaient les uns après les autres, libérés par un sésame de quelques mots, nous arriverons début juillet. Je me suis arrêté pour faire le plein d'essence, j'étais ailleurs entre une sablière abandonnée et des fourmilières à dômes, je voyais dans une image floue la silhouette d'une jeune fille... Le pompiste a toussé dans mon dos, je l'ai payé. J'ai dit merci et au revoir madame; il m'a traité de crétin.

Je me souvenais de Léa derrière la lunette arrière de la voiture qui l'emportait le jour des funérailles de sa grand-mère, mais le souvenir de son visage était incertain. Le temps a cette fichue habitude d'embuer les souvenirs. J'inventais des images, ses doigts libérant ses cheveux du chignon qu'elle portait ce jour-là... Je cherchais à saisir son visage, mais il m'échappait. Contrairement à la plupart d'entre nous, Léa était absente des réseaux – ou nous ignorions son pseudonyme – et n'y étalait pas ses photographies. En tout cas, c'était encore le cas la dernière fois que j'avais tenté de retrouver son visage dans le dédale de l'Internet, il me semblait un peu plus d'une année auparavant, peut-être lorsque Gabriel avait parlé des travaux dans la maison voisine de la sienne. Cette singularité ajoutait au mystère qui, je m'en rendais compte soudain, n'avait cessé de nimber Léa depuis le jour où je l'avais rencontrée. Une jeune fille dont on pouvait aujourd'hui oublier le visage faute de publicité, si ce n'était pas inexplicable, c'était pour le moins insolite. Une jeune fille qui avait dit un jour sans sourciller qu'elle vivait sur le sixième continent, l'Heptagone aux Sept Rivages, aux peuples méconnus et aux innombrables secrets. Une jeune fille que nous avions écoutée, suspendus à ses lèvres, sans mettre la moindre de ses paroles en doute, c'était – je me le dit ce jour-là pour la première fois – c'était surprenant, exceptionnel, bref, totalement inédit. Bien sûr, nos imaginations avaient le pouvoir et devaient le garder, mais chaque jour de notre vie représentait un défi à remporter. Le monde réel était une machine sans état d'âme qui avançait sans regarder en arrière et nous rentrait dans le lard pour nous introduire dans le moule. Les prototypes que nous étions gamins devenaient, les années passant, des modèles de série calibrés pour répondre aux besoins de la société. Cette idée me terrifiait. Toutes les projections de mon avenir que l'école proposait me tétanisaient tant elles me semblaient mortifères et dénuées du moindre intérêt. Je ne voulais pas être un rouage dans une mécanique obéissante et bien huilée. Les costumes-cravates étriqués que portait mon père chaque jour de sa vie me plongeaient dans une mélancolie tenace. Je voulais être libre et le rester.

Je ne connaissais rien de Léa, et les autres n'en savaient pas plus. Nous étions sous son charme et sous son emprise. Nous avait-elle jeté un sort ? Trois années s'étaient écoulées depuis l'enterrement de sa grand-mère, et le moment fugitif que nous avions passé avec elle, quatre années depuis l'été de nos douze ans, et trois mots envoyés par courriel annonçant son retour ébranlaient notre petit monde aussi certainement qu'un tremblement de terre. Trois mots envoyés par courriel et mon cœur s'emballait, j'allais avoir deux mots à lui dire.

Quatre années écoulées. Quatre années, un quart de ma courte existence, autant dire une vie. J'avais grandi d'au moins vingt centimètres, j'avais des poils sous les bras et aux endroits habituels, quelques-uns au menton et l'ombre d'une moustache, je chaussais du quarante-trois et je puais des pieds dans mes baskets. Si j'étais encore puceau, je rêvais d'embrasser toutes les filles et plus si affinité. Je ne pouvais m'empêcher d'imaginer ce que ce serait de poser mes lèvres sur les lèvres de celles que je rencontrais. J'embrassais avec la gourmandise des affamés et j'avais expérimenté, depuis les instants électriques partagés avec Luisa dans l'île au trésor de mon enfance, une collection d'attouchements divers avec des jeunes filles, lors de rencontres d'un soir ou dans les sauteries du samedi. J'avais flirté avec Agathe, plusieurs fois avec Luisa, mais habité par l'inconstance et la crainte de m'engager, je n'avais pas de petite amie attitrée. Je fantasmais sur une hypothétique relation avec ma prof d'histoire, quadragénaire élégante qui remplissait la classe de tension sexuelle lorsqu'elle y pénétrait vêtue de l'une de ses jupes de cuir et de bas nylon aux géographies définitivement surprenantes. Le frottement du cuir et du nylon provoquait un murmure imperceptible complètement ensorcelant. Je comptais même une expérience entre garçons avec Lorient et les jumeaux un soir où désœuvrés, buvant des bières, nous avions surfé sur des sites pornographiques en nous paluchant les uns les autres. Lorient qui promenait toujours sa longue silhouette dégingandée comme un épouvantail libéré de sa tâche aux champs, traînait la plupart du temps un certain Swan dans son sillage, un garçon attachant d'une grande gentillesse. Lorient m'affirmait qu'il ressentait peu d'attirance pour les filles et qu'il se découvrait une préférence grandissante pour les garçons. Il se mettait alors à rire et me disait, tu sais, toi, Melvil, si tu voulais… Et je lui répondais que c'était vraiment con parce que les filles, moi, elles m'attiraient terriblement. Et je me demandais si c'était parce que sa mère avait passé près d'une année dans une Maison de soins psychiatriques – les menaces de mort qu'envoyait une organisation pour le bien-être animal à son mari équarrisseur l'avaient plongée dans une profonde dépression – suite à ce trauma donc, qu'il vibrait pour les garçons, ou si c'était parce que sa sœur aînée l'avait tanné pendant des années pour qu'il mente à leurs parents pour protéger ses escapades amoureuses – Coline Decker s'était finalement mariée l'année précédente – qu'il affichait aujourd'hui cette orientation par esprit de contradiction. Je saurai plus tard qu'il ne s'agissait pas d'un choix mais bien d'un état de fait, une attirance profonde qu'il ne maîtrisait pas le moins du monde. C'était en lui, comme la vue d'une main, d'un pied, d'une nuque, d'une jambe, d'une chevelure féminine m'émouvait sans que je n'y puisse rien et que j'en sois jamais lassé. Je me disais qu'il s'agissait d'une pulsion instinctive extrêmement primitive. Je me demandais quel était le moteur de ce bouleversement chimique qui agitait mon corps, quelles hormones répandues provoquaient cette inéluctable attirance à la vue du corps d'une femme.

Des nuages égarés sur les collines annonçaient une pluie d'été, j'ai décidé de rentrer en abrégeant mon interminable détour. Je suis tout de même repassé par le haut de la ville pour jeter un œil à la maison de la grand-mère de Léa, oubliée depuis si longtemps. L'endroit était métamorphosé, des murs avaient étés abattus et remplacés par de grandes baies vitrées, le toit était neuf, il y avait des plantes en plus de l'arbre dans la cour et puis une table et des chaises parfaitement neuves.

*

Depuis quelques temps la retenue d'eau attirait du monde les beaux jours venus. Pas trop, mais suffisamment pour perturber mes habitudes et celles de notre petit groupe. Il fallait s'éloigner pour pouvoir pêcher, c'est dire que l'on empiétait sur notre territoire. Beaucoup avaient longtemps pensé que l'endroit était privé, quelle chance. Il avait suffi d'un commentaire publié sur les réseaux évoquant le charme du moulin sur la rivière et la possibilité de se baigner à hauteur de la retenue d'eau pour que les curieux viennent à la découverte de notre domaine. Mais fort heureusement, l'humain aimait la facilité et cultivait son côté grégaire, aussi la grande majorité des baigneurs préféraient les aménagements confortables de la piscine municipale aux aléas de la rivière et nous en étions enchantés. Comme je rentrais, quelques baigneurs repliaient leurs serviettes, préoccupés par l'arrivée imminente de l'averse, et regagnaient, à cent mètres de là, leurs voitures alignées sur le bas-côté de la route.

Pour mon plus grand plaisir et des raisons que j'ignore, un caprice météorologique j'imagine, une fantaisie des vents, la pluie ne vint pas. L'orage n'a pas franchi les collines et s'est évaporé aussi soudainement qu'il était apparu. J'ai enfilé mon maillot de bain et durant une demi-heure j'ai enchaîné les allers et retours. Quand je suis sorti de l'eau, j'avais la tête vide et les endorphines répandues dans mon corps accomplissaient leur mission. J'ai ôté du frigo ce que le mot laissé par ma mère sur la table de la cuisine exigeait. J'ai mis le couvert à l'extérieur.

Une idée m'a traversé l'esprit. Je suis monté dans ma chambre et j'ai fouillé les tiroirs de mon bureau. Je me demandais où j'avais bien pu le fourrer. J'ai tout retourné pendant cinq minutes, sans succès, puis j'ai aperçu la boîte à cigares que mon grand-père m'avait donnée des années auparavant et qui était devenue quelques années plus tôt le reliquaire de mes trésors. Elle était au sommet de l'étagère. Je suis monté sur ma chaise, je l'ai attrapée. C'était une petite caisse en bois léger, à l'étiquette usée par le temps sur laquelle se lisait encore la marque Mercator accompagnée d'un dessin représentant le célèbre cartographe flamand. Je me suis assis sur mon lit et je l'ai ouverte. Il y avait différentes babioles que j'avais entreposées plus petit, des bouts de ficelle, une mouche pour la pêche que j'avais bricolée, de la camelote de rêveur. Il y avait la petite boîte en carton de mon premier couteau et, au beau milieu, le galet blanc aux fils d'or. Je l'ai caressé alors que les souvenirs reprenaient leurs assauts ; Léa le glissant dans ma main après la messe de funérailles de sa grand-mère. J'avais perdu cette habitude de croire aux porte-bonheurs. C'était une autre magie de l'enfance victime de l'érosion du temps. J'ai pourtant glissé le galet dans ma poche.

Je suis descendu, l'esprit rêveur, j'ai ouvert une bière et je me suis assis sur la terrasse les yeux posés sur les remous que dessinait le courant qui emportait sagement les eaux de l'Ambrée. Je sentais dans ma poitrine battre mon cœur et je savais que sans que je n'y puisse rien il était en train d'enfiler ses habits du dimanche.

2

Le tourbillon endiablé des élèves de l'école primaire annonçait leur libération pour deux mois d'été. Le vacarme de leurs cris explosa au moment où la sonnerie ponctuait la fin de l'année. Au risque de me répéter, cet instant de libération est l'un de mes souvenirs d'enfance les plus puissants, les plus enracinés. Même si j'étais dans le couloir des grands et que je ne participais pas à la déferlante, je goûtais chaque seconde de cette échéance attendue. Quitter l'école, c'était retrouver l'imprévu des ruelles et des chemins. Je savourais ces minutes, je m'en délectais prenant mon temps pour en profiter pleinement, combien de fois vous l'ai-je dit déjà. Sortir d'entre les murs de l'établissement, les murs physiques et les murs mentaux. Pour qualifier cette échappée le mot libération n'est pas trop fort. Je me souviens de professeurs qui imaginaient qu'ils enseignaient alors qu'ils infligeaient juste des souffrances. Combien de paroles blessantes, de petites formules assassines, de petits coups douloureux assénés lâchement, de pincements sournois ? D'autres démontraient leur peu d'empathie envers leurs élèves en les ignorant tout simplement. Certains avaient l'esprit terne et dégageaient aussi peu de bienveillance que des portes de prison. D'autres disaient aimer leurs élèves, et ne pas pouvoir se passer d'eux, mais cet amour-là relevait parfois davantage de la perversion sadique que de la bienveillance. Comme l'expérience nous l'a enseigné, le harcèlement venait souvent de ceux-là même qui devaient montrer l'exemple. Je me souviens très bien de certains prêtres aux mains baladeuses.

Et bien sûr, et heureusement, j'ai connu à l'école de lumineuses exceptions, quelques professeurs inspirés qui ouvraient portes et fenêtres de nos cervelles pour les aérer et nous aider à découvrir la multiplicité de la pensée et sa complexité. Mais il y avait dans ce vieux monde de l'éducation nationale quelque chose qui m'écorchait, quelque chose autour du manque de respect de la personne que je n'arrivais pas à formuler et qui me blessait cruellement. J'ai déduit plus tard que l'école était un système totalitaire qui n'avait rien à envier aux dictatures militaires, la seule différence était que l'on n'y mourait pas sous la torture ou le peloton d'exécution. En résumé, je ne m'y suis jamais adapté. Après tout, qu'était-ce qu'un diplôme sinon un bout de papier. Le baccalauréat de la vie, lui, s'écrivait sur la peau, dans la chair, dans les tripes. Il n'y avait rien de plus puissant que cet enseignement-là, il valait largement tous les certificats d'études et constituait le seul véritable bagage nécessaire. Il forgeait notre pensée et notre être à part entière. Telle était ma conviction. Sortir de l'école, c'était tous les soirs une victoire où, profitant du portail ouvert, nos oiseaux déployaient leurs ailes.

Les vagues successives d'élèves traversèrent la cour dans laquelle nos silhouettes plus hautes ressemblaient à des navires pris dans les remous d'une tempête rageuse. Gabriel et les jumeaux avaient une discussion serrée concernant la quantité de fournitures que nous devrions avoir à notre disposition pour la soirée qui s'annonçait la semaine suivante. Nous avions pris l'habitude d'organiser sur notre plage de galets une fête pour enterrer l'année scolaire et entrer dignement dans notre été. Ce serait la troisième édition. La gestion de la logistique était cruciale. Nous avions établi un cahier des charges précis. La fête rassemblait prioritairement notre groupe et chacun avait le droit d'introduire une ou deux personnes – une dérogation spéciale était possible pour l'ajout d'un ou d'une troisième invitée – à la condition expresse que le droit d'entrée soit payé en liquide dès l'inscription afin que nous puissions procéder aux achats de boissons et de fournitures pour le barbecue et stocker la marchandise chez les uns et les autres jusqu'au jour J. Je n'avais pour ma part pas d'invité, mes amis étant les membres du groupe, mais Lorient, par exemple, amenait Swan, et Agathe, Noé son frère. Etant sur place, ma participation consistait à payer ma quote-part et à fournir un lieu pour entreposer nos réserves le jour des festivités. Je m'impliquais le moins possible dans toutes autres actions ayant un lien avec l'organisation. Motivé par mes convictions politiques, j'avais bien tenté d'introduire la première année quelques notions de gestion collective, insistant particulièrement sur la répartition équitable des tâches, mais le mystère de la dynamique de groupe juvénile était un cauchemar auquel j'avais goûté et je ne voulais revivre cela à aucun prix. L'efficacité et le sens pratique étaient des notions absentes de nos cerveaux adolescents et la bonne volonté affichée sur papier se révélait désastreuse quand il s'agissait de passer à la pratique, chacun ayant une conception différente de l'urgence ou de la nécessité. De plus, la gestion du temps répondait pour chacun à des paramètres extrêmement contrastés. Bref, se cultivait parmi nous, avec une assiduité sidérante, l'art de couper les cheveux en quatre. Mais néanmoins, par je ne sais quel miracle, la fête se déroulait et c'était chaque fois une réussite, avec ses délires et ses petits drames, dont nous parlions tout l'été. Nous écoutions des musiques très diverses, hurlant dans la nuit pour accompagner nos chansons préférées, nous dansions. Adil et Aden étaient de véritables maîtres de la grillade. Nous finissions toujours, plus ou moins ivres, dans des bras amis, et le nez fiché dans les étoiles.

*

Les vacances commençaient. Nul d'entre nous ne savait exactement quand Léa arriverait. Même si je soupçonnais Gabriel d'en savoir plus que nous. J'avais l'impression qu'il était en contact avec elle. C'était dans sa façon d'être, sa nonchalance permanente, et ce demi-sourire qu'il avait sur les lèvres lorsque nous nous interrogions sur le jour de son arrivée. Je m'agaçais quand il s'éloignait pour s'isoler et donner un coup de fil. Cette hypothèse d'une éventuelle complicité entre eux instillait chaque jour dans mes veines sa dose de contrariété. Par ailleurs, qu'il soit en contact avec Léa expliquait le plus simplement du monde qu'elle soit en possession de mon numéro. Luisa trouvait qu'on en faisait des tonnes à propos de la revenante. N'était-il pas possible de s'occuper un peu des vivants, en chair et en os, plutôt que d'un fantôme que nous n'avions pas vu depuis trois ans. Je savais très bien que cette remarque m'était adressée, que Luisa n'avait jamais accepté que mon attention soit capturée par Léa, et, manifestement, qu'il suffise de parler d'elle pour qu'elle redevienne le centre de mes préoccupations la contrariait fortement. Je savais que Luisa était plus ou moins amoureuse de moi (je savais que ce *plus ou moins* était malhonnête de ma part) mais j'avais bêtement la trouille de m'engager et de ne plus pouvoir cueillir les fruits à récolter.

Le jeudi, j'ai enfourché ma mobylette et j'ai pris la direction de la Grand-Place, qui demeurait pour moi, une destination de choix les jours de marché. Le soleil était chaud et je goûtais le vent qui s'agitait dans mes cheveux. J'ai franchi le pont et suivi la Grand-Rue. J'ai attaché la Peugeot à un poteau de signalisation à l'angle de la rue Saint-Gervais, et je me suis engouffré dans la foule dense qui arpentait le marché. C'était bien l'été, le vrai. Celui des shorts et des robes légères, des jupes, des petits hauts qui offrent les nombrils, des chemises ouvertes, celui des espadrilles, celui des crèmes et des lunettes solaires, celui des maillots de bains. L'été des épaules et des jambes des filles, des cheveux suspendus sur la peau dorée des dos nus. L'été des rires et de la belle humeur. Les marchands et les clients s'interpellaient. J'entendais le bruissement de la foule, la somme des murmures, des mots échangés, des exclamations, des pas, des froissements de tissus, c'était une pulsation vitale qui me berçait tandis que j'observais comme à mon habitude la diversité des étals. J'allais céder à l'appel du glacier quand j'ai entendu une voix, sa voix qui m'interpellait :

— Mais bonjour, Melvil ? C'est bien toi ?

J'ai tourné la tête à peine étonné, certain de l'avoir reconnue sans la moindre hésitation. Léa était là, entourée de ses parents et de Gabriel, un peu en retrait qui affichait un sourire triomphant. Ses longs cheveux blonds défaits coulaient sur ses épaules. Ses seins s'arrondissaient sous le coton blanc de son tee-shirt moulant. J'ai avalé ma salive en accrochant mes yeux aux siens, un peu honteux de la trivialité de mon premier regard.

— Voilà. Nous sommes de retour.

— Léa ?

— Tu as changé, mais pas trop. Tu as bonne mine, Melvil. Tu vas bien ?

Je me suis avancé, je l'ai embrassée maladroitement, saisissant dans mes narines des effluves de son parfum. J'ai serré la main de ses parents. Je me suis rendu compte que je ne connaissais pas leur nom de famille ou plutôt que je l'avais oublié. Ils n'avaient pas changé depuis l'enterrement. Le père de Léa n'avait toujours pas l'air d'un savant fou, mais plutôt d'un type à l'aise dans son bermuda chic, son polo griffé et ses mocassins d'été en cuir souple. Pas plus que sa mère ne ressemblait à une sorcière. Léa était sans conteste une descendante de cette belle femme élégante et souriante. Je me suis dit que ses parents avaient de la classe. J'aurais aimé posséder leur aisance et leur décontraction. J'ai salué Gabriel en cachant mal ma contrariété de le voir là. D'autant que j'étais certain qu'il n'y était pas par hasard.

— Nous sommes arrivés hier soir.

Léa souriait. Je voyais à l'air de Gabriel que j'avais raison d'avoir pensé qu'il connaissait le jour et l'heure de son arrivée. Il ne nous en avait rien dit. Je ne trouvais pas ça très loyal, mais je m'écrasais. Léa aussi aurait très bien pu me prévenir… J'étais pris au dépourvu. On ne se refait pas. Je ne savais pas où me mettre, comment me comporter. Au moins, me tenais-je droit ? Mes pieds pointaient-ils vers l'intérieur ? À la fin de mon enfance, j'avais remisé une pré-adolescente délurée dans un tiroir de mes souvenirs et je me retrouvais sans préavis devant une jeune femme énergique, élancée, au charme déroutant, au regard aussi troublant qu'auparavant, qui attendait – qu'attendait-elle de moi ? Elle m'attirait comme au premier jour. Avait-elle le pouvoir d'ensorceler le cœur des garçons ?

— Tu sais que nous organisons une fête samedi soir.

— Oui, Gabriel me l'a dit.

— Tu viendras ?

— Bien sûr. On a pas mal de choses à faire à la maison. Les travaux sont à peine terminés. Il faudra que tu viennes la visiter ! Mais je serai là samedi et les jours suivants. Je suis tellement heureuse d'être là !

Les parents de Léa m'ont salué et sont remontés le long de l'allée. Elle m'a dit qu'elle était très contente de me revoir mais que malheureusement elle ne pouvait pas traîner. On se rattraperait plus tard.

— À samedi, sans faute !

— À samedi, Léa.

Gabriel a emboîté son pas, non sans me lancer un ultime regard que je n'arrivais pas à décrypter. Qu'est-ce qui lui valait le privilège de passer du temps avec elle et ses parents ? Qu'est-ce que c'était que ce passe-droit ? Il lui parlait tranquillement. Il était là, avec elle. Gabriel n'était pas franc. Il se la jouait perso. Il bénéficiait de ses faveurs. Une boule de colère ou de jalousie se nouait dans mon estomac. Ils s'éloignaient côte à côte, trois pas en retrait des parents. À un moment, Gabriel a posé la main sur l'épaule de Léa. Mon cœur s'est mis à battre plus vite. Je trouvais ça terriblement lourd, il se permettait… Il se permettait vraiment n'importe quoi. Léa s'est dégagée d'un mouvement léger, et je me suis mis à rire. Ça, c'était vraiment bien fait pour sa gueule.

Je les ai regardés disparaître, absorbés par la foule. J'étais touché. Quelques minutes avaient suffi pour m'émouvoir. Je sentais qu'elle reprenait possession de moi. Tout en elle était désirable. Elle était assurément une magicienne qui m'entortillait dans ses sortilèges. Que les heures qui nous séparaient de samedi soir allaient être longues.

*

Le samedi vers vingt heures tout était fin prêt. Adil et Aden chouchoutaient le feu installé entre des grosses pierres, comptant qu'il serait bientôt temps de l'alimenter en charbon de bois. À leurs côtés, Jessie – qui se braquait par moments sur des détails insignifiants – tentait de leur expliquer qu'ils s'y prenaient mal. Adil a répliqué en insinuant que pour qu'elle dise une connerie pareille, elle devait déjà être bourrée. Jessie a voulu le gifler mais Aden a retenu sa main en disant qu'il n'y avait pas de place pour trois dans la cuisine. Jessie s'est repliée vers le casier de bière. Luisa remuait dans un grand plat la viande qui marinait dans de l'huile, de l'ail et des herbes, recette familiale. Lorient chatouillait Swan qui fut près de lâcher la bouteille de vin qu'il était en train d'ouvrir. Agathe riait, son frère fumait les mains dans les poches en composant d'improbables grimaces. Tout était pour le mieux, sauf que le sourire que Gabriel m'avait adressé le jeudi matin au marché surgissait sans cesse dans ma mémoire depuis deux jours. J'étais sur les nerfs. À la fois excité et assommé par mes supputations sur le lien existant entre Gabriel et Léa, et l'attente. Je buvais de la bière. J'étais vautré dans le pouf que j'avais déplacé de la terrasse de la maison. Nous avons tourné la tête tous en même temps au moment où la moto de Gabriel s'est mise à hurler le long de la rivière. Puis, brusquement, le moteur s'est tu et tout le monde a distingué clairement la voix de Léa qui criait :

— Je t'ai dit que je détestais ce boucan de sauvage ! Tu es vraiment bouché, Gabriel !

Nous avons vu apparaître au détour du moulin la jeune fille blonde qui avançait d'un pas énergique dans notre direction, puis Gabriel, courbé, qui poussait sa machine. L'effet était saisissant, dans la lumière déclinante, Léa accomplissait son entrée, ou plutôt son retour dans notre bande, et elle le soignait. Elle portait une robe blanche moulante qui soulignait sa peau bronzée et arborait un sourire triomphant. Elle a serré Luisa dans ses bras comme une vieille amie quittée la veille, elle a taquiné Lorient, l'écrivain en herbe, qui a rétorqué que depuis quelques temps il louchait plutôt du côté du théâtre. Lorient lui a présenté Swan, puis les jumeaux, Luisa a introduit Agathe, son frère Noé et Jessie. Léa l'a saluée dans un anglais qui me semblait parfait. J'essayais de me relever, piégé par le pouf qui se révélait particulièrement vicieux et comptait bien que je reste au sol. En basculant sur le côté j'ai renversé ma bière. J'ai juré et je me suis retrouvé à quatre pattes les yeux à hauteur des genoux de Léa. Elle avait toujours cette fine cicatrice blanche sur celui de gauche, j'ai eu une envie brûlante de l'embrasser. Mais j'étais aussi consistant qu'un pot de sirop de Liège après une heure au soleil.

— Melvil Tournel, dites-moi, c'est du joli.

Je me suis redressé tant bien que mal, j'ai saisi la main qu'elle me tendait. Ses yeux m'ont démonté le cœur, dont j'allais devoir – si c'était possible – recomposer au plus vite le puzzle. Gabriel est arrivé le casque à la main, il a attrapé une bière.

— Abracadabra, livraison expresse, les gars !

Léa a foudroyé Gabriel du regard. Il lui a tourné ostensiblement le dos et s'est intéressé au barbecue. Sur le moment, je ne me suis pas rendu compte de ce qui se passait, ce n'est que plus tard que la scène m'est revenue en mémoire.

— Je ne suis pas une marchandise qu'on livre.

Léa n'appréciait pas. Gabriel a haussé les épaules.

— Eh bien, te voilà…

Les grandes phrases nous viennent rarement au moment opportun. Il me semblait n'avoir plus un mot dans mon dictionnaire, mon cerveau était paralysé et une phrase y tournait en boucle : j'ai l'air d'un imbécile, d'un demeuré. Tout à coup, l'imbécile a réagi en apercevant la caisse de bière fraîche et il est parvenu à lui proposer un verre. Lorient a demandé :

— Alors, bel oiseau migrateur? Quel temps fait-il du côté des Sept Rivages ?

Swan a regardé Lorient d'un œil perplexe, il était fort probable que son complice ne lui ait jamais parlé de notre amie. Les yeux de Léa ont brillé d'un éclat neuf. Les règles n'avaient pas changé, le jeu pouvait reprendre là où on l'avait abandonné.

— Procure-toi un billet d'avion ! Je t'attendrai à l'aéroport de Diremdélidou et je te ferai visiter les territoires. J'ai eu le temps d'approfondir mes connaissances, tu n'en reviendrais pas.

— Une guide de luxe, je prends ! Je veux arpenter de long en large les Sept Rivages et je veux m'y baigner sept fois.

— Seuls le Premier et le Troisième Rivages sont accessibles aux baigneurs, les autres sont infestés par les Ombrelles d'argent, une sorte de méduse avec laquelle le contact est extrêmement douloureux. On peut aussi y rencontrer des Syvorax.

— Des Syvorax?

— C'est une espèce de poisson tropical à la gourmandise effrénée.

Jessie a demandé à quoi ils jouaient, Gabriel lui a lancé finement qu'elle était trop basse de plafond et ne pouvait pas comprendre. Bullshit a soufflé Jessie en allumant une cigarette.

Luisa a vidé sa bière et en a saisi une nouvelle :

— On est quand même gonflé sur le sixième continent, pas de nouvelles pendant trois ans et puis on débarque sans crier gare avec tambours et trompettes. Fais quand même gaffe de ne pas renverser les quilles, Princesse, ce serait vraiment ballot.

Léa souriait les yeux plantés dans ceux de Luisa. Elle a répondu :

— Le sixième continent n'est pas très performant au niveau des communications vers l'extérieur, c'est vrai. Mais n'est-ce pas le propre des terres lointaines?

— Encore faut-il vouloir communiquer…

— Il y a tant de choses passionnantes à accomplir là-bas que l'on n'a jamais une minute à soi. Et le temps passe si vite lorsque les journées sont à ce point remplies.

— Parfois c'est bien aussi d'y rester dans ses terres lointaines.

Léa souriait toujours. Elle avait peut-être juste les lèvres un rien pincées.

— Tu n'as plus rien d'une gamine, Luisa. Quelle allure! Je suis certaine qu'on se retourne sur toi dans la rue. Est-ce que les garçons te sifflent? Tu dois aimer ça.

— Parle pour toi !

— Tu as bien le tempérament de tes origines.

— Tu es vraiment douée pour les formules débiles. Si tu savais ce qu'elles te disent mes origines.

J'ai entraîné Luisa par le coude en lui demandant ce qui n'allait pas. Elle a ri et m'a envoyé un baiser du bout des lèvres.

— Laisse-moi jouer, Melvil. Laisse-moi casser les pieds de miss monde.

Léa a lancé :

— Ok, je t'accorde le point, Luisa ! Rien à dire. Tu défends ton territoire !

Luisa lui a tourné le dos. Elle a rejoint les jumeaux près du feu. Lorient est venu à mon secours, il a fait la révérence, puis s'est redressé en prenant la main de Léa pour qu'elle tourne sur elle-même :

— Nous avions quitté une petite fille et nous retrouvons une demoiselle absolument ravissante ! Une elfe voyageuse, ménageant ses surprises, m'accordez-vous, Princesse, cette danse pour ouvrir le bal ?

Léa a éclaté de rire. J'ai vu Luisa tendre le bras et composer le signe qui chasse le mauvais œil, geste que je lui connaissais et dont elle abusait parfois.

— Je vois. Alors, comme ça, le théâtre ?

— Oui. Encore deux années à tirer dans ce bahut là-haut et puis je tenterai ma chance au Conservatoire.

Léa, les mains sur les épaules de Lorient, jaugeait l'échalas les yeux plissés :

— Tu vas venir t'installer dans la capitale, alors ?

— Je pense bien que oui. Tu vois, ce qui m'intéresse vraiment, c'est la mise en scène. Travailler dur avec des acteurs, vivre ensemble à la façon des compagnies. Une communauté, tu comprends. Je ne sais pas si tu as vu la dernière pièce d'Ariel Bildzek montée par Diederick Van Hool, mais c'était...

Léa s'est tournée vers moi, quittant la danse et coupant l'élan de Lorient.

— Et toi, Melvil ?

Lorient a laissé retomber ses longs bras, un peu déçu de n'avoir été au centre de l'attention de Léa que l'espace d'une pauvre minute. Il a esquissé un salut dérisoire dans son dos et s'est rabattu vers Swan. Quant à moi, j'étais ramené à la réalité à la vitesse de la lumière, le poids de mes échecs reprenant soudain possession de mes épaules. Que pouvais-je répondre d'autres que d'avouer mes déconfitures répétées et l'inadéquation grandissante entre Melvil Tournel et l'éducation nationale ? Devant Léa j'étais saisi par un malaise grandissant, un sentiment de honte que je ne me connaissais pas, n'ayant jamais considéré que mes échecs venaient des faiblesses qu'on m'attribuait mais bien de celles du système dans lequel j'étais obligé d'évoluer. Devant Léa je n'étais soudain plus en mesure d'assumer ma condition de cancre, je regrettais amèrement l'absence de tout pedigree brillant. Léa a répété sa question. J'ai ressenti une forme d'agacement à son égard, je trouvais vraiment peu élégant d'en remettre une couche et d'enfoncer le clou. Je me suis tourné vers elle :

— Et moi, dis-tu ? Je ne crois pas que ce soit très intéressant.

Elle a plissé légèrement les yeux.

— Ne dis pas n'importe quoi.

Une idée m'a traversé l'esprit, aussi soudaine qu'inattendue, comme le sont habituellement ces traits, ces illuminations, qui nous sauvent des situations les plus dramatiques ou les plus rocambolesques, j'ai fait un pas vers la rivière, j'ai pris un air sérieux et concentré et j'ai dit :

— Tu sais, moi, j'écris, alors les études et tout le reste, je n'en ai pas grand-chose à faire. Donc, ce n'est pas très intéressant.

— Tu écris ? Toi ? Ça alors, Melvil, c'est une nouvelle. Tu écris quoi ? Je suis bien curieuse de te lire ?

Elle voulait me lire… Sans doute avait-elle oublié mes poèmes amoureux envoyés des années plus tôt. Tant mieux, ai-je pensé, oublier mes vagissements de scribouillard naissant était une bonne nouvelle. Évidemment, quelque lumineuse que soit l'idée qui jaillit, il est nécessaire d'assurer par la suite, sinon il ne se serait agi que d'une étoile filante sitôt découverte sitôt consumée. Je ne sais quel génie espiègle avait pris possession de mon âme, mais j'ai retrouvé le regard de Léa, j'ai affiché une moue fatiguée.

— Bien sûr que je te ferai lire.

Et je me suis senti chargé de la pesanteur d'un caillou crevant la surface de l'eau filant droit vers le fond. Lorient qui m'a toujours connu comme sa poche a bondi pour la seconde fois à mon secours en brandissant sa bouteille.

— Bon, eh bien, à votre santé et à l'été qui commence, les amis !

On a crié en entrechoquant les bouteilles et les verres. Les jumeaux ont mis la viande sur le feu, Luisa a augmenté le volume de la musique, elle a retrouvé son sourire et finalement, l'atmosphère s'est détendue. On a dansé un peu, on a parlé de tout et de rien, d'anecdotes au bout desquelles jaillissaient nos rires. Plus tard on s'est installé par terre et on a mangé la viande grillée. Noé, le frère d'Agathe, était une espèce de personnage burlesque, à l'humour décalé, infatigable et surprenant, nous étions morts de rire. Lorient assurait qu'il était un clown né.

— Tu verras, Noé, un jour je t'engagerai. Et pour un grand rôle, monsieur, pas pour une panouille!

Léa et Jessie échangeait par moments dans la langue de Shakespeare et elles riaient chaque fois sans que je saisisse vraiment ce dont elles parlaient. Je regrettais que ma faible disposition pour les langues me handicape et je me suis juré de m'y consacrer un peu plus assidument l'année suivante.

Un moment j'ai observé depuis la plage les silhouettes de mes parents qui se découpaient sur le mur du moulin à la lueur des bougies brûlant dans les photophores de la terrasse. J'ai pensé à eux. J'étais convaincu que quelque chose de nouveau les tracassait. Je m'étais dit que j'allais leur demander de quoi il retournait, les questionner, mais la pudeur sans doute, la crainte de mettre les pieds sur un terrain qui ne me concernait pas m'en avait empêché. Plus tard, ils ont éteint et comme à leur habitude, ils se sont couchés tôt.

La nuit s'épaississait et les boulevards du ciel se pavaient d'étoiles. Nous fichions nos nez là-haut en disant n'importe quoi. Nous fumions à cette époque. J'avais commencé à rouler des cigarettes vers l'âge de quatorze ans, mais ce qui nous semblait normal avait manifestement mauvaise presse dans l'époque et tant l'école que nos entourages nous poussaient à oublier ce vice destructeur qui nous condamnait au prix de souffrances horribles à une mort certaine. Après tout, nous nous considérions encore comme immortels, notre jeunesse se moquait effrontément des avertissements et nous assaisonnions nos clopes d'herbe en prenant un air sérieux et concentré. Des ronds de fumée glissaient parmi les ombres que dessinaient les flammes du feu. Nous écoutions un vieil album que nous adorions, dont le titre évoquait la face cachée de la lune. Et c'était bien ce que je cherchais, moi, l'envers, le dessous, l'autre côté du monde que l'on voulait m'offrir. L'autre côté du miroir. Des vérités différentes sous le vernis des apparences c'est bien ce que j'avais découvert dans la littérature fantastique. Une intuition me soufflait que c'était peut-être le chemin d'écriture que je devais suivre.

Et puis nous nous sommes mis à rire pour tout et pour rien, à nous en faire péter les zygomatiques et les abdominaux. Une euphorie tonitruante aiguisée par les vapeurs de cannabis. Nous étions sacrément bien.

Plus tard Léa s'est rapprochée, elle s'est allongée à côté de moi, je sentais son énergie et sa chaleur m'irradier. Elle entrait doucement dans ma bulle. Elle m'a parlé de la vie dans l'Heptagone qui n'était plus qu'un souvenir. Adieu, les Sept Rivages. Les aventures premières s'évanouissaient sans qu'il soit permis de les retenir. Elle avait oublié la plupart des formules magiques. Le temps était un prédateur redoutable, il digérait tout, et grandir était son complice sournois qui assénait chaque année à la même date son coup de boutoir. Comme moi elle avait vu s'enfuir le royaume de l'enfance qui avait pris dans sa mémoire, comme dans la mienne, la consistance vaporeuse d'un paradis perdu. Le magicien Azur n'était plus son précepteur, pas plus que son assistant Mahandry Rakotomalala. La réalité était beaucoup moins poétique et fantasque, la famille de Léa vivait dans un quartier cossu du sud de la capitale. Elle fréquentait un lycée très sérieux, un peu ennuyeux aussi, et comptait bien s'engager dans des études universitaires. Le problème était de savoir lesquelles.

— Je ne sais vraiment pas quelle direction choisir. J'ai

pensé à la médecine, la chirurgie peut-être... Mais j'ai peur de la routine. N'est-ce pas lassant d'ouvrir et refermer sans cesse des corps ?

Je me suis tourné vers elle :

— Tu plaisantes ?

— Toi, au moins tu sais que tu vas écrire.

J'ai chassé l'image qui avait surgi où Léa ouvrait de la pointe d'un bistouri une poitrine pour en ôter un cœur...

— Je t'admire pour ce courage. Oui, je t'admire parce que ce n'est pas gagné. Parce qu'il y a tout ce travail. Enfin, je veux dire, le talent n'est pas tout. Il faut aussi une bonne dose de chance, non ?

Pouvait-elle seulement envisager l'abîme de doute dans lequel elle me plongeait en affirmant que j'avais jeté mon dévolu sur l'écriture. Je bredouillais, je pédalais dans l'incertitude, gamin noircissant du papier, pâle imitateur des auteurs qui me bousculaient. Je voulais y croire, mais l'ascension vers les sommets m'apparaissait tout simplement irréalisable. J'étais encore beaucoup trop sérieux pour être libre. Sans doute fallait-il que je souffre, que je brûle mes ailes, que la vie me botte un peu les fesses. Que mon cœur batte et puis qu'il saigne.

— À quoi tu penses ?

— Je ne sais pas, des tas de choses. Le poème que je pourrais t'écrire.

— J'adorerais.

Je me suis dit qu'encore une fois, je disais n'importe quoi. Je fonçais droit dans un mur où j'allais pitoyablement m'écraser. Il était urgent que je décrète que réfléchir avant de parler devienne ma priorité, et qu'accessoirement, cesser de boire et de fumer pouvait m'être d'un grand secours. Je me retrouvais avec l'écriture d'un poème sur les bras.

— J'aimerais retourner là-haut, sur la falaise qui domine l'ancienne carrière. Je me souviens de ce décor incroyable et de la lumière qui y régnait. Tu m'y emmèneras ?

— Oui.

— Tu te souviens ? Montre-moi ton bras.

Elle m'a pris la main et a cherché sur mon poignet la trace du partage de nos sangs. Nous gardions sur nos peaux de vagues marques qui s'estompaient, des cicatrices que le temps avait entrepris d'effacer et qui disparaîtraient aussi inéluctablement que nos enfances nous avaient quittés.

— Comment on vit quand on n'a plus de formules magiques ?

— C'est bien le problème...

Nous n'avons plus bougé pendant quelques minutes. J'écoutais sa respiration régulière, le pif dans le fouillis des étoiles.

— Il faut que j'y aille, Melvil. Je suis crevée. Ou c'est le vin. Surtout, je dois partir avant que Gabriel soit trop pété pour me reconduire.

— Tu sais, on va tous dormir-là.

— Je préfère rentrer.

— Je peux te ramener, si tu veux.

— J'espère que personne ne va en faire une affaire d'état...

Je ne voyais pas de quoi elle voulait parler. Léa s'est excusée de partir tôt, mais elle ne tenait plus debout. Luisa restait sur la défensive :

— Évidemment, quand on vient du bout du monde !

Lorient l'a charriée :

— Tu devrais voyager, Luisa. C'est un bagage intéressant pour la jeunesse, le voyage. Tu serais certainement plus compréhensive.

Il s'est tourné vers Léa :

— Bonne nuit, Princesse des Sept Rivages.

J'ai attrapé le casque de Gabriel.

— Ben, ne te gène surtout pas !

— Je te le ramène dans une demi-heure, Gab.

Il a haussé les épaules et s'est tourné vers le feu. Léa a salué tout le monde de la main en disant que nous allions nous revoir très vite. Gabriel, visage fermé, buvait en silence. Luisa a entraîné Lorient à l'écart, ils ont commencé à discuter dans l'ombre. J'ai ramené Léa vers le moulin. Nous avons enfilé nos casques, j'ai allumé le moteur de ma mobylette. Léa m'a dit que ça ne l'étonnait pas que je roule avec ça. J'ai répondu, ça, comme tu dis, c'est increvable et ça roulera encore quand leurs scooters ou leurs motos seront à la casse. Léa s'est assise, elle a refermé ses bras autour de ma poitrine et posé le menton sur mon épaule. Nous n'avons plus échangé un mot. Sa chaleur se diffusait en moi me remplissant d'une douce euphorie. Je flottais dans les cotonnades ouateuses des joints que nous avions fumés. La 103 filait sur la route et le monde m'appartenait. Nous partions ensemble et notre périple nous emportait au bout des mondes connus. Melvil Tournel et la Princesse des Sept-Rivages – comme l'avait baptisée Lorient – prenaient la poudre d'escampette, se carapataient la clé des champs entre les dents. Leur vaisseau spatial laissait sa trace lumineuse dans les cieux, dépassait Sirius et le Grand Chien, prenait la première à droite après Bételgeuse pour entrer dans la constellation d'Orion. Déjà nous approchions d'Alnitak, puis croisions au large d'Alnilam. Il était temps de ralentir et d'activer les rétrofusées pour nous poser sur Mintaka ou Delta Orionos, notre destination. Léa s'est détachée, je me suis senti orphelin de sa chaleur, embrassé soudain par le froid galactique. Elle a ôté ses sandales pour ne pas réveiller les siens, elle a caressé ma joue en souriant, posé un doigt sur mes lèvres. J'ai demandé demain ? Elle a hoché la tête et m'a soufflé après-demain. J'ai dit d'accord. Elle m'a tourné le dos, s'est éloignée les sandales dans une main tandis que de l'autre elle repoussait ses cheveux derrière son épaule. Ces mêmes gestes que j'avais vus quelques années auparavant quand elle se déplaçait sur le mur de la digue me semblaient une signature qui m'assurait que la Léa d'aujourd'hui était la même que celle d'avant. Elle est tout à coup revenue vers moi en sautillant sur la pointe des pieds, elle m'a embrassé doucement sur les lèvres.

— Merci Melvil.

Elle est repartie. Sans se retourner cette fois. Elle m'a encore envoyé un petit geste de la main, un au revoir. Ce n'était qu'un au revoir. Je n'étais pas beaucoup plus consistant que de la guimauve filant au bout d'un bâton. Je me suis mis à flotter dans les gaz de la nébuleuse, rempli d'une délicieuse euphorie. J'ai poussé la mobylette dans la descente et j'ai démarré plus loin.

*

J'ai rebroussé chemin à travers la ville endormie. J'étais persuadé qu'entre les murs résonnait monstrueusement le moteur de mon engin. Je lançais, en pensée, des excuses aux endormis que la chignole emballée sortait peut-être des bras de Morphée. J'ai coupé mon moteur sur la grand route et je me suis laissé aller sur la pente qui descendait vers le moulin. J'ai posé la 103 contre le mur, j'ai ôté mon casque et j'ai pris celui de Gabriel. À cet instant, j'ai perçu un grognement, une ombre a surgi de je ne sais où, qui m'a plaqué sans ménagement contre les pierres brutes du mur. J'ai senti leurs arêtes au travers de ma chemise.

— Tu joues avec mes pieds, Melvil ? Tu me prends pour un con ? Je vais te faire passer ce goût-là, mec.

— Tu me fais mal, Gabriel.

— J'espère bien que je te fais mal.

— Mais putain, lâche-moi.

— Tu me refais ça et je te démonte la gueule, Melvil. La petite, son chauffeur, c'est moi.

— Mais tu es complètement con, mec. Aïe ! Arrête de fumer, ça te fout les neurones en berne.

— La petite, son chauffeur, c'est moi, tu entends !

L'articulation de Gabriel était incertaine mais sa colère bien réelle. Il m'a envoyé un direct à l'estomac qui m'a coupé le souffle. J'avais l'impression d'avoir survécu à la charge d'un buffle mais que je ne pourrais plus jamais respirer. Je cherchais l'air, plié en deux contre le mur. Je suis parvenu à articuler, Gabriel, qu'est-ce que c'est que ce truc, tu es défoncé, mec.

— La prochaine fois je te donnerai des coups qui laisseront des marques, connard. Et plus personne ne te reconnaîtra avec ta gueule en marmelade. Et sûrement pas, la petite. Tu as toujours été une merde. Tu n'es plus en sécurité nulle part, connard. Compte sur moi pour te pourrir la vie.

— Tu fais chier, Gab. Tu es complètement bourré.

Je me suis dit que nous vivions des cycles et que malheureusement après quelques années de concorde j'allais en vivre quelques autres en état de siège. C'était con de vivre dans une petite ville, finalement. Gabriel a enjambé sa moto et a filé en trombe vers la route, dans un hurlement de moteur. J'ai dit merci Ducon en regardant la fenêtre de la chambre de mes parents. Mais elle est restée dans l'ombre. Je me suis dit qu'ils avaient pensé à tout et j'ai remercié monsieur Quiès pour son invention aux inébranlables vertus. Je me suis senti mal. Ma tête s'est mise à tourner et j'ai vomi. J'étais à peine plus vaillant qu'une merde. J'appuyais mon front contre le mur, je crachais, je bavais. Pas beau à voir. Je sentais les pierres sous mes doigts, je reprenais ma respiration, goûtant la soudaine réalité de ne plus craindre de coups supplémentaires cette nuit. J'ai marché vers les arbres où j'ai pissé en m'appuyant contre un tronc. Le Gabriel des mauvais jours était revenu au galop. Et celui-là jouait ses sales coups, seul et sans témoins. La même lâcheté que l'été où il avait tenté de me noyer. C'était dégueulasse de m'attaquer par surprise. Léa l'avait apprivoisé ou peut-être ensorcelé; depuis, le dragon dormait enfoui dans la carcasse du bonhomme. Apparemment, elle avait réveillé la bête. Mais je ne comptais plus lui permettre de me persécuter comme il l'entendait. Je n'avais plus douze ans, merde. Plus douze ans c'était clair, j'en avais seize, Léa me retournait le cœur et Gabriel n'était pas d'accord. J'ai murmuré :

— Tu n'as vraiment pas de neurones, en fait. J'avais cru à une culture spontanée, mais non, retour à la case départ, trois petits pois dans la caboche, ce n'est pas lourd.

Je suis reparti vers la plage. Lorient, Swan, et les jumeaux discutaient autour du feu sur lequel ils avaient jeté quelques bûches pour en raviver les flammes. Un peu à l'écart Luisa et Noé s'embrassaient, puis rigolaient, puis s'embrassaient à nouveau. J'ai ressenti un léger pincement de cœur et j'ai détourné les yeux en me disant que Luisa bécotait qui elle voulait. Les ombres de Lorient, Swan et les jumeaux se dessinaient sur l'écran noir des arbres engloutis par la nuit. Ils riaient par moments un peu plus fort. J'ai aperçu les silhouettes d'Agathe et Jessie assises sur le mur. J'ai pris une bière et je me suis allongé sous les étoiles. La Ceinture d'Orion brillait au-dessus de moi. Dans son épée, je distinguais la nébuleuse dont on pouvait voir les volutes à l'œil nu par temps clair et loin de la pollution lumineuse, et plus loin Aldébaran et puis Les Pléiades. Je ne sais combien de temps s'est écoulé, mon regard plongeait dans l'infini des cieux et cueillait parfois une étoile filante. Et chaque seconde, je recevais les lèvres de Léa sur les miennes.

Un mouvement m'a sorti de ma contemplation, c'était Luisa qui parlait à voix basse à Noé tout en agitant ses mains mobiles. Il a écarté les bras, désolé, a glissé ses mains dans ses poches et s'est rapproché des autres et du feu. Luisa s'est arrêtée près de moi une bouteille de bière à la main :

— La princesse est couchée.

— Arrête.

Elle est restée silencieuse durant quelques secondes avant d'ajouter :

— J'espère qu'elle va bientôt mourir.

— Arrête, Luisa.

— Ça meurt, les princesses, qu'est-ce que tu crois ? Ça capote parfois très jeune, ça tombe dans les escaliers, ça se noie dans son bain... Ou alors ça se fait écraser par le camion des poubelles en sortant de son palais, paf !

— Toi, ma jolie, tu es complètement saoule.

— Je ne suis pas saoule du tout. Et je ne suis pas ta jolie jusqu'à preuve du contraire, je peux le jurer. À ton avis qu'est-ce qui est le plus facile, se suicider ou commettre un assassinat ?

Luisa tanguait légèrement. Elle a vidé sa bouteille et l'a jetée dans la rivière.

— Ah, bravo. Ça c'est vraiment con.

Elle est restée immobile un bon moment, j'avais l'impression qu'elle pleurait mais je ne voyais pas son visage.

— Luisa ?

— J'irai la chercher demain, promis.

Elle était immobile, perdue ou comme échouée, absorbée par la nuit, puis elle a frissonné, elle s'est penchée vers moi :

— Je peux venir près de toi, j'ai froid ?

— Viens.

— C'est idiot, c'est l'été. J'ai froid.

— Viens. J'ai une couverture.

— Moi aussi, j'ai une couverture mais j'ai froid quand même.

Elle s'est blottie contre moi, j'ai mis le bras autour de ses épaules, et puis la couverture.

— Je te jure que ça meurt aussi les princesses.

J'ai embrassé ses cheveux. Elle s'est endormie presque tout de suite. Sa respiration était apaisante. Je sentais battre son cœur. J'ai murmuré dors petite sœur. Elle a marmonné quelque chose comme je n'aime pas être ta sœur.

Nos outrances d'adolescents tamponnaient nos passeports vers le futur. Eprouver, tenter, goûter, pour pouvoir choisir, bâtir quelqu'un, cette môme ou ce gars qui prendrait un jour la suite. La vie nous rentrait dans le lard à cent à l'heure et il fallait rester debout. Question mode d'emploi, c'était débrouille-toi, ou plutôt, qu'est-ce que t'attends pour l'écrire toi-même ton manuel pour l'existence.

Lorsque je me suis réveillé, la pâle lumière de l'aube sortaient les arbres de l'anonymat. Des oiseaux chantaient, certains piquaient un bec dans l'onde et d'autres s'ébrouaient sautillant sur le mur du barrage. De légers lambeaux de brumes flottaient par endroits sur l'eau immobile. Luisa dormait, la chaleur de son corps blottit contre le mien était agréable. Je suis resté longtemps engourdi, attentif aux bruits et à sa respiration, aux reflets changeant au fur et à mesure que le jour se levait. Puis, aussi doucement que possible, je me suis dégagé, Luisa s'est enroulée dans les couvertures en marmonnant. Tout le monde dormait autour du feu éteint. Swan dans les bras de Lorient, Agathe et Jessie avaient rejoint les jumeaux en quête de chaleur. J'avais la gueule de bois, un léger mal de tête et une soif de chameau déshydraté. Apparemment, il n'y avait plus d'eau, j'ai pris une bière et j'ai marché vers l'amont. Je sentais les doigts de Léa sur ma joue et puis sur mes lèvres et je l'entendais me souffler après-demain. Après-demain, c'était déjà demain. Je me sentais heureux, une vibration enthousiaste me parcourait tout entier, première et salutaire dose d'adrénaline de la journée. Je suis revenu sur mes pas, pour m'asseoir sur le mur et attendre l'instant où le soleil apparaîtrait à l'est dans l'axe de la rivière.

3

Après notre fête et notre nuit à la belle étoile, la journée ne pouvait qu'être dédiée à la paresse. Une journée dans laquelle Léa revenue était déjà absente. Elle confirmait sa maîtrise dans les arts de l'apparition et de l'évaporation. Il suffisait d'un mot de sa bouche, un non pas demain, après-demain, et pschitt, elle disparaissait. Léa ou la fugue en mode majeur. C'était elle à cent pour cent, Léa qui décidait, rien n'avait changé quatre ans plus tard. Il n'y avait pas trois jours qu'elle avait débarqué et j'étais déjà fébrile, affichant toutes les dispositions pour la séquestration prochaine de mon cœur d'artichaut.

Swan et Lorient et puis les filles sont venus se baigner dans l'après-midi. Luisa était boudeuse. Gabriel devait être au Café des Sports les yeux rivés sur l'écran pour suivre les exploits du maillot jaune. C'était ça de gagné, si la guerre reprenait, moins je le verrais mieux je me porterais. Cependant je n'arrivais pas à croire qu'il ait rouvert les hostilités.

On ne balaye pas quatre années d'amitié d'un revers de main… Quoique… Mes souvenirs de la nuit étaient confus, et sans doute, Gabriel était-il bel et bien saoul quand il m'avait agressé, je n'avais certainement pas valu mieux. Le chauffeur de la petite, c'est moi, m'avait-il craché au visage. Cette remarque ridicule, il l'avait affirmée rageusement comme un enfant qui en accuse un autre d'avoir volé son sac de billes. Et il m'avait envoyé un sacré direct à l'estomac, j'avais un bleu sur le ventre. L'idée a surgi soudain dans mon esprit, si simple que je me suis demandé pourquoi elle ne m'était pas venue plus tôt : Gabriel était jaloux et ça, c'était très ennuyeux.

On ne vit pas non plus cet après-midi-là les jumeaux qui, arrivés d'Egypte avec le virus du football et la passion de supporters voués corps et âme à la Juventus de Turin, avaient contracté par la fréquentation de Gabriel le virus tout aussi ravageur de la passion pour le cyclisme. J'aimais moi aussi le football – mon père et moi, nous regardions les matchs de l'équipe nationale, c'était peut-être les moments où nous étions les plus proches, emportés par la ferveur partisane. Avec la seule intention d'asticoter les jumeaux, je m'étais taillé l'âme d'un tifoso de l'AS Roma, écharpe et casquette pour en attester, ce qui les agaçait et faisait fortement chuter mon capital sympathie les jours de match, et mettait notre amitié en péril lorsque les deux équipes étaient opposées, ceci donc au minimum deux fois par an durant le championnat.

La journée s'étira, languide, coulant sans heurt, jumelle de la rivière, pour digérer les heures. Mes parents sont rentrés en début de soirée. J'ai entendu le moteur de la voiture qui approchait, puis la coupure du contact. L'éclat des phares dans les feuillages s'est éteint. Les portières ont claqué. Assis sur la terrasse dans un angle qui m'offrait une perspective sur la porte d'entrée à l'autre bout du moulin, j'ai vu tout de suite que quelque chose n'allait pas. Mon père qui était toujours tiré à quatre épingles, même s'il avait l'air d'être l'employé plutôt que le patron dans ses costumes un peu vieillots, est apparu en bras de chemise, cravate dénouée, la veste jetée sur l'épaule. Cet abandon ne lui était pas coutumier. Il s'est écarté pour laisser entrer ma mère. Elle paraissait lasse, fatiguée, elle serrait dans une main un mouchoir blanc et dans l'autre sa sacoche qui pendait, comme oubliée, au bout de son bras. Contrairement à son habitude encore, mon père a jeté sa veste et sa cravate sur le canapé du salon. Il a posé les mains sur les épaules de ma mère et lui a dit quelque chose que je n'ai pas entendu, il a pris son sac et l'a déposé sur la table. Je me suis levé. Ne sachant trop quelle attitude prendre, j'ai décidé d'attendre. Ils m'ont rejoint sur la terrasse. Ils étaient pâles et abattus. J'avais l'impression d'accueillir des inconnus tant leurs attitudes m'étaient étrangères. Ils se sont approchés et m'ont embrassé, lourds d'embarras, le visage grave. Je les regardais, les questionnant du regard. Ils se sont assis. Mon père a soupiré profondément, puis il est resté immobile la bouche entrouverte. Je me suis dit que son silence durait une éternité.

— Melvil, mon petit…

Maman a soupiré :

— Armand, mon chéri, Melvil n'est plus un enfant.

Mon père a acquiescé.

— Nous avons une mauvaise nouvelle.

Je m'attendais à tout, et certainement à une mauvaise nouvelle au vu de leur état. Une guerre nucléaire m'aurait paru moins douloureuse que la faillite de leur affaire ou la vente du moulin. Je considérais la perspective d'un déménagement dans une autre ville comme la pire des menaces, un cauchemar dont je ne me réveillerais pas. J'ai pensé aussi que quelqu'un était mort, un de leurs amis ou alors que ma grand-mère avait cassé sa pipe. Cette éventualité, même si elle était terrible, m'a quelque peu rassuré durant un instant. Mon père pataugeait en cherchant ses mots.

— Hortense…

Il s'est à nouveau arrêté, hésitant. Hortense était le prénom désuet de ma mère, il me plaisait beaucoup, je le trouvais très classe.

— Ta maman est fatiguée depuis un certain temps, tu le sais. Donc, nous avons consulté un médecin. C'est ce que l'on fait dans ces cas-là. Il nous a conseillé de pratiquer des analyses.

Il s'est à nouveau arrêté, j'étais immobile, muet et tout oreille.

— Ta mère est malade, Melvil.

J'étais pris de court, emmené sur un terrain que je n'avais pas soupçonné. Maman s'est mouchée en silence, ses yeux cernés posés sur la table basse. Mon père s'est raclé la gorge :

— C'est sérieux Melvil, tu comprends? C'est dans le sang. C'est une maladie du sang.

— Mais les maladies on les guérit…

Ma voix était hésitante, je la traînais comme un vieux meuble un peu lourd. Ma mère a pris ma main, elle m'a souri doucement. Elle avait dans le regard cet air d'épuisement que je lui connaissais si bien. Mon père a poursuivi comme il pouvait :

— C'est une maladie rare que l'on connaît mal. Il y a toujours des maladies que l'on connaît mal. La science ne maîtrise pas tout. Les médecins disent qu'ils vont essayer. Heureusement que l'on peut essayer, non ? Il a plusieurs hypothèses de traitement.

Il s'est étranglé, il a tapé du poing dans sa main en hochant la tête, ma mère s'est tournée vers lui. Elle lui a dit, mon chéri, Melvil a seize ans, ce n'est plus un enfant, il a le droit de savoir. J'appréciais qu'elle parle de moi en ces termes. Elle a pressé un peu plus fort mes doigts :

— Il y a cependant peu de chance que quelque chose fonctionne, Melvil, il est probable que je ne...

Un sanglot s'est noué dans sa gorge.

— Je ne serai sans doute plus avec vous pour Noël.

Un pavé tombait avec fracas dans la mare de mon existence, éclaboussant l'été de mes seize ans. Ma mère m'annonçait sa mort prochaine. Je me suis dit putain c'est comme ça quand on est grand, on se prend, sans préavis, des trains dans la gueule et débrouille-toi pour assurer. Je fixais la vitre de la porte l'esprit en proie à une soudaine panique. Noël, qui était une fête que j'appréciais pour sa discrétion, sautillait vêtue de noir sur l'écran de la fenêtre. Elle m'adressait une sarabande brutale et vulgaire, le corps secoué par un rire d'outre-monde qui tordait la bouche grimaçante de sa tronche de morte. Je chassais la vision. Une bouffée d'émotions me secouait et me traversait de part en part. Je ne savais pas quoi répondre, j'ai regardé successivement ma mère puis mon père puis à nouveau ma mère, ces deux êtres dont je partageais la vie, mes parents. Je jugeais incompréhensibles les paroles qu'ils avaient prononcées. J'ai bafouillé, bien en peine d'aligner deux mots. Je me suis glissé dans les bras de maman. Nous étions économes en embrassades dans notre famille, les contacts physiques étaient toujours mesurés et frileux de débords, l'émotion était donc à son comble. Mon père, penché en avant, la tête basse et les yeux dans le vide se massait mollement les mains.

— Enfin, il faut croire que… Il faut croire que c'est possible. Quand on ne sait pas… Quand on ne sait pas tout est possible.

Il s'est levé en soupirant. Je l'ai entendu s'affairer dans la cuisine, il est revenu avec des verres, des glaçons et des bouteilles sur un plateau. Il m'a demandé ce que je voulais boire, j'ai répondu que je n'avais pas soif. Maman a décliné elle aussi l'invitation. Je suis resté assis à ses côtés, la tête posée sur son épaule. Je n'avais rien à dire qui s'exprime autrement que par cette intimité qui nous était peu familière, nous regardions la rivière, nous regardions ensemble l'écoulement de la rivière. Mon père a pris des glaçons et s'est servi un whisky. Ses mains tremblaient. Il s'est appuyé à la rambarde et, à son tour, a contemplé le fil de l'Ambrée courant à nos pieds. Le temps était suspendu. Le monde entier s'était tu, interrompant toute activité pour encaisser la nouvelle. Mon père s'est rassis. Contrairement à son habitude, il s'est resservi. Il était pâle comme un linge. Il tressaillait comme pris dans un courant d'air. Ma mère a murmuré quelque chose comme Armand, pas trop, mon chéri. Il s'est relevé, a traversé la salle à manger, puis le salon, le verre à la main, il a disparu, puis reparu, il est ressorti et s'est à nouveau rassis. Nous n'avons pas mis la table ce soir-là, faute d'appétit. Maman est montée se coucher. Papa m'a dit qu'elle allait passer une semaine à l'hôpital où elle subirait de nouveaux tests, puis elle rentrerait au moulin pour se reposer, interdiction de poursuivre ses activités professionnelles. Peu importait, mon père s'en chargerait, peut-être faudrait-il qu'il engage quelqu'un pour l'épauler, mais il verrait plus tard. J'ai proposé de lui donner un coup de main puisque c'était l'été, mais il m'a répondu que je serais bien utile à la maison. Ma place était ici. Etrange d'être soudain destiné à être quelque part. Assigné.

Papa a pris encore un verre, puis il m'a dit de manger quelque chose si j'avais faim. Je ne savais pas si j'aurais l'envie d'avaler quoi que ce soit. Il m'a dit qu'il allait monter, que la journée l'avait épuisé. Il s'est levé, il m'a embrassé. Il s'est tenu à la porte-fenêtre en rentrant, je l'ai regardé traverser gauchement la pièce, il s'est penché sur le canapé pour récupérer sa veste et sa cravate, et les a jetés sur son épaule. J'ai entendu son pas lourd dans l'escalier. Seul sur la terrasse, avec le murmure de la rivière et le crépuscule qui effaçait les alentours, rien ne me semblait plus réel. Je n'étais pas vraiment certain d'avoir entendu la terrible nouvelle. Que ma mère disparaisse me semblait tellement improbable, même si je savais au fond de moi qu'il s'agissait bien de la réalité. Je me suis dit que les mois suivants auraient une vraie sale gueule et que le calendrier de l'avent commençait fort tôt cette année-là.

La nuit noire avait digéré le décor depuis un moment lorsque je me suis levé. J'ai marché à tâtons jusqu'à la cuisine. La lumière du frigo était éblouissante lorsque je l'ai ouvert. J'ai contemplé son contenu sans arriver à me décider. Finalement, j'ai attrapé un paquet de jambon dont j'ai mangé des tranches avec les doigts, debout devant la fenêtre. Dans l'obscurité mon reflet n'apparaissait pas sur la vitre et je distinguais la forme des arbres, le mur de la digue, la rivière. Y avait-il des habitants dans ce pays des ombres, cette nuit venue, revers du jour et face cachée de nos vies ? Un vent se levait qui agitait les mondes enfouis de mon enfance. L'un après l'autre, ils affleuraient à la surface de mes souvenirs. Etaient-ce mes seize ans remués qui appelaient le Melvil d'avant, celui de l'innocence, à leur secours ? Mon enfant enfoui pouvait-il venir à la rescousse et me dessiner les contours de la bête, lui donner consistance, donner un visage à l'innommable ? Oui, il y avait dans la poix des ténèbres, dans cette glu impénétrable, un être indésirable, un monstre à la gueule sanguinaire, un loup-garou qui attendait le lever de la lune. Il y avait dehors la maladie de ma mère qui me narguait, qui allait entrer et sortir pendant des mois bâtissant jour après jour son apocalypse.

J'ai allumé la lumière, diluant dans l'éclat des ampoules la danse des dragons. J'ai rangé le paquet de jambon, j'ai bu un verre d'eau glacée. J'ai refermé le frigo et j'ai appuyé mon front sur le métal froid. Des larmes ont jailli par surprise, je les ai laissées couler. Puis j'ai respiré profondément, essuyé mes yeux d'un revers de bras et je suis allé me coucher.

Là-haut, recroquevillé dans le vaisseau qui traverse les nuits, dans l'engourdissement du sommeil naissant, je rêvais que j'étais blotti contre le corps de Léa. Apaisé, la tête posée sur le coussin de sa poitrine, elle me parlait doucement et ses mains caressaient mes cheveux.

*

Lorsque je me suis réveillé le lendemain, l'annonce de la veille a surgi de ma mémoire et aussitôt pris toute la place. Une boule nauséeuse m'a noué les tripes. Ce serait sans doute comme cela de nombreux matins lorsque la conscience reprendrait les rênes, jusqu'au moment où la commotion et l'ahurissement éteints, l'habitude serait prise de m'éveiller chaque jour en compagnie de la mort assise dans un fauteuil du salon. J'ai allumé mon téléphone. Un message envoyé un peu plus tôt disait désolé, je ne peux pas aujourd'hui, demain vers midi d'accord? C'était signé Léa. Je me suis laissé retomber sur mon oreiller. Merde. Le contrariant cours des choses... C'était à Léa que je voulais me confier. J'étais convaincu qu'elle était la personne dont j'avais le plus besoin, C'était elle qui me comprendrait, c'était elle qui me sauverait, elle était la seule qui me conduirait vers l'apaisement. Elle était étrange, cette faculté humaine d'appeler la foudre en espérant ne pas être foudroyé. La présence de Léa en ville effaçait les amitiés fidèles de Lorient et Luisa, qui sans que je m'en rende compte, veillaient sur moi. Ils étaient bien mal payés pour leur affection, Léa prenait toute la place dans mon esprit. J'étais convaincu qu'elle était la bouée dans la mer démontée. Je ne voyais qu'elle à qui m'accrocher. Bien sûr que l'amour est aveugle. Mais était-ce de l'amour où l'effet retour d'une fascination pré-adolescente. Etait-ce l'amour ou l'idée de l'amour? Peut-on tomber amoureux de l'idée d'aimer?

*

Maman était assise à la table de la cuisine penchée sur un livre de recettes. Elle m'a accueilli avec un sourire qui contrastait avec son accablement de la veille.

— Bonjour Melvil, mon chéri.

— Salut, maman. Ça va?

Je l'ai embrassée. Je me suis dit que ma question était idiote. Évidemment ça n'allait pas. Évidemment que ça n'irait plus jamais. J'ai préparé mon chocolat. J'observais ma mère du coin de l'œil ne sachant pas quelle était pour moi l'attitude adéquate. Je cherchais sur son visage des traces, des marques, des empreintes de la maladie. Où était cette saloperie, où se cachait cette obscénité qui allait me ravir ma mère, la démonter patiemment et la ranger pour toujours dans une boîte de bois qui brûlerait dans un crématoire glacial ou se décomposerait dans la terre molle du cimetière, comme son visage dans notre mémoire, au gré de l'implacable passage du temps. Pour l'heure je n'entrevoyais nul indice de la maladie et j'en fus soulagé.

Maman cherchait une recette pour le soir. Elle avait bien le temps de nous confectionner un bon repas à mon père et moi. Papa était parti tôt, à l'heure habituelle. Il était certain que quelque chose était en train de changer. Moi, qui passais la plupart de mes matins de vacances dans une délicieuse solitude j'allais devoir m'acclimater à ce changement. Je n'avais pas la moindre animosité envers ma mère, mais là, je sentais poindre une pointe d'agacement car elle ne cessait de me poser des questions et de faire des réflexions. Je ne parvenais pas à me concentrer. J'étais incapable de lui répondre correctement. Il m'était impossible de mettre mes idées en place, d'envisager ce que j'allais faire de ma journée, bref, de laisser vaguer mon esprit au gré des suggestions que lui formulerait mon imagination. Je me sentais en état de siège. Elle s'est soudain tue, elle a ouvert le frigo et en a sorti un énorme poulet, à la peau jaune à souhait – antipode de l'insipide fadeur des tristes produits des batteries industrielles -, bien charnu après une vie passée dans la basse-cour de la ferme Brassard.

— Est-ce que ça te plairait un poulet basquaise?

— Un quoi?

Je me suis repris en assurant que oui, bien que je n'eusse pas la moindre idée de ce que pouvait être ce poulet et cette recette basquaise qui m'était, me semblait-il, parfaitement inconnue. Avec ou sans olives a poursuivi ma mère ? J'ai dit avec à tout hasard. J'aimais plutôt bien les olives. Je suis sorti sur la terrasse. Maman m'a demandé de fermer la porte parce que la journée allait être chaude et déjà l'air brûlant s'engouffrait par l'ouverture. J'ai contemplé un moment la jungle épaisse sur l'autre rive. Depuis quand n'avais-je plus suivi la coulée que j'avais tracée dans ces fourrés ? Deux ans, sans doute, depuis qu'autorisé à l'usage de la mobylette j'avais perdu le goût de l'aventure, du moins de celle qui nourrissait les rêveries de mon enfance. La motorisation me poussait sur d'autres chemins et l'adolescence vers de nouveaux centres d'intérêt. Sur la rive opposée, l'abandon avait rendu mon île au trésor à son exubérance jusqu'à ce que d'autres gamins s'y perdent à la recherche de Long John Silver. Je me suis dit que l'après-midi, peut-être, je pourrais tenter une traversée. La contrariété de devoir attendre Léa jusqu'au lendemain m'ôtait toute envie, je n'avais plus d'autre ambition que de glisser dans un ennui parfait. Bien sûr, l'après-midi verrait certainement les autres se pointer, mais… Je ne pouvais rien y faire, elle ne viendrait pas aujourd'hui, je m'y résignais. J'ai laissé filer les minutes l'une derrière l'autre sans en attendre rien et peu à peu je me suis détendu. J'ai tâté l'idée d'écrire une chanson en me martyrisant les doigts sur ma guitare, mais l'effort de monter jusque dans ma chambre m'a semblé insurmontable. Ne rien faire. Je me sentais bien dans l'ombre du parasol. Le farniente. Je me suis demandé quand surgirait ma mère pour me demander si je n'avais pas une autre occupation que de peser de tout mon poids dans un transat. Non, cette pensée était injuste, elle me laisserait tranquille même si je ne levais pas le petit doigt de toute la journée. J'allais passer un été favorable, mon année scolaire réussie, point de matière à potasser, j'étais autorisé à perdre mon temps, si tel était bien le perdre. Ne rien faire. Glandouiller. Je n'étais pas loin d'associer cette apathie au bonheur. Je me suis dit que je pourrais peut-être lire, c'était somme toute mon occupation favorite. Je me suis accordé quelques minutes pour rassembler mes forces et au prix d'un effort mesuré, je me suis levé, je suis rentré et je me suis planté devant la bibliothèque. Il y avait sur une planche située à droite à mi-hauteur une série de bouquins que mon père me conseillait depuis longtemps, convaincu que leur lecture me plairait puisqu'il les avait dévorés à mon âge. Je l'entendais me dire, lis-les, je t'assure, ils sont captivants ! Que fait-on des conseils d'un père à seize ans ? Je n'attribuais de l'intérêt qu'à mes propres choix ou ceux que me soufflait Lorient, par exemple. Une lecture proposée par les parents ne pouvait qu'être une barbe. J'avais ignoré jusque-là royalement cette incitation paternelle répétitive, et là, sans doute étais-je mûr, car la curiosité l'emportait. J'ai tendu la main et saisi le premier volume : *Harry Dickson 1. Cinq aventures intégrales*[1]. Sur la couverture, deux hommes vêtus de noir, découvraient au pied de l'escalier d'une sombre cave le corps d'une femme aux cheveux roux. J'ai repris le chemin de la terrasse pour me poster à nouveau sous le parasol. Pas encore convaincu, mais intrigué, certainement. J'ai ouvert le volume, la première histoire s'intitulait : « Le vampire qui chante ».

[1] Harry Dickson est le héros de nouvelles policières fantastiques parues entre 1929 et 1938 sous le nom de Jean Ray. Les éditions Marabout les ont réunies en seize volumes publiés de 1966 à 1974. Elles ont été plusieurs fois rééditées depuis.

*

— Melvil ! Melvil ? Tu es là. Tu n'entends pas ? Je ne cesse de t'appeler. Tu n'as pas faim ? Il est largement plus de midi.

Ma mère me semblait toute menue derrière la porte-fenêtre entrouverte. J'étais étonné de la voir là, comme surgie d'on ne sait où, apparition tout-à-fait inhabituelle à cette heure de la journée.

— Manger ?

J'essayais de me rappeler quel jour nous étions. Les vacances, bien sûr. Et maman... J'ai refermé le livre sur le vampire, la bande de l'Araignée, les Spectres-Bourreaux... Je me suis étiré :

— Oui, j'arrive tout de suite.

Sa silhouette s'est diluée dans l'ombre du salon. J'ai posé le tome sur la table. Durant cet été, j'allais faire un sort à la série et en dévorer les seize volumes. Et j'allais par la suite me plonger avec passion dans bien des chefs-d'œuvre de la littérature fantastique. J'avais le goût de la lecture depuis toujours, je l'ai dit, mais cet été-là, j'y plongeais dès que l'occasion se présentait. Souvent la télévision m'ennuyait et ma console de jeux se morfondait dans son coin. J'aimais voir un bon film, mais rien n'était comparable à cette découverte page après page, ce que je cherchais plus jeune en parcourant les bois et les campagnes, je le trouvais plus certainement encore dans les livres.

Nous avons déjeuné en silence dans la cuisine, maman et moi. Un déjeuner un peu plus élaboré que mes habituels sandwichs. Une salade croquante colorée de tomates exquises qui agrémentait une omelette. Les murs épais de la bâtisse nous protégeaient des heures chaudes. À l'extérieur, l'air vibrait. J'ai proposé de ranger la vaisselle et maman est allée s'allonger. La casserole où le poulet avait mijoté durant une bonne partie de la matinée sentait très bon.

*

Comme à leur habitude, ainsi que je l'escomptais, Lorient, Swan et Luisa sont venus se baigner. Luisa, de mauvaise humeur, me tirait la tête. Elle broyait très bien le noir, douée pour l'exercice, mieux valait lui ficher la paix et éviter toute provocation les jours d'orage sous peine de récolter des coups de griffes. J'ignorais si dans l'instant c'était à cause de moi, ou si Noé, émoustillé par l'intimité qu'ils avaient partagée la nuit de notre fête, se montrait insistant. Luisa détestait l'obstination, quand elle fermait la porte, il valait mieux se résigner, accepter son sort et se dire que la chance était passée.

Je la regardais nager vers l'amont le long de la rive. Quelquefois, s'éveillait en moi un Melvil, endormi la plupart du temps, qui savait qu'un jour ou l'autre il n'échapperait plus à l'affection que Luisa lui portait. Ce Melvil-là l'observait du coin de l'œil rempli de tendresse, touché par sa beauté sombre et ses rondeurs italiennes. Il se disait qu'un jour viendrait où, libéré – il ne savait pas trop de quoi au juste – en d'autres temps et avant qu'il soit trop tard, il marcherait à sa rencontre. Parfois une agaçante petite voix lui soufflait qu'il jouait avec le feu.

Des impératifs divers ont malheureusement écourté l'après-midi, les copains s'en sont allés répondre à leurs engagements. Oui, mon engagement ! À vos ordres, mon engagement ! Je me suis mis à rire tout seul. Imbécile béat, poire fendue, tirebouchonné. Je suis resté là, savourant, assis sur les galets dans l'ombre des arbres, mon état d'abandon familier. J'observais de l'autre côté de la rivière les canards qui, le calme revenu, se réappropriaient leur lieu de baignade. Je pensais à ma mère. Tout à coup, un martin-pêcheur a percuté les eaux avec son habituel fracas, saisissant dans son bec un petit poisson brillant qu'il a avalé illico. Il a regagné son perchoir dans le haut des arbres, offrant son ventre roux aux rayons du soleil. Les reflets d'un bleu étincelant des plumes de son dos dans la lumière indiquaient qu'il s'était posé, reprenant son poste pour guetter une nouvelle proie. J'étais absorbé par mes pensées, me disant que j'allais rejoindre la terrasse et reprendre la lecture commencée le matin, quand l'intuition d'une présence m'a poussé à tourner la tête. J'ai eu un pincement de cœur et je me suis relevé un peu trop rapidement avec la certitude que ma journée allait mal finir. Gabriel était là à deux pas, le casque à la main.

— Pardon, je ne voulais pas t'effrayer. Tu es tout seul ? Et les autres ?

— Partis.

— Déjà ? Bon... Tant pis.

Gabriel paraissait véritablement déçu.

— Incroyable, l'étape d'aujourd'hui ! Tu aurais dû voir ça. Le maillot jaune est sacrément fortiche, un tout grand coureur. Il n'y en a pas un qui soit à la hauteur.

Il a posé son casque sur les galets et par-dessus son blouson de cuir. Rouler à moto imposait certaines contraintes comme les protections – d'où le blouson et les chaussures hautes fermées.

— Je meurs de chaleur avec tous ces trucs.

Je restais malgré moi sur la défensive.

— Tu dis, pas un à la hauteur ?

— Non. Je te jure que ce gars-là, c'est de la bombe ! Il va gagner haut la main, j'en suis certain.

— Je ne savais pas que c'était déjà la fin du Tour ?

— Non, l'arrivée, c'est dans deux semaines.

— Si tu sais qu'il va gagner pourquoi tu regardes la course tous les jours ?

— Je sais bien que tu n'as rien à battre du vélo. C'est dommage. Il y a une belle différence entre toi et moi, Melvil. Tu veux connaître laquelle ? Moi, je me fiche complètement que ça t'intéresse ou pas. Mais toi, tu ne peux pas t'empêcher de me juger parce que tu penses que je perds mon temps et que je ferais mieux d'avoir la tête dans des bouquins.

J'ai regardé Gabriel en imprimant sur mes lèvres une moue boudeuse teintée d'un demi-sourire. Je trouvais qu'il n'avait pas tort et je le trouvais plutôt fin pour le coup, surtout pour un fanatique de la petite reine. Pas tort, j'ai dit.

— Tu sais quoi ? Pour la première fois, il y a un habitué qui m'a offert une bière !

— Un habitué de quoi ?

— Un vieux du Café des Sports, tu t'imagines ? Je change de catégorie. Un peu comme si maintenant je faisais partie des meubles. J'adore !

— Je n'en connais pas beaucoup, moi, des types qui sont fiers de passer pour des meubles.

Je me suis dit que j'aurais mieux fait de me taire. Mais contre toute attente, Gabriel a ri. Nous étions dans un bon jour.

— Je sais bien que tu penses que ça ne vole pas très haut dans ce bar, que ce n'est pas un endroit pour un type comme toi, Melvil, mais moi j'aime bien. Ça me détend, leurs conneries à deux balles. Il faut prendre le truc avec un peu de recul, mec.

Il a ôté son short, son tee-shirt, ses baskets et ses chaussettes blanches. Gabriel portait la plupart du temps des chaussettes blanches et ça m'énervait. Il a plongé. Je n'avais pas envie de me remettre à l'eau. J'ai repris ma place au milieu des galets, les bras autour de mes jambes. Je ne savais pas quoi dire. À tout hasard, j'ai demandé :

— C'était une étape de montagne ?

— Quoi ?

— Ben, la course...

— Non, pas encore. C'était contre la montre. Le gars, c'est un malade.

Je ne savais pas qui était *le gars* et ce que signifiait le mot malade pour un fan de cyclisme. Mon expérience des étapes contre la montre était fortement réduite, parce que je ne regardais jamais les courses cyclistes sauf avec mon père à quelques rares reprises, pour lui faire plaisir, je crois, et l'unique fois où j'avais assisté à une épreuve *contre la montre*, j'avais abandonné avant la fin, vaincu par un ennui profond. Je vois, ai-je répondu à tout hasard. Je ne voyais rien du tout, et encore moins ce que foutait Gabriel à la baille à trois mètres de moi alors qu'il avait voulu m'esquinter pas plus tard que quarante-huit heures plus tôt. J'étais mal à l'aise, j'avais envie de rentrer et de me replonger dans mon livre. Gabriel est sorti de l'eau. Il est venu s'assoir près de moi.

— Je voulais te dire, Melvil, tu sais, il faut que tu m'excuses pour l'autre nuit, j'étais pété, je ne sais pas ce qui m'a pris. J'espère que je ne t'ai pas fait trop mal ?

Je sentais encore les effets du bleu sur mon ventre, mais j'ai répondu que ça allait. Gabriel m'a dit qu'on habitait des planètes différentes, qu'on ne partageait pas trop de centres d'intérêt lui et moi, mais qu'au moins on était amis. Et que c'était précieux, l'amitié. Il me semble que j'ai répondu que oui, que l'amitié, c'était unique et que ça se cultivait. Sinon, comme le bois d'en face, ça devenait un vrai foutoir. Nous avons jeté quelques galets, histoire de voir si nous tenions la forme. Les pierres plates filaient, rebondissant sur la surface des eaux et disparaissaient dans la végétation de la rive opposée. Un couple est arrivé qui a déployé des serviettes colorées sur la plage. Le type avait les bras et les pectoraux d'un superman de province avec des tatouages à la con. Gabriel m'a donné un coup de coude, les yeux rivés aux fesses de la fille qui méritaient, je le lui accordais, le coup d'œil. Les nouveaux venus se sont mis à l'eau en poussant des exclamations dans une langue étrangère dont les échos rebondissaient sur l'écran des arbres.

Gabriel a ramassé son casque en soupirant :

— Bon, il faut que j'y aille.

J'ai marmonné, à vos ordres, mon engagement... Quoi? m'a demandé Gabriel. Rien, à demain, j'ai dit. À demain, il a répondu. On s'est un peu cérémonieusement serré la main. Devant le moulin, il a enfourché sa moto, m'a lancé un dernier signe. Il a démarré et est parti moteur hurlant comme à son habitude. Il est des détails dans le comportement des gens que rien, pas même la meilleure volonté, ne peut modifier, que Gabriel n'assimile pas qu'il pouvait pratiquer la moto avec tranquillité en était un exemple criant.

J'ai salué d'un geste Superman et Jolies Fesses. Devant le mur de la digue, j'ai hésité un instant, puis je me suis engagé. Sur l'autre rive, les roseaux et les herbes étaient hauts, les fourrés serrés. J'ai cherché l'endroit où j'avais l'habitude de me glisser pour pénétrer dans le maquis. J'ai cru plusieurs fois le découvrir, mais chaque fois l'épaisseur de la végétation m'interdisait tout passage. Il m'aurait fallu une machette pour ouvrir une brèche. Le petit animal que j'avais été s'était ménagé une voie, je l'avais oubliée avec mes jeux d'autrefois et la nature avait repris ses droits. J'avais du mal à accepter d'être repoussé par les taillis, j'ai tenté le tout pour le tout, mais le fouillis végétal m'a tenu en échec, marquant mes bras et mes jambes de ses griffes. J'ai rebroussé chemin. Et en tournant le dos, je savais que je refermais définitivement les portes de mon île au trésor. Superman et Jolies Fesses se bécotaient sur la plage. Je suis passé à leur côté en feignant de les ignorer mais reluquant tout de même la plastique aguichante de la fille du coin de l'œil.

J'ai repensé à Gabriel et je suis rentré, ravi par l'épilogue favorable qui enterrait l'incident de l'autre nuit. Maman qui s'affairait dans la cuisine m'a suggéré de mettre le couvert sur la terrasse. Elle s'est inquiétée des griffures que j'avais sur les jambes et les bras. Je lui ai répondu que ce n'était rien. Je lui ai demandé comment elle se sentait. Elle allait bien, j'étais gentil de m'inquiéter pour elle. J'ai retrouvé le transat et j'ai replongé dans mon livre.

Papa est rentré et nous a servi l'apéritif. L'ambiance était presque joyeuse, dépourvue de tension, après la soirée douloureuse de la veille. Une fois l'épouvante reconnue, il était sans doute plus facile de la savoir au milieu de nous.

4

Le jour suivant, j'ai annoncé à ma mère que j'avais un rendez-vous, que je ne déjeunerais pas avec elle et que je rentrerais dans l'après-midi. Lorsque Léa est apparue, j'ai marché à sa rencontre, puis nous avons pris la direction des collines. Je lui ai parlé de la maladie de ma mère. Je me suis tu en abordant la partie la plus raide du sentier. En franchissant l'escarpement nous atteindrions le sommet derrière lequel s'étendait le plateau boisé et plus loin, là où les sols sablonneux lui étaient favorables, la pinède, au-delà de laquelle se cachait le but de notre sortie, la carrière abandonnée. Léa était arrivée vers midi, nous avions entamé le parcours de notre promenade à l'heure la plus chaude. Nous nous sommes arrêtés le temps de retrouver le fil de nos respirations. Nos souffles croisés imprimaient un rythme au silence. Une goutte de sueur a roulé sur la tempe de Léa. Ma langue a glissé entre mes lèvres. Elle s'est tournée vers moi.

— Je suis désolée pour ta maman, Melvil.

Elle a tendu la main vers mon visage et m'a caressé la joue. J'ai serré ses doigts entre les miens quelques instants. Nous avons contemplé en silence la vue imprenable sur la vallée. En aval de la rivière, Pont-sur-l'Ambrée s'accrochait aux flancs des collines. La petite ville était cernée par des prairies et des bocages tant au nord qu'à l'est, et au sud, la forêt de Saint-Roch s'étendait jusqu'à l'horizon, dérobant à nos regards la majeure partie du lac du Cheval-Mort. Léa a détaché ses cheveux, les a rassemblés et renoué à l'aide d'un élastique. Mon regard a glissé sur sa nuque et j'ai tressailli, parcouru par une onde de chaleur. Elle s'est tournée vers moi :

— On y va ?

— Oui.

Nous sommes repartis côte à côte, silencieux, les yeux gourmands de chaque détail, des arbres, du tapis de feuilles sur le sol, des ombres, de l'herbe verdoyante dans les clairières, du bruit de nos pas. Peu à peu le sable a remplacé la terre, les pins les chênes et les aiguilles les feuilles. Une odeur de résine chauffée au soleil a envahi tout l'espace. Je ne me rappelle pas exactement quand, mais quelque part par là, Léa m'a pris la main. Au lieu de grandir et de me sentir transporté par cette marque de tendresse, je me suis senti rapetisser, j'ai enfilé la mine et l'accoutrement d'un petit garçon. J'avais l'impression de me traîner derrière elle. La clôture est apparue. Sans hésitation, Léa s'est déportée vers la droite en direction de la falaise. Des effluves de son parfum m'ont caressé les narines envoyant dans mon corps entier des ondes électriques. Je la suivais, les yeux sur son cou, sur ses épaules. Je désirais poser mes lèvres dans cet endroit de sa nuque où échappaient à la discipline de sa coiffure de minuscules mèches de cheveux fins. Sa peau m'appelait. Elle était la sirène et je me coulais dans son sillage, envoûté par son chant. Il battait dans mes tempes et j'allais me jeter à l'eau. Je l'écoutais et je voulais qu'il se taise, une fois qu'il s'était tu je voulais l'entendre. Je désirais courir à ses côtés et tourner mon visage vers le sien pour cueillir son sourire, mais plus nous approchions du ravin plus mes jambes éprouvaient la pesanteur, la gravitation coulait du plomb dans mes membres. Mon corps s'alourdissait, réticent. Tout de Léa m'attirait, m'aspirait, le jeu de ses muscles sur son corps qui m'entraînait, la pression décidée de ses doigts sur les miens, teintée d'une égale douceur.

— Viens, Melvil, viens.

Sa voix un peu plus grave dans l'air brûlant me troublait. Mais le vide qui se dessinait à quelques mètres maintenant me repoussait, m'éloignait. Léa a ralenti le pas. Elle s'est tournée vers moi.

— S'il te plait, Melvil. Aie confiance en moi, viens. Approche-toi.

Elle a pris mon autre main. Elle me souriait. Elle m'attirait vers elle sans heurt. Elle devait être à un mètre du bord de la falaise, je m'accrochais à ses yeux. Ses yeux avaient-ils le pouvoir de m'extraire du monde, de me guider pour oublier le vide ? Elle a ajouté deux pas encore et s'est arrêtée.

— Viens tout contre moi et n'aie crainte de rien.

Elle a posé la main sur mon cœur qui déchirait ma poitrine. Léa me souriait toujours, elle a basculé la tête des boutons bleus de son chemisier au travers de leurs boutonnières, elle a pris ma main et posé mes doigts sur son sein.

— Tout doux. Tout doux, Melvil.

Je sentais des battements sous l'arrondi soyeux. Je respirais avec peine. Elle m'a attiré plus près, cherché mes lèvres et glissé sa langue dans ma bouche. J'étais brûlant de fièvre, déchiré entre mon désir fou et ma peur viscérale. Ma langue s'est nouée à la sienne pourtant. Son cœur s'emballait sous mes doigts. Mon autre main s'est accrochée à sa taille, est remontée dans son dos pour caresser sa nuque. Nos bouches se sont quittées un instant, le temps de reprendre souffle, le temps de nous entrevoir. Le temps de noyer nos yeux brillants dans l'eau du regard de l'autre. Elles se sont reprises, nos dents se sont cognées, nos langues retrouvées. C'était un pas de deux endiablé. Nous nous appliquions, prenant les cotes pour cartographier mâchoires, museau, lèvres, et apprendre cet empire de douceur si fortement désiré. Nous étions enlacés au bord du vide, éperdus, bave et sueur, salive et écume salée sous le soleil brûlant. Qui avalerait mieux l'autre, qui plus fort, qui plus loin. Je tremblais, feuille au vent du désir. Elle gémissait. Nous titubions sur l'arête, pliant puis nous redressant, roseaux dans une tourmente houleuse et désordonnée. Nous avons roulé sur le sol de pierre, de sable et d'aiguilles. Je sentais dans mon dos les ressauts de la roche. Nos peaux se frottaient, glissaient l'une sur l'autre, dérapaient sur le verglas brûlant de nos eaux mélangées. Ma bouche et mon nez dans ses recoins, j'avalais ses odeurs. Je buvais ses gouttes de sueur. Nous avons poussé un cri à l'instant de l'appareillage, un brame pour l'emboîture. Une vague géante naissait au creux de mon ventre, soulevée par la houle qui emportait nos corps irrépressibles. Pour la première fois, je m'envolais. Je ne savais plus où était le ciel, j'étais dans le ciel. Ou alors j'étais le ciel.

*

Longtemps, corps abandonnés l'un sur l'autre, nous avons couru derrière nos haleines perdues. Le soleil était au zénith. Les cigales étouffaient la stridulation des criquets sous le martèlement frénétique de leurs cymbales. Le front luisant de Léa a glissé sur ma joue, j'ai embrassé la chair de son cou, recueillant l'humeur salée de sa peau sur mes lèvres. Echoués dans l'ombre d'un pin nos respirations s'apaisaient. Nous ne disions mot. Je sentais les dépouilles de nos enfances nous quitter définitivement, l'irrévocable mue s'opérait emportant les carcasses et les pelures de nos aurores. Elles reposeraient dorénavant dans les sables de cet amphithéâtre, entre bouquets d'arbres et sables mouvants, entre les marécages et les champs bois de rose des bruyères l'hiver. Toutes nos contrées inventées, nos royaumes perdus et leurs peuples inconnus, les elfes, les dragons, les chimères sanguinaires, toutes nos incantations, toutes les propositions extraordinaires, les on disait qu'on était, toutes nos paroles magiques, à cet instant, s'éloignaient sans retour possible, en cortège silencieux, enfilant pour s'y perdre les couloirs sans fin de nos mémoires. Le Melvil d'hier gisait au pied de la falaise de calcaire et de grès. Je regardais, à la fois tranquille et stupéfait, ce pantin désarticulé me faire ses adieux. Les insectes, les rongeurs, les serpents, les fourmis, les rapaces, les vautours et les animaux sauvages laisseraient bientôt ses os blanchir sous les rayons du soleil brûlant. Le temps, le vent et la pluie, la neige et le gel auraient raison de ses traces et seul son souvenir demeurerait dans la mémoire de quelques-uns avant de disparaître définitivement.

Je tenais la vie entre mes bras. Sa peau était contre ma peau. Nous respirions ensemble. J'avais cette impression étrange de n'avoir jamais cessé de courir avant de m'échouer contre le corps de Léa, de mouiller dans le port de ses cuisses. Devenais-je un autre ? Ou moi, plus grand et plus fort ? Peut-être plus sûr de moi ? Shooté à l'ocytocine, je planais en pleine overdose.

Longuement nous n'avons pas bougé, murmurant de rares paroles. Peut-être avons-nous dormi. J'ai cherché le galet au fond de ma poche. J'ai dit à Léa de le prendre, de le garder jusqu'à l'été prochain. Elle me le rendrait aux prochaines vacances. J'en prendrais soin à mon tour jusqu'à l'été suivant. Et ainsi de suite. En gage, l'assurance de penser à l'autre.

Léa a caressé les griffures de mes bras me demandant ce que j'avais bien pu combiner pour me mettre dans cet état. Je lui ai répondu que j'avais tenté de forcer la passe du lagon de l'île au trésor mais que j'avais dû renoncer ne possédant plus la formule magique. Les portes dorénavant s'ouvriraient sur le futur.

Plus tard, le soleil déclinait derrière les pins et une soif extraordinaire asséchait nos bouches. Nous avons sucé des petits cailloux et grignoté des brins d'herbes puis nous nous sommes faufilés entre les arbres sur la pente de la colline jusqu'à la source du Tambon. J'étais certain que si l'envie me prenait de déployer mes ailes, j'allais sans effort prendre mon envol.

*

Lorsque je suis rentré, mon père et ma mère prenaient l'apéritif sur la terrasse. Je me suis excusé pour mon retard. J'avais raccompagné quelqu'un en ville. Maman m'a souri, je ne les avais pas fait attendre et le repas était à peine prêt. Elle a retiré dans mon dos une paire de longues aiguilles de pins prises dans le tissu de ma chemise. Nous sommes passés à table. Je ruminais les derniers mots échangés avec Léa. Une fois de plus, à ma demande de nous revoir vite, elle avait répondu qu'elle ne pouvait pas avant le vendredi suivant. Nous n'étions que mardi. J'avais demandé pourquoi? J'avais dit que c'était injuste. Que j'avais besoin de passer du temps en sa compagnie. D'apprendre à la connaître. Que j'étais né pour passer mon temps à l'embrasser. Elle avait posé un doigt sur mes lèvres m'imposant le silence. Je sentais tout au fond de moi que ce geste qu'elle répétait depuis que je la connaissais, commençait à m'agacer. C'était une fin de non-recevoir qui exprimait une domination qui me déplaisait. Je me disais que la prochaine fois, je l'en empêcherais ou je refuserais tout simplement un report d'échéance. Pourtant, avant de s'éclipser, Léa m'avait dit :

— Mon adorable Melvil, il y a ce que tu désires et ce qui est possible.

Ce qu'elle m'offrait était donc le possible. Cette journée avait été aussi surprenante que magnifique, mais je ne pouvais m'empêcher de lui en vouloir de m'abandonner. C'était trop court. À peine quittait-elle mes bras qu'elle me manquait. Et elle se mit à rire quand je le lui dis. Et son rire me consumait et décuplait mon désir de la serrer contre moi. Elle m'avait consenti un baiser avant de s'évaporer derrière la baie vitrée de la maison familiale. Ma solitude soudaine était immense. Ainsi donc, et tant pis, aimer c'était aussi souffrir. J'étais en phase de descente après un trip exquis. J'atterrissais sans préparation. Plie les genoux, me soufflait mon intuition, plie les genoux et roule sur le sol pour amortir le choc. Tant pis, qu'était-ce qu'une soixantaine d'heures sur le calendrier? Je patienterais. Je l'avais inventée, la patience, moi. J'étais le roi de la patience. J'étais né maître en zénitude!

J'ai poussé, malgré moi, un lourd soupir. Maman m'a demandé si tout allait bien. Si ma journée s'était bien passée. J'ai souri.

— Oui, oui. Je suis juste fatigué. J'ai beaucoup marché. Et il y avait trop de soleil là-haut, j'imagine.

Mon père s'est tourné vers moi avec un sourire amusé :

— Tu t'es promené par là ?

— Tu sais, l'ancienne sablière, j'adore cet endroit. C'est sauvage, il y a des tas d'animaux même en plein jour. On ramasse des fossiles comme les cailloux au bord de la rivière.

— Ah, oui, la carrière. Cet un endroit pittoresque mais dangereux.

— Je le sais bien, papa. Je suis prudent.

— Et comment s'appelle cette jeune fille avec laquelle tu es allé ramasser des fossiles ?

Ma mère a tiré les oreilles de mon père en insistant pour qu'il me laisse tranquille. Évidemment, ils avaient dû nous apercevoir à notre retour. Une jeune fille, j'ai demandé ? J'ai regardé mon père l'air faussement interrogatif et je lui ai répondu, oui, c'est vrai, c'est Léa, une amie, j'aurais pu vous la présenter mais elle devait rentrer. Mon père a formulé une réflexion alambiquée évoquant la croissance des enfants et il m'a demandé si je voulais un verre de vin.

5

Ma mémoire habitait mes mains et mes doigts, qui récitaient par cœur mes caresses sur la peau de Léa. Elle vibrait sur mes lèvres qui songeaient au goût des siennes, dans mon nez qui courait derrière son odeur, dans mes yeux qui imploraient de se noyer à nouveau dans les siens. Ma peau appelait la sienne, orpheline criant famine. Etait-ce le manque ? Après la défonce prodigieuse, le manque qui exigeait sa dose de moiteur ? Chaque once de mon être le clamait, apostrophait l'injuste défaillance. Léa absente, j'étais astreint au jeûne.

J'ai longtemps cherché le sommeil et lorsqu'il m'a cueilli, j'ai enfourché les chevaux affolés de rêves arborant des peintures guerrières, décidés à en découdre avec le repos que j'appelais. Plusieurs fois, je me suis redressé dans mon lit, le souffle court. Je me disais que c'était mon corps qui digérait le choc. Et mon âme dans mon corps, étourdie, commotionnée, qui appelait l'abandon après avoir connu l'empoignade savoureuse. Ce n'est qu'aux premières lueurs de l'aube, au bout de l'épuisement, que l'homme que j'étais devenu selon le cliché populaire, le puceau ayant jeté sa défroque aux oubliettes, a sombré dans un coma profond.

*

Lorsque j'ai ouvert les yeux, le soleil était haut. Pas loin de midi déjà. Je me suis douché et je suis descendu. Maman était debout, penchée sur la table de la cuisine. Je l'ai embrassée. Je lui ai demandé comment elle allait. J'ai ouvert le frigo. Je me suis servi un grand verre d'eau que j'ai bu d'une traite. Elle a murmuré que ce n'était pas bon d'avaler cette eau glacée de cette façon et ce n'est qu'à ce moment que j'ai compris que quelque chose n'était pas normal.

— Maman ?

Elle a respiré profondément et esquissé un pâle sourire.

— Bonjour, Melvil. Quel sommeil de plomb.

— Quelque chose ne va pas ?

Elle tenait fermement dans ses mains les bords de la table.

— Je... Ce n'est qu'un étourdissement. Sans doute me suis-je trop agitée ce matin. Il fait si chaud.

Je l'ai prise par les épaules et je l'ai conduite au salon. Elle s'est assise dans un fauteuil. Je suis allé chercher un verre d'eau. Je l'observais. Elle était pâle, mais son regard était vif. Je me suis dit que c'était une alerte, mais rien de très grave. J'en parlerais à mon père. De toute façon elle entrerait à l'hôpital pour une semaine d'observation et une batterie de tests dès le lundi suivant.

— Je devrais peut-être me reposer. Tu peux manger sans moi, n'est-ce pas ?

— Bien sûr, maman. Ne t'inquiète pas.

*

Dans l'après-midi le temps s'est couvert. Il ne tournait pas vraiment à l'orage, mais un vent du nord, totalement incongru pour la saison, s'était levé. De quoi ôter toute envie de baignade. D'ailleurs personne ne vint au moulin. J'ai saisi le volume deux des aventures de Harry Dickson et je me suis installé sur la terrasse à l'abri du vent. J'essayais de ne penser à rien d'autre qu'à l'histoire que j'entamais mais j'avais du mal à me concentrer. J'étais assailli de pensées diverses qui me distrayaient et j'avais recommencé trois fois ma page perdant son fil au bout de deux lignes. Le visage de Léa surgissait à tout bout de champ et mon corps, dépouillé du poids du sien abandonné sur ma poitrine, se lamentait sans fin. Je ne tenais plus en place, j'avais besoin de bouger. Maman lisait dans le salon, je lui ai dit que je sortais. Elle m'a demandé d'être prudent et de rentrer s'il se mettait à pleuvoir. J'ai enfilé mon casque. Je suis parti vers la ville. Des rafales soulevaient la poussière. De rares passants pliés sous la bourrasque hâtaient le pas. Pourquoi novembre déboulait-il en plein juillet? Il y avait du monde au Café des Sports. Je me suis dit que je pouvais faire une exception, que pour une fois j'irais la voir cette fichue arrivée d'étape. J'allais certainement y retrouver Gabriel et les jumeaux. Pourquoi pas, tout ce que je cherchais c'était d'accélérer le passage des heures qui me tannaient. J'ai attaché ma mobylette, j'ai roulé une cigarette derrière le coin de la rue des Champs, à l'écart des tourbillons et je suis entré pour la seconde fois de ma vie dans le bar préféré de Gabriel Maussin. Une assistance compacte occupait les tables entre lesquelles ceux qui n'avaient pas trouvé place se tenaient debout, les bras croisés ou un verre à la main. L'assemblée vibrait dans la fumée des cigarettes, le visage tendu vers l'écran géant où les cyclistes affrontaient les lacets du col du Galibier. Aux avant-postes, le maillot jaune tenait les amateurs du monde entier en haleine, infligeant à ses adversaires les effets dévastateurs d'une accélération carabinée. Je cherchais du regard la silhouette massive de Gabriel et lorsque je l'ai découverte non loin de l'écran, mon cœur a cessé de battre dans ma poitrine. Ma cigarette a quitté mes lèvres pour rebondir sur le sol. J'ai cru m'évanouir, tant la violence du choc m'ébranlait. Il était là-bas, fasciné par les coups de pédales, et sur ses genoux, Léa s'abandonnait, un sourire sur les lèvres, les yeux fermés et la tête posée dans son cou, ses bras refermés sur les larges épaules. J'ai fait demi-tour et je suis sorti sans comprendre ce qui m'arrivait. Entre mon entrée et ma fuite trente secondes s'étaient peut-être écoulées, il avait suffit de ce laps de temps pour me foudroyer et tout ce que je croyais tangible s'effondrait. Je me suis courbé au-dessus du caniveau, mon estomac s'est retourné. Une pluie glacée s'est mise à tomber avec fureur. J'entendais dans le Café des Sports monter la rumeur des encouragements pour le maillot jaune. Des voix chargées de tensions, qui exploseraient bientôt en cris pour saluer la victoire de leur idole. Je suis remonté sur ma 103. Je tremblais de froid lorsque je suis rentré.

— Quel temps de merde ! Je suis trempé, je vais me changer.

J'ai filé dans ma chambre, dérobant à ma mère mon chagrin et la pâleur livide à faire peur qui me décomposaient le portrait. Je me suis jeté sur mon lit, les dents et les poings serrés, certain de mourir sous peu dans d'atroces souffrances. La trahison que l'on m'infligeait aurait raison de mes forces. La vie m'abandonnait, j'étais à l'agonie. J'étais désolé d'imposer une épreuve supplémentaire à mes parents, mais demeurer en ce monde m'était insupportable. J'enfonçais mes poings et ma tête dans mon oreiller avec l'intention de disparaître pour toujours.

Un quart d'heure plus tard j'étais toujours vivant et j'ai commencé à réfléchir. Le visage souillé de morve et de larmes, je me suis dit que j'étais prêt à affronter celui qui me volait ma raison de vivre, j'allais l'agonir d'insultes, tartiner sa face de merde et lui rentrer furieusement dans le lard. Gabriel Maussin n'avait qu'à bien se tenir. Le malabar n'était pas infaillible. Je me sentais la fibre d'un David décidé à affronter Goliath. Ça irait très mal pour sa tronche de salopard. C'était finalement si simple de régler ses petits problèmes.

Après une heure d'intense torture, mes yeux n'ayant plus de larmes et ma gorge plus de sanglots, hébété, au bord de l'épuisement, mon esprit a commencé à me proposer différentes analyses de l'image que j'avais entrevue, tentant de minimiser ses effets assassins sur mon état mental. Peut-être que Léa debout, coincée au milieu des téléspectateurs et lassée par l'exhibition cycliste, avait demandé à Gabriel de s'assoir un instant pour reposer ses jambes. Submergée par un ennui mortel, elle s'était endormie. Peut-être que Léa s'était assise à l'unique endroit raisonnablement accessible après que les sportifs en chambre, habiles à lever le coude, échaudés par son allure et la fraîcheur de sa mine lui aient suggéré de camper sur leurs cuisses accueillantes... Peut-être que j'avais rêvé après tout, peut-être était-ce ma cervelle déréglée par la privation qui avait construit cette hallucination. Voilà, c'était une hallucination ! Mais cet abandon, alors ? Ce relâchement dans les bras de notre Hercule de province ?

Je me suis redressé. Un abruti déconnait en fabriquant de la dentelle avec mon estomac. J'étais certain de ne plus jamais pouvoir avaler quoi que ce soit. J'ai pensé appeler Lorient pour tout lui raconter mais, effleuré par le sentiment d'être ridicule, j'y ai renoncé. Je me voyais également mal implorer Luisa de m'accorder son écoute et sa compassion. Il s'agissait de mon cœur et de ma pomme. J'étais foutrement seul au monde. Je n'avais qu'à me démerder.

*

Le vent a fini par laver le ciel et choisi de se défiler sans demander son reste. Juillet avait repris ses droits en bottant les fesses de novembre. Le début de soirée était doux et apaisé, bien différent du désarroi qui meurtrissait mes sentiments. J'étais sur la terrasse lorsque mon père est rentré. Il m'a rejoint un verre à la main et m'a offert une bouteille de bière. Il a tendu la main vers le bouquin qui traînait sur le transat.

— Tu t'es décidé ?

— J'ai bien fait, non ? Et tu sais quoi ? J'adore.

— Tu vois que tu peux de temps en temps écouter les conseils de ton vieux père.

Je lui ai parlé des vertiges de maman et de sa fatigue. Il a soupiré en s'appuyant à la balustrade, les yeux quelque part au milieu de la rivière. Il était tout engoncé dans son costume. J'avais envie qu'il dénoue sa cravate, qu'il se mette à l'aise...

Devant le minimalisme de nos appétits, ma mère a dit qu'elle reconnaissait ne pas avoir été très inspirée en préparant le repas et qu'elle se rattraperait la prochaine fois. Mon père a dit que non, non, ce n'était pas ça. Quant à moi, j'étais désolé, mais ça n'avait rien à voir avec le menu. J'étais barbouillé. La faute au soleil de la veille, sans doute. J'ai débarrassé la table et je suis monté dans ma chambre pour pleurer un peu en écoutant des chansons tristes. Plus tard je suis descendu à la cuisine pour prendre une autre bière. Mes parents étaient couchés. Je suis remonté dans ma chambre, j'ai ouvert le cahier ou je rassemblais mes poèmes et je me suis mis à écrire. Tard dans la nuit, je me suis glissé dans mon lit, le visage de Léa dansait devant le mien. Epuisé, j'ai justement sombré dans un sommeil sans rêve.

*

Le lendemain, Gabriel était la première personne à laquelle j'avais pensé en m'éveillant. Même pas Léa, non. Le visage de Maussin m'avait imposé son sourire bovin, suivi de sa carrure de cyclope. J'avais essayé de le chasser en vain. J'y avais finalement renoncé. Après tout, puisqu'il en était ainsi, qu'il reste là, j'avais un compte à régler. Le sien. J'allais l'obliger à recompter ses dents. Ma détermination était sans faille. Assurément.

En buvant mon chocolat, je me suis mis à examiner cette question de la détermination. Il était certain qu'une colère lourde pour ne pas dire une rage – rage contrôlée mais rage tout de même – couvait en moi, et qu'une telle source de motivation pouvait – le cas échéant – renverser des montagnes. La montagne Maussin en l'occurrence. Mais il était sage d'évaluer la situation et d'estimer la part de risques à laquelle j'allais m'exposer. Je n'avais pas trop envie d'être dépouillé d'une dent dans l'aventure ou d'une oreille ou, pire, d'un œil. J'étais éventuellement prêt à subir un bras cassé et à porter un mois durant un plâtre en plein été, ce qui me priverait également – et c'était une véritable épreuve – de baignade. Mais le jeu en valait-il la chandelle ? Existait-il une alternative me permettant d'éviter la mise en péril de mon intégrité physique ? Aucune idée ne surgissait dans l'instant pour me soulager du poids de mon interrogation.

Et Léa est revenue au premier plan. Son visage, son sourire, ses lèvres cueillant les miennes et sa langue qui s'insinuait dans ma bouche. Je me suis levé un peu brusquement, ma mère a soulevé un œil surpris. Je me suis excusé. J'ai posé mon bol dans l'évier et j'ai rejoint le refuge du transat sur la terrasse. Des hirondelles volaient haut dans le ciel confirmant le retour du beau temps. La bouche de Léa restait collée à la mienne. Le film de notre premier baiser repassait indéfiniment jusqu'à ce qu'un bug gèle mon écran intérieur sur l'image d'elle endormie ou blottie ou les deux, dans les bras de Gabriel. Est-ce qu'elle n'avait pas honte de faire preuve d'une telle légèreté après la force et la profondeur de ce que nous avions vécu au sommet de la falaise. Ne serait-elle pas rongée par les remords après cet affront à l'égard de l'intensité de mes sentiments ? Se rendait-elle compte des douleurs que m'infligeait son inconstance ? J'ai pris mon livre en espérant briser la succession des images qui s'enchaînaient à la surface de ma mémoire. C'était tout proche, à fleur de souvenir, clair, précis, son corps, sa langue, ses cheveux, ses seins, ses cuisses, le goût de sa peau sur mes lèvres et son odeur dans mes narines. Mon ventre palpitait, brûlant. Je crevais de son absence. J'ai déserté la terrasse, glissant comme un fantôme jusque dans ma chambre. Je me suis laissé tomber sur mon lit, j'ai baissé nerveusement mon short. J'étais couché sur la roche et ses saillies, et Léa pesait sur mon corps. J'ai joui presqu'aussitôt. Ma respiration cavalait dans mes oreilles et mon cœur dans ma poitrine. Pour une ou deux heures, peut-être, j'étais délivré. Après, son absence cognerait du doigt dans mon crâne, dans mon corps, et l'appellerait à nouveau, mon ventre et sa brulure inassouvie.

*

La longue silhouette de Lorient se traînait au bord de l'eau. Il marchait seul, les mains dans les poches, échalas rempli d'ennui. J'étais heureux qu'il vienne me voir. J'avais besoin de parler à un ami. Je ne savais pas si j'oserais lui avouer dans quelles affres me plongeait Léa. J'imaginais – au risque de me tromper – qu'il savait quelque chose. Mais confesser, même à mon meilleur ami, l'amour qui me dévorait m'apparaissait comme une épreuve, une espèce de moment initiatique où l'aveu de cet amour, même s'il participerait à la construction de l'homme que je devenais, restait embarrassant et me révélait mon lancinant manque de courage. Je n'étais pas prêt. Je ne me sentais pas à la hauteur du challenge. J'étais passé maître dans la confection d'excuses sur mesure. J'avais l'art de bâtir moi-même les moulins à vent que j'hésitais ensuite à affronter. Mais n'était-ce pas écrit dans la nature des hommes ? Je marinais dans un océan d'incertitude.

J'ai accueilli mon ami. J'ai demandé des nouvelles de Swan. Il était malheureusement à l'hôpital avec ses parents après que son grand-père se soit brisé le col du fémur dans une mauvaise chute. Il était resté deux jours au milieu de sa cuisine – il avait oublié son téléphone portable dans sa chambre – assommé par la douleur, incapable de se relever, avant que sa fille ne le découvre au bord de l'épuisement, baignant dans son jus.

— N'en rajoute pas, c'est répugnant.

J'estimais que cet accident était horrible. Le grand-père avait frôlé la mort et mes petits soucis de cœur m'ont soudain paru fort dérisoires.

— Et toi ? Ça va?

J'ai haussé les épaules, mais j'étais au bord de l'effondrement. J'ai crâné :

— C'est l'été. Ça roule...

J'ai souri mollement. Nous avons marché en silence en direction de la confluence du Tambon et de l'Ambrée. J'observais Lorient du coin de l'œil et je découvrais qu'il était lui aussi soucieux et préoccupé par quelque chose. Je me suis dit qu'il était au courant de ce que Léa et Gabriel me cachaient et qu'il ne savait pas comment m'en parler. Je me suis dit que j'allais lui tendre une perche pour l'aider à me livrer ce qu'il savait. Lorient ne m'en a pas laissé le temps, il s'est lancé soudain.

— Ça ne va pas du tout. Des événements inattendus se déroulent. Ils prennent tout le monde de court et je crains que rien ne s'arrange. Où tout cela va-t-il nous mener? Dans la situation actuelle, il suffirait d'une étincelle pour que tout s'embrase. Cette tension, je la sens tous les jours. Je ne veux pas perdre mes amis.

— Il n'y a aucune raison que tu perdes tes amis. Je ne vois pas pourquoi.

— Et si je devais partir?

— Pourquoi voudrais-tu partir? Tout ce que tu risques, c'est de prendre un coup de poing dans la gueule quand tu afficheras ton camp.

— Tu penses bien que je soutiens mon père, c'est bien la moindre des choses.

Qu'est-ce que le père de Lorient venait faire dans cette histoire ? J'ai demandé d'une voix hésitante :

— Mais en fait, de quoi tu me parles-là ?

— Tu vis sur quelle planète, Melvil ? On ne parle que de ça ! La vidéo clandestine dans les abattoirs. Mon père est dévasté.

— Ah... Ben non, je ne savais pas...

Je me sentais complètement à côté de mes pompes, idiot. Et gêné d'avoir naïvement cru que Lorient abordait sur un mode compassionnel ma situation dramatique. C'était vrai que j'avais vaguement entendu dire, je ne savais plus où, qu'il y avait un problème à l'abattoir.

— Les animalistes ont raison de défendre la cause des animaux. D'accord, il est nécessaire de lutter pour leurs droits. Mais il s'agit du boulot de mon père, bordel, s'il venait à le perdre, nous devrions vendre la maison et partir. Je ne veux pas partir, maintenant. Et pourtant, c'est ce cauchemar qui nous pend au nez. Tu t'imagines ?

— Catastrophe.

— Mais toi alors ? Qu'est-ce qui ne va pas ?

— Moi ?

Pris de court, le sol se dérobait sous mes pas.

— Moi ? Oh, rien d'important, laisse tomber.

Nous étions arrivés à l'embouchure. Le Tambon se jetait de toutes ses forces dans les bras de l'Ambrée. La métaphore a surgi dans mon esprit et le visage que j'adorais s'est affiché sur mes rétines. Aussi sec, l'abruti de la veille s'est remis à tricoter dans mes tripes. J'ai soupiré, imité sans délai par mon ami, qui secoué par son agitation intérieure a renchéri :

— Si mon père perd son boulot, ce sera la fin. Tu connais ma mère, elle va disjoncter à nouveau et nous concocter une jolie confiture de cerveau. Elle nous laissera un tas de pièces détachées, mais plus personne n'aura le mode d'emploi. Je ne veux pas qu'elle retourne dans la casa des foldingues, c'est trop dur. Qu'est-ce que j'ai détesté ça.

Nous nous sommes assis dans l'herbe, les pieds dans l'eau fraîche du ruisseau. Je compatissais, imaginer que sa mère, dépressive, puisse retourner dans cette maison de soins avait de quoi le bouleverser.

— Mais pourquoi ton père perdrait son boulot ?

— Les abattoirs sont sous scellés. À cause du scandale, la région veut s'en débarrasser. Il y a une offre d'un grand groupe qui propose d'optimiser les installations, ce qui provoquerait le licenciement de près de la moitié du personnel.

— Mais ton père ?

— Mon père est vieux, Melvil. Il a fait son temps, point.

J'étais désolé, je sentais l'amertume dans la voix étranglée de Lorient. Je lui ai donné une tape sur l'épaule, en signe de compassion.

— C'est vraiment comme ça que ça se passe dans ce monde de merde. Je me demande qui est le connard qui décide à tout bout de champ de relancer les dés.

Nous avons fumé des cigarettes. Nos pieds jouaient dans le sable du lit du ruisseau. Nous nous sommes tus longtemps. Puis Lorient s'est tourné vers moi et m'a asséné sans que je m'y attende :

— Bon, et tes amours ?

J'en ai eu le souffle coupé. J'ai avalé ma salive. J'ai senti que quelque chose se rompait, une vague d'émotions conjuguées m'a submergé et je n'ai rien pu faire pour retenir les larmes qui ont roulé sur mes joues. Lorient m'a regardé la

bouche entrouverte, saisi par la surprise de mon désarroi.
— Merde.
Mon pote s'est excusé et m'a pris dans ses bras.

6

CONTRAIREMENT à ce que me suggérait mon imagination galopante, Lorient n'avait eu vent d'aucune rumeur concernant Léa et Gabriel. L'hippopotame, raide de Gabriel, et la girafe, maîtresses ès racontars, lançaient habituellement des bobards dans la savane, mais la saison était sèche, rien n'était parvenu à ses oreilles. De toute façon, Lorient passait le plus clair de son temps avec Swan et les ragots n'arrivaient pas jusqu'à eux. Il n'avait pas vu Gabriel depuis la fête. Ce défaut d'informations n'arrangeait pas mes affaires. Je n'étais plus trop certain de l'image que j'avais saisie dans les vapeurs du Café des Sports. Une confirmation de la situation aurait été de la plus grande utilité pour ma stabilité mentale. Je craignais un peu de virer dingo comme la mère de Lorient. En moins grave, je l'espérais. Mais, après réflexion, je décidais d'affronter comme je le pourrais le regard de Léa. Qui était-elle ? Je l'ignorais. M'aimait-elle ? Aimait-elle Gabriel ? Je me torturais la cervelle. Il suffisait que je trouve la bonne question. Tard dans la nuit qui suivit je cherchais encore comment j'habillerais ma demande, la tournure et la couleur que je donnerais à ma *bonne* question.

*

Un message m'est arrivé en début de matinée. Mon téléphone a vibré sur la table basse. J'ai posé mon livre. J'ai lu : vers quatorze heures à la source ? J'ai souri, c'était plus fort que moi. J'ai répondu : oui, je pense à toi tout le temps. Une énergie nouvelle a commencé à m'inonder. Je la sentais descendre du ciel et monter de la terre. Une conjugaison parfaite, une alliance salvatrice. Un flux providentiel qui balayait devant ma porte les gravats de l'attente rétamée. Je reprenais vie. Je me sentais présent, de retour à part entière dans le grand capharnaüm. J'existais à nouveau dans le monde après pas loin de soixante-douze heures d'errance douloureuse. J'étais prêt à revenir à la table de jeu, on pouvait distribuer les cartes. Ma mère n'a pas tardé à remarquer qu'une transformation s'opérait. Elle m'observait discrètement, quittant de temps à autre les définitions de ses mots croisés. Des questions devaient lui brûler les lèvres mais elle ne m'a rien demandé. À midi pile, j'avais dressé la table dans la cuisine. À midi deux, il semblait qu'une agitation, une forme d'impatience grandissait, m'imposant de nombreux allers-retours entre les différentes pièces du rez-de-chaussée. À midi et dix minutes, il lui fut évident qu'il ne s'agissait plus de tergiverser et qu'un passage à table s'imposait au plus vite. Ma mère s'est installée sur sa chaise. N'y tenant plus, elle s'est tournée vers moi :

— Une bonne nouvelle ?

*

Il va de soi que je suis arrivé trop tôt à la source. Les feuilles des arbres frémissaient sous la brise. Mon cœur battait vite et mon estomac protestait parce que j'avais avalé mon repas sans le mâcher. Je guettais pourtant les signes de l'approche de Léa. Je me suis rafraîchi et je me suis assis sur le banc, satisfait et sûr de moi. Ça, c'était une nouveauté. Je n'avais plus la moindre idée de ce que j'avais à lui dire. J'en étais arrivé à considérer chaque question que je tentais de formuler, indiscrète, inutile et non avenue. Je n'avais rien vu, la vie privée de Léa ne me regardait pas. Je devais me contenter du possible comme elle me l'avait proposé. Elle m'accordait le possible. Qui étais-je pour exiger plus ? C'était à moi de me rendre indispensable, irrésistible et convainquant. De cette façon, je repousserais les frontières du possible et je pourrais la conquérir. Léa tomberait éperdument amoureuse de Melvil Tournel et toutes choses retrouveraient leur juste place dans l'organisation du vaste monde. Nous nous connaissions depuis l'été de nos douze ans et nous avions passé trois grosses semaines ensemble à tout casser, presque quatre. Les quarante-sept mois et une semaine restants nous avions vécu nos vies, connu nos premières amours et éprouvé les chagrins figurant en pièces jointes. Le temps était même parvenu à nous faire oublier l'existence de l'autre. Le bon sens demandait impérieusement que je me calme et que j'accepte le jeu que Léa me proposait. Je me suis senti soudain irrésistible. J'ai eu un instant l'impression d'entendre au loin l'écho d'un moteur mais je me suis dit que j'avais rêvé. J'avais vraiment beaucoup de chance. Je pouvais saisir son beau visage entre mes mains et l'embrasser. Coller ma pelure à la sienne et me remplir de son odeur. Enfourcher les chevaux du désir, affoler nos atomes, avoir la chair de poule et jouir, l'épiderme frémissant. J'étais beaucoup trop gourmand. Je me suis dit voilà, Melvil, il est possible de vivre l'amour sereinement, sans succomber au supplice de la jalousie. Chaque chose en son temps. Peut-être qu'elle ignore simplement combien elle t'aime ? Peut-être qu'elle le découvre ? Peut-être qu'elle viendra un jour, elle, te supplier de ne pas l'abandonner. Sois fort, sois un chic type, détends-toi.

Mais le cours des choses contrariait mes bonnes résolutions. Il n'était pas loin de quatorze heures trente et pas encore de trace de Léa. Je me suis dit que *vers quatorze heures*, c'était aux environs, ou avant ou plus tard, et que dès lors, ce jour-là, c'était plus tard. Il n'y avait pas de quoi en faire un plat. On était à l'heure ou on ne l'était pas. Léa était-elle ponctuelle ? Je n'en avais aucune idée. Je la connaissais trop peu pour être informé de sa manière de gérer le temps. J'ai bu à nouveau à la source. À quinze heures, j'ai tout de même commencé à tenter de gérer une pointe de doute. J'ai pris mon téléphone et j'ai tapé : tout va bien ? Je t'attends. Les minutes s'écoulaient et aucune réponse n'atterrissait dans ma boîte à messages. À quinze heures trente, j'essayais de chasser les images de la mère de Lorient qui surgissaient comme des fantômes, pour m'asséner que je n'étais pas loin de sombrer dans la dépression. J'avais bu trop d'eau fraîche, une crampe m'a retourné l'estomac et j'ai vomi dans les fougères. J'ai essayé d'appeler Léa, mais mon appel est resté sans réponse. Les sonneries dans mon oreille s'éternisaient, suspendues dans le vide tandis qu'un merle en verve sifflait dans un arbre tout proche. Je me suis dit que le volatile se foutait de ma gueule. Je n'avais pourtant aucune envie de quitter les lieux. J'étais horrifié à l'idée de rentrer au moulin sans avoir vu, toucher, senti, caresser sa peau, embrassé Léa. Il me serait impossible de me contenter du transat. Ma chambre serait une prison intolérable. J'y étoufferais avant la tombée de la nuit. Le merle babillait, enquiquinante flûte loquace. Je replongeais sans garde-fou dans les affres du supplicié quand j'ai clairement entendu le bruit d'un moteur. Un moteur que je connaissais et qui ne pouvait être autre que celui de la moto de Gabriel. Je l'ai aperçu qui filait entre les arbres descendant à toute vitesse la piste qui reliait la grand-route à la source et permettait ainsi à qui le désirait de venir s'approvisionner. Gabriel a ralenti en s'approchant et s'est arrêté à moins d'un mètre de moi. Un imposant nuage de poussière blanchissait son sillage. Il a posé la moto sur sa béquille. Il a ôté son casque. Il s'est assis sur le banc.

— Elle est où ?

Il a jeté un œil alentour. Il a posé son casque entre nous. J'ai remarqué que ses mains tremblaient. Il a sorti son tabac et s'est laborieusement roulé une cigarette.

— Quelque chose ne va pas ?

— Non. Je pensais qu'elle serait ici, avec toi. C'est tout.

— Tu parles.

— Mais tu es là depuis quand ? Ça fait deux heures que tu poireautes ?

— Comment peux-tu le savoir ?

— Ce matin, j'étais avec elle quand elle t'a envoyé le message : quatorze heures, la source, bla-bla...

— Tu étais avec elle ?

Gabriel a tiré sur sa cigarette en secouant la tête.

— Eh bien, pour un lapin, c'en est un gros. Elle est vraiment gonflée. Moi, je me serais tiré depuis longtemps.

— Je pense que tu ne peux pas comprendre.

Gabriel m'a regardé avec la tête de quelqu'un qui se rend compte que la situation est plus grave qu'il n'y paraît. Il s'est laissé aller en arrière s'appuyant au dossier du banc.

— Bon, c'est pire que je ne croyais. Il faut que tu redescendes sur terre, Melvil, Léa joue avec nos pieds.

— Arrête.

— Elle se moque de nous, Melvil, et ça lui donne du plaisir.

— N'importe quoi !

— Crois-moi, cette fille est malade, elle est complètement folle.

— Je suppose que tu es déçu que nous soyons ensemble, mais il faut te faire une raison, nous nous aimons. Et je te demande de ne pas l'insulter devant moi.

— Si je le voulais, Melvil, je te briserais comme du petit bois. Tu le sais. Là, je n'en ai pas envie parce que, quoi que tu en penses, je me sens plutôt de ton côté. Je suis venu pour t'informer et te protéger. Léa, c'est du poison.

Le vide s'installait dans mon esprit. Je ne comprenais pas cette situation. Qu'est-ce que Gabriel pouvait bien foutre là ? Ça ne correspondait à rien de ce que j'avais imaginé. Mon rival – ou celui que je prenais comme tel – venait me protéger ? De qui ? De quoi ? Je le regardais, incapable de décrypter ce qui était en cours. Je tombais du ciel. Voilà que j'héritais d'une armoire à glace labellisée mère poule.

— Je te garantis qu'elle nous mène par le bout du nez. Elle tire toutes les ficelles.

— Arrête de dire des conneries.

J'avais envie de crier. Je jouais dans un film dont je n'avais pas lu le scénario. Un instant, j'ai imaginé Gabriel enfilant une blouse blanche puis se tournant vers moi une seringue à la main. Le rire qui m'a échappé m'a fait froid dans le dos.

— Écoute-moi, Melvil, écoute-moi jusqu'au bout. Et nous ferons le point après, d'accord ?

Je ne décelais rien d'équivoque dans l'attitude de Gabriel, il semblait sincère et préoccupé. Je me suis aspergé le visage d'eau glacée et je me suis rassis sur le banc à ses côtés.

— Bon, d'accord.

— Léa a appelé à la maison dans le courant du mois de mai. C'était étrange de l'entendre. Elle m'a dit qu'elle était contente de me parler. Elle se comportait comme si on s'était vu la veille. Elle m'a annoncé qu'elle revenait pour l'été, qu'elle était heureuse et impatiente de me revoir. De nous revoir, en fait. Elle m'a demandé si nous avions des portables, toi et moi. Elle voulait nos numéros, le tien et le mien. Je ne t'ai rien dit parce que j'espérais avoir Léa rien que pour moi cet été.

J'ai émis un grognement méprisant. Gabriel a soupiré.

— Léa m'a appelé pratiquement tous les trois jours. Au début, je soupçonnais qu'elle en fasse autant avec toi, mais je me suis rendu compte assez vite que tu n'étais au courant de rien et qu'elle n'appelait que moi. Même si le jour où elle a envoyé son message d'arrivée, tu l'as reçu aussi. Elle m'a téléphoné quand on sortait du bahut, tu te souviens ? Elle m'a demandé si tu étais là. Elle posait des tas des questions. Quelle tête tu faisais ? Comment tu étais fringué ? Comment tu prenais la nouvelle de sa prochaine arrivée ? Elle voulait aussi savoir si tu étais avec quelqu'un ? Avec Luisa peut-être ? Je trouvais cette conversation plutôt agaçante parce que je n'y comprenais rien.

— Moi non plus, je ne comprends rien.

— Je lui ai dit que tu n'avais pas de copine fixe. Pour l'instant. Elle a trouvé que c'était bien. Elle m'a demandé si elle pouvait me rappeler le soir. Quand elle serait couchée.

Qu'elle aurait une surprise pour moi. Je... J'ai répondu que oui. À ce moment-là, j'ai commencé à me demander à quoi elle jouait.

Au fil du récit de Gabriel, l'image de la Léa que je pensais connaître se décomposait. Je me sentais mal, de plus en plus mal. J'ai pensé que si ça continuait comme ça, il faudrait que je m'achète un nouvel estomac avant la fin de l'été. Et je ne croyais pas si bien dire, je n'étais pas au bout de mes surprises.

— Je te jure que je n'invente rien, je te dis la vérité, Melvil. La vérité. Elle m'a rappelé le soir. J'étais dans mon lit, j'attendais avec un bouquin et j'étais plutôt crevé. Mais bon, c'était Léa, quand même. Elle m'a dit qu'elle était couchée, la tête posée sur son oreiller. Que ses longs cheveux étaient étalés sur des draps bleu ciel. J'ai senti qu'elle souriait. Elle m'a demandé comment je me sentais, si j'étais content de bientôt la revoir. J'essayais d'imaginer son regard. Sa voix m'hypnotisait. Elle m'a dit qu'elle avait très envie de me faire plaisir.

— Quoi ?

— Je n'invente rien, Melvil. Elle a ri. Elle m'a demandé si j'avais envie qu'elle me fasse plaisir. J'entendais son souffle court. Elle a murmuré que sa peau était très douce et parfumée. Que j'étais si fort, si large, qu'elle ne résistait pas à la puissance que dégageait un garçon musclé. Qu'elle en rêvait.

— Mais qu'est-ce que tu racontes, Gabriel ?

— Elle a gémi. Elle m'a soufflé que sa main était entre ses cuisses. Que c'était une zone terriblement humide. Qu'elle ne pouvait plus s'empêcher de l'explorer, de la caresser. Elle m'a demandé comment je me sentais. Si j'étais troublé. Si mon attirail était à l'échelle de ma carrure. Si je voulais bien lui réserver une entrevue.

— Mais nom de Dieu !

Je n'en croyais pas mes oreilles. J'ai pensé un instant qu'il se foutait de ma gueule, que c'était une stratégie pour m'écraser, me torturer, me réduire en miettes, mais Gabriel était sincèrement désolé. Il était penché en avant, les coudes sur les genoux et son regard était perdu sur le sol de terre battue.

— J'entendais sa respiration s'accélérer. Elle gémissait doucement. Je bandais, Melvil, je bandais comme un dingue. Elle était à l'autre bout du fil et je l'imaginais...

— Arrête, Gabriel, s'il te plaît. Ça suffit ! Qu'est-ce que c'est que ça, bordel !

— Elle a recommencé, elle m'a appelé plusieurs fois. Léa est devenue mon obsession. Je pensais à elle tout le temps.

Il s'est tu. Il avait l'air penaud, son grand corps toujours courbé vers le sol, les épaules voûtées. C'était sacrément le bazar dans mes viscères.

— Je ne sais pas toi, mais moi j'ai un boxeur dans l'estomac qui envoie ses gants dans tous les sens.

— Pas mieux.

J'étais paradoxalement traversé par des ondes de désir et des vagues de répulsion. Je n'en menais vraiment pas large, partagé entre l'envie de vomir à nouveau et celle de déraciner un arbre. Gabriel est resté longtemps immobile les yeux au sol, puis il s'est tourné vers moi.

— Et toi ?

J'essayais de me rattraper, de m'accrocher quelque part.

— Quoi ? Et moi ?

— Elle t'appelait aussi ?

— Non, Gabriel, non. Jamais elle ne m'a appelé, nom de Dieu. Jamais.

J'ai cru voir une espèce de soulagement traverser son regard.

— Mais pourquoi tu ne m'as rien dit ?

— Je la voulais pour moi, Melvil. Et puis tu imagines ta tête si je t'avais raconté que le petit jeu préféré de Léa, c'était de se branler au téléphone ?

Il m'a dit que dans ce contexte il aurait craint pour sa peau. Imbécile, j'ai répondu. Puis j'ai commencé à réciter comme un mantra, elle fait ce qu'elle veut, elle fait ce qu'elle veut, elle fait ce qu'elle veut... Et Gabriel a répliqué, c'est exactement ça.

— Ou plus exactement, elle fait de nous, ce qu'elle veut. Elle apparaît, elle disparaît. Elle donne, elle reprend. Elle joue avec nos sentiments, nous mène par le bout du nez. Mais je t'offre ce qui est possible, Gabriel.

— Elle t'a dit ça ?

— Elle me l'a dit, oui.

— À moi aussi.

Comme ce monde et cette vie étaient injustes. J'avais envie de pleurer.

— Et les deux zouaves marchent parce qu'ils l'aiment.

— Je ne sais pas.

Je ne savais véritablement plus où j'en étais

— Ben si, Melvil, tu l'aimes. Tu es un livre ouvert.

— Arrête.

— Je vous ai vus.

— Quoi ?

— À l'ancienne carrière...

— Quoi ? Mais qu'est-ce que tu foutais là ?

— Je la surveillais. Je voulais savoir ce qu'elle fichait. Je l'avais dans la peau, mec.

— Tu l'avais ?

— Je l'avais, je l'ai, c'est pareil.

— Et tu nous as... Mais merde ! Tu es malade, Gabriel.

— Elle est dangereuse. Le lendemain, elle est venue au Café des Sports. Après l'apéro de fin d'étape, elle m'a demandé si ça me disait de manger des pizzas. Tu penses que j'étais d'accord. On est allé chez elle, son père et sa mère sont absents jusqu'à dimanche. Elle était tellement chaude que je n'ai pas eu le temps de commander quoi que ce soit. Je me suis retrouvé dans son plumard.

— Mais qui c'est? Qui c'est cette fille?

— Je te le demande.

— Ce n'est pas Léa, Gabriel. Ce n'est pas celle que je connais, pas celle que je vois. Ce n'est pas la même personne.

— C'est bien le problème. Je n'aime pas les problèmes.

*

Plus rien ne ressemblait à rien. L'univers était sens dessus dessous et je ne le reconnaissais plus après ce gigantesque glissement de terrain, ce tremblement de terre. Le monde qui m'était connu avait disparu et le cosmos entier se foutait de ma gueule. Le moulin, la rivière avaient des airs bizarres. Les arbres et les collines, les chemins se tordaient. J'avais la certitude qu'ils se moquaient ouvertement de moi. Tu penses, le mec, roulé dans la farine! Même à ma mère, lorsque je suis rentré, je lui ai trouvé une tête plus étrange que d'habitude. Elle avait des excuses, elle. Mon père avait toujours l'air étriqué et ringard, et ça m'énervait. J'avais l'impression de traîner une fatigue immense. Et j'étais condamné à la trimballer toute ma vie. Voilà! L'amour que je portais à Léa, j'allais le traîner comme un boulet jusqu'à la fin de mes jours. Je me suis senti vieux. Usé. Je suis allé chercher de l'air sur la terrasse. J'ai vu la moto de Gabriel franchir le pont sur l'Ambrée et disparaître en ville. Nous avions un sacré sac de nœuds à démêler. Je comptais fermement parler à la Léa que je connaissais et Gabriel, à celle qui m'était inconnue. Pourrions-nous imaginer un terrain d'entente, trouver une voie raisonnable, un compromis, et mettre fin à cette supercherie ?

Troisième mouvement

I

Ce fut un week-end affreux. Nous n'avions ni Gabriel ni moi ni personne la moindre nouvelle de Léa, elle était insaisissable depuis plus de vingt-quatre heures, depuis le matin du vendredi où elle m'avait envoyé son texto. Elle ne répondait ni à nos appels ni à nos messages et depuis le milieu de l'après-midi, une voix métallique indiquait que le téléphone de notre correspondante était éteint. Les parents de Léa, dans la capitale quelques jours pour des raisons professionnelles, étaient censés rentrer à Pont-sur-l'Ambrée le dimanche soir. Peut-être Léa avait-elle décidé, pour une raison ou une autre, de les rejoindre. Sur un coup de tête, elle était partie en stop, ou plus simplement, elle avait pris un train. Peut-être que nous exagérions ? Peut-être que nous en faisions un peu trop ?

Quoi d'autre ? Oui, bien sûr, ma mère entrait à l'hôpital le lundi.

Nous nous sommes réunis le samedi après-midi pour

partager nos inquiétudes. Nous avons, Gabriel et moi, demandé à Lorient, Swan et Luisa de nous rejoindre. Luisa était d'une humeur massacrante. Un cousin de passage avait osé formuler une remarque sur la taille de son nez. Elle lui avait envoyé son poing dans la figure. Le cousin avait atterri aux urgences où on avait agrémenté son arcade de quelques points de suture. La main meurtrie de la boxeuse était en écharpe et bandée d'un pansement immaculé. Luisa envisageait maintenant un recours à la chirurgie esthétique car après une observation minutieuse de son appendice nasal une opération corrective lui semblait indispensable. Et c'était sérieux. Au premier sourire, au premier commentaire, elle nous en ficherait une. Mieux valait donc nous tenir à carreau.

Nous nous étions mis d'accord, Gabriel et moi, pour éluder le jeu qu'expérimentait Léa par téléphone avec lui, mais nous n'avons rien tu de la découverte du badinage malsain qu'elle pratiquait à nos dépens. Luisa affirmait qu'avec ses airs de prima donna, son charabia prétentieux et ses délires imaginaires, elle n'était pas nette depuis le début. J'avais répliqué qu'elle était injuste. Luisa avait opté pour la surenchère, ajoutant que cette fille-là, elle suçait le sang de tout ceux qui la touchaient, elle leur bouffait la cervelle, puis elle les jetait comme des putains de serviettes hygiéniques usagées. Et elle a terminé en ponctuant son sarcasme du signe des cornes dirigé vers le bas pour éloigner la sorcière. Je lui ai dit de la fermer. Elle nous a regardés, Gabriel et moi, comme des extraterrestres, en se demandant où les deux mecs, amoureux de la même fille, avaient bien pu foutre leur hache de guerre? Puis, elle a fondu en larmes. J'ai voulu la consoler, elle m'a repoussé.

Lorient m'a considéré l'air préoccupé. Son regard a glissé

vers Gabriel, puis il a levé les yeux au ciel en soupirant. Finalement, il a hoché la tête et posé doucement la main sur le genou de Swan qui a pris ses doigts entre les siens. Gabriel que rien ne démontait a suggéré que l'absence prolongée de Léa était peut-être liée à un troisième type dont nous avions jusque-là ignoré l'existence. J'ai trouvé cette idée pénible et, seule, Luisa en a ri derrière ses larmes.

L'atmosphère était lourde. Qui plus est, une dépression annoncée provoquerait de violents orages dans la soirée et toute la journée du dimanche. Nous abordions la seconde partie du mois de juillet comme s'il s'agissait du mois d'août. La préoccupation et la lassitude prenaient leurs aises, nos facéties adolescentes se prenaient les pieds dans le tapis. Nous avons même boudé la baille, c'est dire. Et nous n'avions pas encore sorti les cannes à pêche depuis le début des vacances. Franchement, tout foutait le camp. Pour ma part, j'étais persuadé de vivre le pire été de ma vie. Nous n'étions plus bons qu'à regarder nos mains vides. Quelle initiative pouvions-nous lancer ? Notre marge d'action était quasiment nulle. Nous avons décidé d'attendre le retour des parents avant d'entreprendre quoi que ce soit. Nous nous sommes quittés, visages graves et silencieux, échangeant des bises mornes, condamnés à patienter jusqu'au dimanche soir voire jusqu'au lundi matin.

Aucun moyen d'extraire Léa de mes pensées. Ma raison me renvoyait une image déformée des derniers jours, je cherchais dans mes souvenirs où pouvait bien se tapir le mensonge et le leurre. J'épluchais les heures passées depuis le début de l'été, j'y cherchais des ombres, des signes de la trahison. Pauvre Gabriel, triste Melvil, victimes d'un jeu de dupes. Par moments, je saisissais mon livre pour tenter de mettre fin à cette étude obsessionnelle, mais très vite, je reprenais mes travaux de dissection. Le prénom de Léa, écrit au néon rouge, clignotait dans mon cerveau. Si mon esprit travaillait rationnellement, ma carcasse, elle, était secouée par un déluge de sensations et de douleurs, ponctué de nausées et de pulsions sexuelles soudaines – de violentes érections me saisissaient, et aspiré dans les sables mouvants de la paranoïa, j'étais certain que tout le monde s'en rendait compte et m'observait. Il me fallait m'éclipser quelques minutes pour remédier à l'urgence de mon désir. Je souffrais le martyre de feux infernaux. Des hormones d'origines diverses et contradictoires se livraient-elles bataille dans mon corps pas encore entièrement accompli ? J'étais convaincu que je finirais éreinté, lamentable et plus bon à rien, une espèce de loque qui rendrait les armes, résignée.

*

En début de soirée le dimanche, j'étais sur la terrasse avec mon père. J'avais une bière à la main et lui son whisky dont les glaçons tintaient contre les parois de son verre. Le bruit m'agaçait. Ma mère avait préparé sa valise pour le lendemain et s'était couchée tôt, épuisée par la chaleur et le stress qu'elle éprouvait dans l'attente de ce que lui réserveraient les jours prochains. Mon père était fatigué lui aussi mais agité, secoué par une anxiété dont il ne pouvait se défaire. Il passait régulièrement sa main sur son crâne pour repousser ses cheveux rares vers l'arrière. Il a soupiré lourdement plusieurs fois. Puis, il s'est levé, il a rempli son verre, s'est rassis, a bu une gorgée, il s'est tourné vers moi :

— Ça va, toi ?

J'ai répondu, moyen. Il agitait obstinément son verre et je priais pour que ses putains de glaçons fondent rapidement. Sa voix s'est étranglée dans sa gorge.

— Des soucis ?

Je ne savais pas quoi rétorquer. Je me suis dit qu'il avait vieilli, que les premières semaines de l'été s'étaient accumulées sur ses épaules comme les auraient chargées les années. Je l'ai vu se tasser dans son fauteuil et sans que je m'y attende le moins du monde, il s'est mis à pleurer. J'ai avalé ma salive. J'ai senti mon corps s'enfoncer plus profondément dans le transat où j'étais installé. Devant la détresse de mon père, je me sentais complètement dépourvu. J'étais tout à coup là où je ne devais pas. Comme si j'avais ouvert une porte sur une intimité inattendue. J'étais tétanisé. Je l'implorais mentalement de se reprendre. Puis j'ai murmuré malgré moi :

— Je pense que c'est bien que maman entre à l'hôpital.

Il a sangloté pour seule réponse. J'ai ajouté :

— Je pense que ça va aller.

J'ai pris mon tabac et j'ai roulé une cigarette. Je me suis appuyé à la rambarde, les yeux perdus sur la surface ondoyante de la rivière. J'ai tiré consciencieusement sur ma cigarette en attendant que la défaillance de mon père se dissipe. Plus tard il m'a dit :

— C'est étrange, je ne m'étais jamais rendu compte que tu fumais.

*

Il était tard quand Gabriel m'a appelé. Les parents de Léa étaient rentrés. Elle n'était pas avec eux. Ils étaient surpris et surtout alarmés par l'absence de leur fille.

— Je pense qu'il y a un troisième gars dans l'histoire. Après tout, elle est capable de tout, cette folle.

— Arrête avec ça, Gab.

— Si elle n'est pas rentrée demain matin, les parents aimeraient nous voir avant de signaler sa disparition à la police.

— D'accord, je viendrai demain matin.

*

L'incompréhension accaparait mon cerveau. Elle prenait ses aises, malmenant la brûlure de mes sentiments, les repoussant parfois dans un coin, mais, tenaces, avec un entêtement de bourrique, ils revenaient au premier plan. Les mains derrière la nuque, les pieds posés sur un bureau, l'incessante cogitation échafaudait des hypothèses et se levait de temps en temps pour ajouter une devinette sur le tableau noir de mes interrogations. Dans la pénombre de ma chambre, je suppliais Léa de reparaître. J'étais prêt à accepter beaucoup de choses, et j'avais, pour le moins, le droit de recevoir des explications.

*

Il était neuf heures et je sortais de ma douche, mon téléphone vibrait sur le tableau encombré de mon bureau. Gabriel m'appris que c'était le statu quo. Rien de neuf. Les parents de Léa nous attendaient.

Un mot m'était destiné au milieu de la table de la cuisine, ma mère m'embrassait et me souhaitait de passer une bonne semaine. Elle ne pensait pas avoir le temps de s'ennuyer à l'hôpital, mais si la lassitude advenait, elle comptait bien m'appeler pour profiter de mes conseils de chasseur d'ennui. Elle terminait en disant que je ne m'inquiète pas du repas du soir, mon père s'en occupait, il avait sa petite idée sur la question. Je lui envoyais aussitôt un message où je l'embrassais, m'excusais de ne pas m'être levé – la pesanteur de l'adolescence, bien sûr – et promettais de venir la voir le jour qui conviendrait.

J'ai pris mon casque, enfourché la 103 et pris la direction de la maison des Vanderlinden – le nom de famille de Léa me revenait à l'instant sorti du fond de je ne sais quel tiroir de ma mémoire. Assis autour de la table dans la cour, les parents, Lorient, Luisa et Gabriel, m'attendaient. Mes amis avaient l'air de gamins surpris en flagrant délit de mauvaise blague, le visage fermé, penchés sur leurs tasses dans lesquelles ils tournaient indéfiniment leurs petites cuillères. J'ai accepté un café. Inquiets, monsieur et madame Vanderlinden voulaient savoir si nous étions au courant de quelque chose. Peut-être Léa avait-elle un ami ? Peut-être était-elle chez celui-ci ? Les fugues à son âge... Nous avons, d'un même élan, repoussé cette supposition. Quand l'avions-nous vue pour la dernière fois ? Il me semblait qu'un siècle me séparait du mardi enchanteur de la semaine précédente et tout autant de la gifle que m'avait asséné son lendemain meurtrier. J'ai répondu en début de semaine précédente. Même chose pour Lorient et Luisa. Gabriel a parlé du vendredi, non sans qu'un serrement douloureux ne m'étreigne le cœur. Nous n'avions rien noté d'anormal dans son comportement. Le mystère restait entier.

*

L'attente serait donc la protagoniste principale des prochains jours. Pas d'arnaque, l'été de cette année-là était jusque-là loyal, à l'exception du déluge de la semaine précédente. L'air vibrait dans les rayons du soleil. Nous étions en suspension, reclus chacun chez soi, attendant l'épilogue, la réapparition de la licorne. L'animal fabuleux que nous voulions adorer mais qui portait à notre insu la défroque d'une sirène avide et dangereuse qui se défilait quand elle le désirait.

Nous nous appelions les uns les autres dès qu'un semblant de nouvelle arrivait ou dès qu'une interrogation inédite surgissait. Enfin, c'était surtout moi qui appelais pour partager mon angoisse. Gabriel passa l'après-midi du lundi comme les autres, au Café des Sports, pour tenter d'oublier dans la moiteur, la fumée, les bières et les exploits du Tour de France, l'épine qui le transperçait. Lorient et Swan nourrissaient le projet de s'évader quelques jours en amoureux. Luisa avait contracté une brûlante fièvre acheteuse et parcourait avec sa mère qui l'avait contaminée les allées des centres commerciaux de la région qui déployaient leurs soldes. Je végétais. Depuis la terrasse, je regardais le mur de la digue tout en imaginant l'effort que j'aurais à accomplir pour m'extraire du transat, trouver mon maillot de bain et marcher jusqu'aux galets. Je me disais que pêcher m'occuperait mais une flemme extraordinaire me coinçait les fesses dans mon fauteuil. Un seul subterfuge me permettait l'évasion et l'oubli, je parvenais à me plonger dans les aventures de Harry Dickson.

En début de soirée, mon père est rentré avec un courriel de l'un de ses amis, rédacteur en chef du journal régional, le Courrier des Ardennes. C'était un avis de recherche émanant de la police concernant Léa Vanderlinden, en vacances à Pont-sur-l'Ambrée, disparue le vendredi précédent dans des circonstances mystérieuses. Il paraîtrait le lendemain. Le rédacteur l'avait envoyé en primeur à mon père ainsi qu'à tous les habitants de la ville figurant dans son carnet d'adresse.

La photo était récente, peut-être même du début de l'été. L'émotion m'a serré la gorge. C'était le regard que j'aimais, la bouche que j'avais embrassée. Je tremblais. Mon père m'a demandé s'il ne s'agissait pas de la jeune fille que j'avais raccompagnée la semaine précédente.

— Si. Je ne l'ai pas revue depuis. Ni personne. J'ai parlé avec ses parents ce matin.

— C'est une jolie fille.

— Oui.

Le silence pesait trois tonnes.

— Ta mère t'embrasse.

Je n'arrivais pas à enchaîner. Dix secondes ont du s'écouler avant que je demande :

— Et ça va ?

— Le médecin m'a l'air d'être un type bien. En tout cas, il est avenant et attentif. Tu sais qu'Hortense aime qu'on lui explique les choses. Pour le moment, elle est en confiance.

— Il faudra que j'aille la voir. Quand est-ce que je peux t'accompagner au magasin ?

— Quand tu veux. C'est toi qui décides. Il faudra juste que ton réveil te donne un grand coup de main pour te lever.

— Oui, je sais...

— Tu as faim ?

— Moyen.

— J'ai ramené des homards, ça t'intéresse ?

2

On a sonné vers dix heures. Quand j'ai ouvert la porte une femme attendait derrière celle-ci, plantée bien droite en plein soleil, et un type était assis dans une voiture garée à l'ombre, fenêtres grandes ouvertes. Mon regard a traîné sur le chemisier ouvert de la dame où naissaient très distinctement ses seins.

— Melvil Tournel ?

J'ai acquiescé. Inspectrice principale je ne sais plus quoi, elle s'est présentée. Elle s'est tournée vers la voiture, et voici l'inspecteur je ne sais plus qui. Allez saisir les noms du premier coup. L'autre m'a concédé un signe de la main, l'air de dire qu'il n'avait pas que ça à faire. C'était donc la police. Je me suis senti rougir de garder les yeux braqués sur la poitrine de l'inspectrice. Ça commençait bien.

— On peut t'embêter quelques minutes. Tu permets ?

C'était étrange d'en arriver là dans cette histoire, avec la cavalerie qui débarquait à la rescousse et tout le bazar.

L'inspectrice principale s'est avancée pour pénétrer dans l'entrée. Elle dégageait une odeur de parfum mélangée à de la sueur. Mes narines frémissaient. J'ai remarqué aussi le revolver qui était glissé dans sa ceinture à cet endroit que l'on appelle le creux des reins.

— Je préfère l'ombre, si tu veux bien, ça cuit en plein soleil. Je suis certaine que la température est fraîche dans cette vieille bâtisse.

— Oui, c'est frais, mais il faut fermer la porte.

Elle a appelé son collègue qui est sorti de la voiture en traînant les pieds. Il est entré avec un petit sourire en travers de la bouche. J'ai refermé la porte. L'inspectrice principale m'a demandé si j'étais bien un ami de Léa Vanderlinden. Ben oui, j'ai répondu. Mais bon, on ne se voyait pas beaucoup.

— Seulement l'été ?

— À peine.

Elle voulait savoir quand je l'avais rencontrée pour la dernière fois, si je m'entendais bien avec elle, si je n'avais pas remarqué quelque chose de particulier dans son comportement ou si elle ne s'était pas confiée à moi, par rapport à je ne sais quoi. Je ne l'avais pas revue depuis une semaine. J'ai eu envie d'ajouter qu'il était temps qu'ils remuent leurs fesses, qu'ils ne pouvaient pas savoir comme cette disparition me turlupinait, comme j'en crevais et comme j'étais inquiet – l'inquiétude se substituait peu à peu à l'attente. Et tu ne t'es pas posé de question ? Ben si, j'ai dit. On pourrait dire que ce n'est pas normal. Ici, j'ai ajouté que de toute façon, avec Léa, rien n'était vraiment normal. Elle n'en faisait qu'à sa tête, elle apparaissait et disparaissait quand elle le voulait.

La policière a écrit quelque chose dans son carnet, puis

elle a poursuivi en me demandant si nous nous entendions bien elle et moi ? Le type m'a lancé :

— Ce ne serait pas ta petite amie ?

Avec quoi il venait, ce gros lourdaud ? Et la délicatesse, alors ? Et toujours ce petit sourire en travers, un truc de flic, sans doute, une astuce à deux balles pour figurer à l'interrogé que lui, le poulet, il était parfaitement à l'aise. Petite amie, si seulement c'était aussi simple. J'ai dit non, mais alors pas du tout. La femme voulait aussi savoir quelles étaient nos habitudes ? Quels étaient nos coins préférés ? Où avions-nous l'habitude de nous rendre ? La rivière, Bois Vicomte, les Hauts-Sarts, la forêt Saint Roch, la pinède... On se balade, c'est sûr, on n'aime pas trop moisir. Et tu n'as rien remarqué de particulier dans les endroits où vous vous retrouviez tes amis et toi ? Un étranger, ou quelqu'un d'inhabituel ou quelqu'un qui vous observait, par exemple ? Je me suis dit que j'aimais bien son odeur. Je me suis demandé quelle sensation ça faisait d'avoir le canon d'un revolver entre les fesses. Un étranger ? Mais qu'est-ce qu'elle entendait par un étranger ou quelqu'un d'inhabituel ? Je ne savais pas quel roman les policiers étaient en train d'écrire, mais ça m'avait l'air d'être un projet vraiment tordu. S'il y avait eu quelqu'un et que nous avions eu un problème avec lui, on l'aurait réglé nous-mêmes, nous avons Gabriel Maussin dans notre bande, il est du genre buffet ardennais, je lui ai lancé. Le type qui regardait son carnet – j'ai appris plus tard qu'il se nommait Leroy – a dit : « Maussin, il est dans la liste ». La femme m'a tendu la main. Elle avait les dents très blanches. Sa poigne était ferme. Merci Melvil, si tu te souviens de quoi que ce soit même d'un détail, n'hésite pas à nous appeler. Sur sa carte il était écrit inspectrice principale, avec un grand I et un grand P, Lisbeth Van

Belle, Police de Pont-sur-l'Ambrée. Au moment de partir, elle s'est retournée en montrant du doigt mes bras griffés.

— Tu t'es battu avec quelqu'un ces jours-ci, Melvil?

J'ai haussé les épaules.

— Ben non, je n'ai personne avec qui me battre ici, je n'ai que des amis.

J'ai refermé la porte derrière eux et je suis retourné sur la terrasse. Comme si je n'avais que ça à faire, me battre. Les cow-boys avaient l'air de vouloir retrouver Léa; ils prenaient leur boulot à cœur, pourvu que ça ne traîne pas. Je souhaitais au plus profond de moi que toute cette histoire soit résolue au plus vite et que l'été reprenne sa course habituelle. J'ai appelé Gabriel.

— Des policiers sont venus. Oh, rien. Des questions gnangnans, tu verras. Au moins, ils la cherchent. C'est une femme qui commande, elle a l'air de savoir ce qu'elle veut. Je pense qu'ils sont en route vers chez toi, elle et son petit chien.

— Elle a un chien?

— Je déconne. Je parle du larbin qu'elle a dans les bottes.

— De quoi sont-ils au courant?

— De rien.

J'entendais, à l'autre bout de la ligne, la respiration un peu rapide de Gabriel. J'ai pensé que les flics lui fichaient la trouille. Allons bon, un grand gars comme lui…

— OK. Je te dirais. Ciao.

— Ciao, Gabriel.

*

Et les cow-boys ont exécuté leur petit tour, visitant chacune et chacun d'entre nous. Et au bout du compte, j'étais certain qu'ils n'étaient pas plus avancés. Ils suaient devant leur page blanche à la recherche de la phrase qui marquerait le début de l'intrigue. Déjà que Léa était un mystère pour nous, alors pour des étrangers.

Le mardi et le mercredi se sont étirés dans la touffeur de la fin juillet. Les avis de disparition affichés un peu partout avec le portrait souriant de Léa m'écorchaient où que je tourne la tête. Que s'était-il passé pour que je me retrouve en immersion dans une mauvaise série policière ? Un étrange sentiment m'habitait, une sorte d'interrogation permanente remettant en question mon innocence dans sa disparition. Cette impression ne cessait de me tarabuster. Je n'étais pas impliqué, mais que dirait la police. La police, qui habituellement avait dans nos esprits la place d'une entité insaisissable et enquiquineuse, avait pris corps, des enquêteurs en chair et en os reniflaient nos basques. La police fouinait, la police interrogeait, la police trouvait toujours quelque chose, même si elle était à côté de la plaque. Tôt ou tard, quelqu'un mentionnerait, j'en mettais ma main à couper, que j'étais bleu de la fille. Lorient ou Luisa, allez savoir... Ou Gabriel. Si la jalousie le tannait et qu'il voulait se débarrasser de ma pomme, rien de plus facile que de pousser les flics dans ma direction. J'étais persuadé que d'un instant à l'autre, j'allais entendre prononcer mon nom et voir apparaître l'inspectrice et la fouine qui ne la lâchait pas d'une semelle. Plus le temps passait moins j'en menais large.

— Melvil Tournel, veuillez nous suivre, s'il vous plaît.

Je sursautais, persuadé d'avoir entendu l'inspectrice. J'avais la nausée. On ne traitait pas toujours bien les amoureux dans les fictions policières ; comme s'ils étaient un peu maudits. Qu'en était-il dans la réalité ? Je restais immobile de longues minutes, obsédé par la scie de ces questions. Mais bon sang, où était-elle ? Mon livre me tombait des mains avec un bruit sec, je le ramassais, me secouais pour revenir à la réalité, puis je cherchais ma page perdue et je repartais pour un tour.

Mon père m'a surpris en rentrant plus tôt que de coutume. Je l'ai entendu chantonner dans l'entrée, puis son pas se rapprocher jusqu'à la porte-fenêtre.

— Bonsoir, Melvil, une bière ?

— Euh, oui... Tu rentres avant l'heure ?

— C'est sans doute l'envie de prendre un verre avec mon fils. Ne bouge pas, j'arrive !

Il est revenu quelques minutes plus tard avec un plateau chargé de victuailles.

— Apéro pique-nique !

— Chouette.

J'étais content, la diversion inattendue tombait à pic. Un bon nombre de mes soucis se sont envolés lorsque j'ai gouté le saucisson et bu ma première gorgée de bière.

— Tu viendrais au magasin avec moi demain ? Dans l'après-midi nous irons à l'hôpital, les premiers résultats seront disponibles. J'ai répondu sans hésitation que je l'accompagnerais le lendemain. J'échapperais par la même occasion à l'interminable attente et au fouillis de pensées troublantes qui m'assaillaient sans m'accorder le moindre répit. Et j'échapperais à la paire de Dupont pour une journée.

— Des nouvelles de ton amie ?

— Non. La police m'a posé des questions.

— Ils sont venus ici ?

— Oui. La police de Pont-sur-l'Ambrée.

— Comment sont-ils ?

— Comme des policiers. Ils se déplacent par deux, il y en a un qui commande et l'autre, deux pas en arrière qui mâchonne un cure-dents.

— Tu rigoles ?

— Non. Et j'oubliais, ici, le chef, c'est une femme.

*

J'étais content de me retrouver dans la cave à vins. Ça faisait un bail que je n'y avais pas mis les pieds. Je n'étais pas particulièrement amateur du breuvage, le vin à mon âge, c'était plutôt une boisson pour les vieux. Mais le labyrinthe des lieux et l'ambiance feutrée me plaisaient. Je me suis mis au travail, le plumeau à la main, j'ai voyagé d'étagère en étagère jusqu'au mur du fond, où des niches de briques accueillaient les meilleures bouteilles. Durant la première heure, mon père, assis derrière son petit bureau, recevait des appels de clients ou contactait des fournisseurs. Durant la seconde, il s'activa à préparer les commandes qui seraient retirées dans la journée ou le lendemain. Il glissait d'un côté à l'autre du magasin, disparaissait dans la réserve, revenait en poussant un diable chargé de bouteilles. De temps à autre, la porte s'ouvrait et actionnait le carillon. Parfois, il m'appelait : Melvil, peux-tu me donner deux bouteilles de ce côtes-du-rhône sur ta droite, s'il te plaît ? Ou, tu vois le pinot noir à côté de la porte du fond ? Ce serait gentil d'aider madame Dubreuil en lui portant une caisse jusqu'au coffre de sa voiture. Je fus sollicité pour divers chargements. La matinée se dissipa dans cette atmosphère laborieuse, loin de l'idée paisible que je me faisais du négoce. À midi trente, mon père retourna le panneau *ouvert* et fit tourner la clé dans la serrure. Nous sommes partis, côte à côte, d'un pas léger, presque insouciant. Mon activité de la matinée m'avait ouvert l'appétit, et à ma grande joie, nous avons déjeuné dans un petit restaurant du piétonnier de la vieille ville. J'adorais ça, pouvoir choisir ce qui me mettait l'eau à la bouche. J'avais l'impression d'être important.

Après quoi, nous avons rejoint l'hôpital. Maman était pâle, mais son regard était vif. Elle avait un livre à la main et la fenêtre était ouverte. S'il n'y avait eu l'endroit et le ballet des lits poussés par des infirmiers, les chariots, le murmure des infirmières, les voix plus sonores parfois des médecins, tout aurait paru normal. Au milieu de l'après-midi, le climat a changé subtilement. Une infirmière est passée prendre le pouls et la température de maman, mon père a commencé à regarder sa montre. J'étais penché à la fenêtre, le regard perdu au-dehors, examinant l'activité incessante des automobiles sur le parking. Après un long moment de cette observation, je pouvais conclure qu'une marque européenne semblait, selon ma première estimation, avoir la cote au sein de la population de la capitale.

À la surprise de mes parents, le docteur Hippocrate fut parfaitement ponctuel et poussa la porte de la chambre à seize heures trente précises, un dossier sous le bras. «Bonsoir, Hortense», a-t-il lancé avec un grand sourire, avant de nous serrer vigoureusement la main à mon père et moi. Il a posé le dossier sur le lit. Les nouvelles n'étaient pas bonnes.

*

Nous avons parcouru en silence le chemin du retour. Mon père soupirait toutes les trente secondes, et je me disais qu'il luttait pour ne pas se mettre à hurler ou pour ne pas fondre en larmes. La franchise du médecin nous avait secoués. La maladie, dans le corps de ma mère, était dans une phase imprévisible et galopante. Il préconisait l'administration immédiate d'un nouveau traitement. Il fallait que nous sachions qu'il y avait des risques, mais aussi un espoir. Contre toute attente, malgré la gravité des nouvelles qu'il rapportait, Hippocrate restait jovial et étonnamment sympathique. Nous sommes restés assis longtemps sur des chaises un peu dures, de part et d'autre du lit de maman. Puis une infirmière est venue pour procéder à l'injection d'un sédatif qui l'apaiserait. C'est vrai qu'elle nous souriait lorsque nous sommes partis.

3

C'ÉTAIT la fin de la semaine, l'intolérable attente se poursuivait. Un soleil de plomb chauffait l'air immobile. Une pesante torpeur assommait le cœur de l'été. Et soudain, l'alerte avait été donnée par un ornithologue amateur qui visitait les écosystèmes humides de la région à la recherche de spécimens rares. Ce vendredi matin, le passionné, armé de ses jumelles s'était introduit dans la sablière abandonnée par l'entrée nord, accès desservi par l'ancienne route qui jadis permettait aux camions le transport de la matière première. Il traquait un jaseur boréal, brièvement aperçu la veille. La présence de cet oiseau était incongrue à cette saison. Les observations de cette espèce se concentraient essentiellement en automne. Il était particulièrement étrange d'être confronté à un spécimen unique alors que l'espèce était habituellement grégaire. Bref, selon le bonhomme, l'apparition du solitaire était exceptionnelle. Il avait donc pénétré de bonne heure dans l'ancienne exploitation les jumelles à la main et avait traqué dans les feuillages et les fourrés la présence du volatile. Ce type de chasse pouvait prendre des heures, il fallait au pisteur de la constance et de la persévérance avant de voir sa quête récompensée. Il avait donc passé au peigne fin de ses lentilles agrandissantes les bouquets d'arbres, les buissons, jusqu'au massif de calame qui bordait la mare au pied de la falaise qui fermait le site. Et soudain, parmi les roseaux, une main était apparue dans son champ de vision.

Le bonhomme avait perdu ses moyens et la communication téléphonique qu'il avait eue avec la police avait duré de longues minutes. En état de choc après sa découverte, il était incapable d'expliquer qui il était et où il se trouvait. Il avait fallu la patience et la perspicacité d'une jeune aspirante-inspectrice passionnée, elle aussi, par les oiseaux, pour assister le bonhomme et l'aider à reprendre ses esprits. Une heure plus tard, après qu'un convoi de véhicules policiers eut traversé toutes sirènes hurlantes la ville de Pont-sur-l'Ambrée, puis les campagnes environnantes et déboulé sur les lieux de la découverte, le périmètre était bouclé et la police scientifique était à l'œuvre.

*

La nouvelle s'est bien entendu répandue comme une traînée de poudre. On avait retrouvé le corps sans vie d'une jeune fille, là-haut, dans l'ancienne exploitation des Sablières des Ardennes. Elle était, selon les informations qui filtraient, décédée depuis plusieurs jours. La cause de la mort était, selon les premières constatations, due à une chute depuis le haut de l'escarpement rocheux. On parlait d'une rupture des cervicales. L'endroit était réputé dangereux. L'identification était en cours. La nouvelle fila de bouche en oreille, se nourrissant à chaque étape de détails plus scabreux les uns que les autres, les quidams laissant libre court à la part noire de leur imagination. Quand à moi, quand j'avais saisi l'information, mon sang s'était glacé dans mes veines, tandis que j'étais pris de tremblements incontrôlables. Il ne pouvait pas s'agir de Léa. C'était une inconnue, assurément. Une touriste imprudente. Léa était immortelle. Une petite voix a commencé à répéter inlassablement qu'il s'agissait d'une erreur.

*

Nous nous sommes retrouvés Gabriel, Lorient, Luisa et moi. Piteux fantômes de nous-mêmes, allant têtes basses, le poids du monde sur les épaules. Même Gabriel, l'armoire à glace, semblait replié, prêt à disparaître dans la poche qui lui offrirait l'asile. Même Lorient avait l'air escamotable. Luisa a serré fort ma main, comme pour me réveiller. Puis, elle m'a pris dans ses bras et m'a embrassé. Un instant, je me suis demandé qui était mort. Puis la petite voix a repris son récitatif niant ce qui au fil des heures semblait de moins en moins contestable. Notre équipage a rôdé un temps non loin du commissariat, côtoyant les badauds dans l'espoir de saisir une information. Puis nous nous sommes assis en face du bâtiment, à la terrasse du Comptoir Central. Des habitués enchaînés à leur verre de bière philosophaient autour du phénomène du jour : l'apparition des charognards – espèce, plus communément appelée journalistes, qu'ils ne portaient pas dans leur cœur. Il y avait dans la rue plusieurs véhicules des presses régionale et nationale et un camion de la télévision déployait son antenne parabolique. Des envoyés spéciaux prenaient racine. D'autres, saisis par l'impatience, égrenaient centaines après centaines, leurs pas nerveux. Un opérateur, caméra à la main, prenait des plans du commissariat, de la rue et des façades des maisons. Un endurci à la pratique du lever de coude lui a envoyé un bras d'honneur lorsqu'il s'est retrouvé dans le champ de la caméra. Le cameraman a marmonné d'un air blasé. Nous avons baissé la tête lorsqu'il a balayé notre table. Je me demandais pourquoi les médias suscitaient un foin pareil. Je n'avais qu'une envie, fuir et rentrer chez moi, me terrer loin de cet endroit.

Un murmure a parcouru l'attroupement, il y avait du mouvement, les parents de Léa sont sortis du commissariat. Les caméras sont apparues, les micros. Monsieur et madame Vanderlinden se soutenaient l'un l'autre, manifestement bouleversés, et nous avons compris qu'il n'y avait plus rien à espérer. Des policiers les ont évacués en voiture, tandis qu'un petit homme rond qui devait être le commissaire s'est adressé aux journalistes. J'ai aperçu derrière lui l'inspectrice principale Van Belle. Nous étions pétrifiés sur nos chaises, les membres cloués au sol. Nous n'avons pas bougé d'un poil durant de longues minutes. J'avais du mal à avaler. Un flot de larmes qui n'arrivait pas à jaillir me brûlait les yeux. J'étais incapable de prononcer un mot. Puis, Lorient m'a doucement caressé la nuque. Gabriel a pris son tabac, mais il tremblait tellement qu'il a dû s'y reprendre à plusieurs reprises pour rouler une cigarette. Luisa ne bougeait pas le regard fixé sur la table où étaient posés nos verres. Le reporter de la télévision était au milieu de la rue, planté devant la caméra. Le direct a commencé.

— Bonsoir, mesdames et messieurs, je suis ce soir

devant le commissariat de Pont-sur-l'Ambrée où l'on vient de confirmer l'identité de la jeune fille dont le corps a été découvert ce matin dans une ancienne carrière de sable. Il s'agit, comme les enquêteurs le soupçonnaient, de la jeune Léa Vanderlinden, âgée de seize ans et demi, disparue depuis le week-end dernier. Elle n'est autre que la fille du célèbre explorateur-anthropologue Maxence Vanderlinden… Pour l'instant la police dispose de peu d'informations, mais les enquêteurs sont au travail. Espérons qu'ils pourront faire rapidement la lumière sur cette pénible affaire.

Cette annonce était inaudible. C'était l'œuvre d'un metteur en scène maniaque qui jouait avec nos émotions, et son acteur jouait faux. Quelle imposture, tout était contrefait. Rien de tout cela n'était réel. Quelle lamentable comédie. Du vent, j'ai dit.

— C'est sûr que c'est de la foutaise. Gabriel a raison.

Je tremblais comme une feuille. Une eau glacée glissait entre mes omoplates.

— Léa se la coule douce avec un autre type. Elle est repartie sur l'autre continent, ses fichus Sept-Rivages. Elle va reparaître, sortir de sa boîte un jour ou l'autre. Et elle va nous demander ce que nous avons à glander comme des cons ?

Mes amis se sont tournés vers moi, le visage grave.

— Elle va revenir. Toujours, elle revient. Qu'est-ce qu'elle est fatigante. Ben oui, mais c'est comme ça. Vous allez voir, elle va poser un doigt sur mes lèvres et me demander de me contenter du possible. Ce cher Melvil se contente du possible, c'est bien connu.

— Ferme-la, Melvil Tournel, s'il te plaît…

Gabriel me fixait le regard vide, comme s'il n'y était pas.

Léa ne pouvait pas disparaître. C'était une torture inhumaine. Où était le cornichon béotien qui jouait avec les disjoncteurs? Seize ans et demi, elle n'avait que seize ans et demi, merde... Ce connard n'avait certainement pas caressé la soie de sa peau avant de la balancer dans le vide. Un rire nerveux m'a tordu la bouche et les tripes. Mes amis me dévisageaient avec inquiétude. Un vieux a lancé à la table des habitués :

— Si c'est pas malheureux, vingt dieux, une si jolie petite gamine!

Je l'ai traité d'espèce de psychopathe et de sale pervers. Luisa m'a pris la main. Mon cœur rangeait dans une armoire ses habits du dimanche et plongeait dans l'océan Arctique. Alors, je me suis tu. Ou plutôt, ma voix s'est brisée. C'est à dire que je me suis tu parce que je ne pouvais plus parler. Ma voix s'était tirée, comme ça, dans un claquement de doigts, et puis plus rien.

La rue s'est vidée. Luisa s'est mise à pleurer la main sur la bouche. Lorient avait plongé son visage dans ses bras posés sur la table. Il s'est frotté les yeux et a appelé Swan. Gabriel fumait et toussait chaque fois qu'il tirait sur sa cigarette, il avait les yeux rouges. Et puis nous nous sommes levés, la nuit tombait. On s'est serré les uns contre les autres tous les quatre. Nous nous sommes quittés comme nous arrachant à nous-mêmes. Je redoutais de me retrouver seul avec mon père. Ce jour était le pire de tous ceux que j'avais vécu dans ma courte vie. J'étais hagard, KO. Mais je tenais debout, engoncé dans une armure qui m'empêchait de m'effondrer et de me répandre sur le sol.

*

Quand je suis rentré, papa ronflait sur le canapé du salon.

Une bouteille de whisky largement entamée était couchée sur la table basse. Je l'ai regardé un moment sans bouger. Les premiers boutons de sa chemise étaient ouverts et sa cravate desserrée. Il avait jeté ses chaussures par terre et sa veste pendait sur un accoudoir du fauteuil. L'heure était à la défaite. Nous n'étions plus que l'ombre de nous-mêmes. De violents séismes secouaient nos quotidiens, la plupart de nos repères s'évanouissaient. J'ai murmuré un bonsoir inaudible et j'ai étendu sa veste sur sa poitrine. Je suis monté dans ma chambre. Je changeais de vie à coups de pieds dans les fesses et j'étais convaincu que la douleur que je ressentais dans celle qui commençait durerait au moins mille ans.

4

Dès le lendemain, nous fûmes convoqués, Gabriel, Lorient, Luisa et moi ainsi que tous ceux qui avaient côtoyé de près ou de loin Léa depuis le début des vacances. L'été avait soudain choisi de tirer la gueule. Une pluie persistante tombait depuis le milieu de la nuit. Une lourde pluie poussée par des courants du sud et pissée par un ciel de plomb. Sale temps qui vient parfois bousiller la belle saison sous notre latitude. Dans l'après-midi mon tour est venu. Dans le cadre de la procédure, comme j'étais mineur, mon père a dû se libérer pour m'accompagner. La nuit ne m'avait pas rendu ma voix. Un filet à peine audible me permettait éventuellement de communiquer. Nous sommes arrivés au commissariat sous le grand parapluie noir de papa. Nous avons croisé les jumeaux suivis de leur oncle dans l'entrée. Adil, Aden et monsieur Mansour nous ont poliment salués. Gueule de travers, l'inspecteur arborait son désagréable petit sourire. Il est venu à notre rencontre dans le couloir et nous a introduits dans ce qui était, selon ce que me révélait ma culture cinématographique, une salle d'interrogatoire. Pas de doute, une table, des chaises, un micro pour les enregistrements, une caméra fixée au plafond, et un grand miroir, sans tain à coup sûr, qui occupait l'entièreté d'un pan de mur et derrière lequel de mystérieux voyeurs nous observaient. L'inspectrice Lisbeth Van Belle était assise à la table et prenait des notes dans un cahier aux pages lignées. J'ai constaté que ses seins l'accompagnaient fidèlement. Je ne comprenais pas d'où me venait cette fixation pour son anatomie en ces circonstances. Je me suis dit qu'elle me rassurait. Par contre, pas de trace de son revolver. Je l'imaginais sous clé au fond d'un tiroir. L'inspectrice a refermé son cahier et posé son stylo à bille, un Parker classique, sur la couverture écarlate. Elle a salué mon père et s'est présentée. Elle nous a indiqué les chaises devant la table, nous nous sommes assis.

— Bonjour, Melvil.

J'ai articulé un pénible :

— Bonjour, madame.

— Tu as pris froid ?

— Oui.

Je l'ai entendue marmonner quelque chose de vulgaire concernant le temps. J'ai trouvé ça excitant. L'inspecteur a pris une chaise et s'est installé en retrait près de l'entrée. L'inspectrice a repris son stylo et s'est laissée aller au fond de son siège, les bras posés sur les accoudoirs. Elle m'a considéré un instant en plissant légèrement les yeux. Vous en avez des secrets, toi et tes camarades, elle a dit. J'ai levé légèrement les épaules en fronçant les sourcils, histoire de lui faire comprendre que je ne voyais pas trop de quoi elle parlait. Elle a précisé sa pensée en mentionnant que les conversations qu'elle et l'inspecteur Leroy avaient menées avec mes amis éclairaient beaucoup la situation. Si nous nous voyions peu, même pas tous les étés – exact ? –, le lien qui me liait à Léa Vanderlinden s'était intensément ravivé et l'on pouvait communément en conclure que j'étais amoureux d'elle. Je savais que la police aurait tôt ou tard vent de cela, je l'ai dit. C'était donc par conséquent plus tôt que tard. J'étais un peu gêné d'aborder le sujet devant mon père, mais j'ai résolu d'acquiescer.

— Et c'était réciproque ?

— À la façon de Léa. Oui.

Des lambeaux de voix sortaient péniblement de ma gorge.

— C'est à dire ?

— Le monde tourne comme elle le veut, elle.

— Mais encore ?

— Léa n'est pas dans le monde. Léa regarde le monde, et c'est elle qui décide comment il tourne. Ce n'est pas la même chose.

— Et comment prenais-tu cette situation, Melvil ?

Le regard de mon père était posé sur moi. La question directe me mettait mal à l'aise. J'ai inspiré profondément et j'ai dit qu'elle me déroutait. Enfin, j'ai produit le mouvement des lèvres nécessaire, mais aucun son ne l'a accompagné. Lisbeth Van Belle m'a tendu une feuille de papier et son stylo à bille Parker.

— Oui. Je ne comprenais pas bien ce qui se passait.

— Peux-tu préciser ?

Je sentais la pièce rétrécir et les murs m'oppresser.

— Qu'est-ce que tu ne comprenais pas ?

— Peut-être que...

J'ai demandé si je pouvais avoir un verre d'eau. Un geste

de Van Belle a suffit et Leroy s'est levé et a quitté la pièce, il est revenu moins d'une minute plus tard un verre à la main. J'ai aussitôt avalé une gorgée.

— Qu'est-ce que tu ne comprenais pas, Melvil ?

J'ai bu une nouvelle gorgée. Je me suis dit qu'après tout, je n'avais rien à cacher et que dévoiler ma vie privée devant des policiers, c'était un peu comme m'exécuter devant Gabriel et ses larbins à l'école primaire, baisser mon pantalon et attendre que ça passe. Ici, je le supposais, avec les coups en moins. J'ai partagé ma réponse entre la parole et l'écrit. J'étais en sueur, mais c'était certainement parce que la température était étouffante dans cette petite pièce.

— Je ne comprenais pas pourquoi je recevais beaucoup et puis tout-à-coup plus rien. De l'attention, de la tendresse, et puis plus rien durant plusieurs jours, selon les impératifs du calendrier de Léa.

Ma gorge s'est nouée douloureusement et des larmes ont roulé malgré moi sur mes joues. J'ai essayé de retenir les suivantes, mais c'était au-dessus de mes forces. Je me suis dit qu'après ces jours de tension j'étais épuisé. Je me sentais petit, démuni et abandonné. Décidément, la météo était pourrie. Mon père se tortillait sur sa chaise. L'inspectrice m'a tendu un mouchoir. J'ai respiré fort son parfum. J'ai repris quelques couleurs.

— Léa avait toujours les cartes entre ses mains. Elle décidait de tout.

— Nous avons appris un certain nombre de choses de cet ordre. Il semblerait que Gabriel Maussin ait subi, à peu de choses près, le même traitement que toi.

Je ne savais pas si je devais répondre. Leroy s'est levé dans mon dos. Il a commencé à marcher d'un mur à l'autre.

— Tu étais au courant ?

— Oui. À force, nous nous sommes rendu compte que... Enfin, Gabriel est venu me voir. C'est lui qui a compris le premier ce qui se passait.

— Vous étiez fâchés ?

— Non.

— Pas de tension entre vous ?

— Non. Nous sommes amis. Nous nous respectons. Nous avons parlé. À la fin, Gabriel a déclaré que nous avions un sérieux problème.

— Un problème ?

— Un sac de nœuds à démêler.

— Une alliance, alors ? Peut-être que vous avez décidé de vous venger tous les deux ?

Leroy était quelque part derrière moi. Tout à coup, il m'a parlé dans l'oreille.

— Cette salope méritait une bonne correction, non ?

J'ai sursauté. Pourquoi est-ce que cette petite merde traitait Léa de salope ? J'avais mal aux doigts tellement je serrais le mouchoir dans ma main. Mon père a bredouillé vaincu par l'émotion.

— Mais... Mais que voulez-vous dire, monsieur ?

Il dévisageait Leroy un point d'interrogation tatoué sur le front. Le flic a poursuivi :

— Elle s'est bien foutue de vos petites gueules.

— Mais...

— Merci, inspecteur, mais je ne pense pas que ce soit nécessaire.

Lisbeth Van Belle jetait un regard glacial à l'inspecteur qui était toujours derrière moi. Mon père, légèrement essoufflé, serrait les poings sur ses genoux. L'inspecteur est retourné, à contrecœur, s'assoir sur sa chaise. Le chien regagnait sa niche la queue entre les jambes après la réprimande de sa maîtresse. Mon indice de haine était au plus haut. Je lui aurais volontiers fichu mes poings dans la gueule jusqu'à ce qu'il en crève. J'ai posé le mouchoir sur la table. Les seins de l'inspectrice étaient un refuge, je désirais furieusement m'y enfouir et n'en partir jamais. J'avais honte de mon obsession. J'ai baissé les yeux vers le sol.

— Que s'est-il passé, Melvil ?

— Je n'en sais rien, madame. Jamais je n'aurais levé la main sur Léa.

— Et Gabriel ?

— Je n'en sais rien... Je ne crois pas.

— Est-ce qu'il est violent ?

Gabriel avait un jour tenté de me noyer, Gabriel m'avait envoyé son poing dans l'estomac au début de l'été, mais j'étais convaincu qu'il aurait été incapable d'agresser Léa. Je me suis tu.

— Gabriel est mon ami. J'avais rendez-vous avec Léa vendredi dernier. Elle n'est jamais venue. Je suis resté dans la forêt comme un imbécile. Deux heures après l'heure de notre rendez-vous, j'étais toujours là-bas à me poser des questions. Gabriel a déboulé sur sa moto, il pensait la trouver avec moi. C'est à ce moment-là, devant ma déconfiture, qu'il m'a appris que Léa jouait avec nos pommes.

L'inspectrice a posé les mains sur la table et s'est penchée vers moi.

— Et vous n'avez pas conçu un plan pour lui faire passer le goût du jeu ? Vous avez peut-être voulu lui faire peur, l'impressionner et les choses ont mal tourné. Si c'est un accident, il faut me le dire, Melvil.

— Non. Non, madame, vous vous trompez. Nous ne l'avons pas revue. Ni lui ni moi. Nous avons décidé d'attendre et de lui parler tous les deux, sérieusement, lorsqu'elle reparaîtrait. Nous voulions trouver une solution pour nous libérer de son emprise. On s'appelait tous les jours en espérant que l'autre ait reçu des nouvelles.

— Et les marques sur tes bras ? Peux-tu relever tes manches et me montrer à nouveau tes bras, Melvil ?

Montrer mes bras, s'il n'y avait que ça pour lui faire plaisir. J'ai retroussé mes manches et présenté mes bras.

— Si tu ne t'es battu avec personne, peux-tu m'expliquer d'où te viennent ces marques, ces griffures ?

— Ça ?

Qu'est-ce qu'elle pouvait comprendre à ça ?

— C'est l'île au trésor, la semaine dernière.

— Tu peux préciser ?

— C'est une jungle en face de chez moi de l'autre côté de la rivière. J'y jouais quand j'étais petit. Je ne sais pas pourquoi, j'ai voulu y retourner, mais avec le temps les buissons et les ronciers sont devenus inextricables. Je n'ai pas réussi à y entrer. Je me suis esquinté les bras. Les jambes aussi.

— Je vais appeler le médecin légiste pour qu'il examine ces blessures. Tu es d'accord ?

*

Le médecin était un grand type avec une tête sympathique. Il m'a dit *salut, man* et s'est penché pour m'examiner les avant-bras à la loupe. Il a pris des photos. Il m'a posé quelques questions. Il a aussi examiné mes doigts et gratté sous mes ongles. Il a glissé ses bâtonnets dans des tubes en verre. Il m'a dit merci. Et puis *au revoir, man*. J'ai pensé qu'il était sympa. Il est sorti avec l'inspectrice. Sourire de travers a gardé le cul sur sa chaise en se curant les dents. L'inspectrice est revenue. Selon le légiste, mes blessures avaient bien l'air de ce que j'avais raconté. Elles étaient pratiquement cicatrisées et certainement antérieures à la mort de Léa Vanderlinden. Il allait analyser ce qu'il y avait sous mes ongles pour être certain. Mais apparemment, j'étais clean – c'était son expression.

*

Nous n'avons pas échangé un mot, mon père et moi, sur le chemin du retour. Et bien après encore. Je supposais qu'il avait des questions à me poser mais que mon extinction de voix lui accordait un sursis dont sa pudeur s'accommodait volontiers.

Je ne parvenais pas à admettre la disparition de Léa. Mon esprit rétif mettait, chaque fois que j'y pensais, un temps fou à sortir de son fouillis le mot mort, et lorsqu'il y parvenait, je restais muet et immobile, le tournant et retournant dans tous les sens, comme un mot neuf dont il me fallait chercher la définition dans le dictionnaire.

J'imaginais les déductions de Van Belle et Leroy, les hypothèses qu'ils échafaudaient. J'étais hébété de fatigue, assommé. J'entendais par moments l'insinuation désagréable de l'inspecteur dans la salle d'interrogatoire, et je fouillais mes souvenirs pour être certain que nous n'avions pas, Gabriel et moi, forgé la plus terrible des vengeances. N'avions-nous pas sévi durant une nuit ? Non. Il n'avait jamais été question de cela. Nous voulions parler. Et régler cette histoire. Nous n'étions pas des assassins.

En rentrant, mon père avait jeté le journal du jour sur la table, puis il avait disparu à l'étage, je pense qu'il téléphonait à maman. J'ai étalé le quotidien. Le feuilleton du rachat de l'abattoir était encore à la une en compagnie du

Maire de la ville qui, contre vents et marées, se représenterait aux prochaines élections. Les suites de la disparition de Léa Vanderlinden étaient annoncées plus loin. J'ai tourné la page. Il y avait une photo. Elle avait à coup sûr fuité de la médecine légale. C'était une photo du corps de Léa qui illustrait un article au titre tapageur : L'assassin se cache-t-il parmi les amis de la jeune fille ? Elle gisait, la tête formant un angle étrange avec ses épaules, le corps reposant dans un massif de roseaux qui la dissimulait. Ses yeux étaient cachés sous un bandeau noir – c'est comme ça que l'on procède avec les mineurs – mais j'étais sûr que derrière, grands ouverts, ils tentaient de boire le ciel. J'ai compris que je ne la reverrais plus jamais. J'ai pensé qu'elle était la personne que j'avais le plus aimée et la personne pour laquelle j'avais le plus pleuré dans ma vie. Et à cet instant, toutes mes digues intérieures ont cédé. J'étais en deuil.

*

C'est à la radio, le lendemain vers midi, que j'ai entendu qu'un individu suspect avait été interpellé dans le cadre de l'enquête concernant la mort de Léa. Le communiqué laconique n'en disait pas beaucoup plus. Le suspect était interrogé par les policiers chargés de l'enquête. J'ai appelé Gabriel, son numéro n'était pas en service. Lorient a décroché à la première sonnerie. Il était tendu et anxieux.

— C'est lui, Melvil. C'est Gabriel qu'ils ont arrêté. Mon père et quelques ouvriers des abattoirs étaient convoqués ce matin, ils étaient au commissariat quand les enquêteurs ont débarqué avec Gabriel.

— Je ne le crois pas.

— Si. Malheureusement. J'espère que…

— Quoi ?
— Non rien…
— À quoi tu penses ?
— Rien, je te dis.
— Mais pourquoi Gabriel ?

*

C'était à la télévision au journal du soir : Gabriel avait avoué. Mais Gabriel avait avoué quoi ? La nouvelle ne passait pas. Nous savions tous que Gabriel pouvait être violent. Inévitablement, un doute s'était insinué. Nous avons forgé des hypothèses, plus ou moins vraisemblables. J'affirmais pourtant que je ne croyais pas que Gabriel ait pu commettre une chose pareille. Nos regards se sont perdus droit devant nous et le silence s'est installé. Puis Luisa est sortie de sa léthargie, elle a commencé à répéter à tout bout de champ que la réalité dépassait la fiction, me poussant lentement mais sûrement vers l'exaspération. Lorient a temporisé, insistant pour que nous gardions notre calme. Nous n'allions pas en plus nous chamailler. Il fallait garder la tête froide et réfléchir. Mais nos délibérations furent de courte durée, le récit de Gabriel ne correspondait pas aux observations scientifiques. La victime avait lutté, des bleus sur ses poignets en attestaient. Gabriel ne portait aucune marque, pas de trace de coups, pas de griffures… Il était également très vague quant à l'endroit exact d'où il avait précipité Léa dans le vide. Plusieurs détails allaient à l'encontre de ses aveux. Bref, ils ne tenaient pas. L'unique élément susceptible d'attirer sur lui l'ombre de la suspicion était la découverte dans la pinède non loin de la falaise d'un objet lui appartenant : la figurine représentant Eddy Merckx qui provenait de son porte-clés. Mais il pouvait l'avoir perdue n'importe quand – je supposais la semaine précédente lorsqu'il nous avait suivis, Léa et moi. De surcroit, Gabriel était mineur, il fut donc relâché le lendemain. Je gardais pourtant à l'esprit que le motard, Gabriel, portait toujours un blouson et que s'il s'était opposé à la victime, son cuir l'avait protégé des marques de lutte.

*

— Qu'est-ce qui t'a pris d'avouer ?
— J'avais besoin de me défouler.
— Tu es dingue, Gabriel.
— Dire que je l'avais tuée, c'était comme si je l'avais fait, vraiment. Ça m'a soulagé un moment.
— Tu aurais pu commettre une chose pareille ?
— Peut-être que j'aurais été capable de la pousser de là-haut, cette peste. Pas toi ?
— Moi ? Non, jamais.

*

La police interrogea à nouveau la plupart d'entre nous, mais rien ne permettait de lever le brouillard dans lequel les enquêteurs s'empêtraient. À la mi-août, une nouvelle hypothèse avançait l'idée d'une liaison avec un inconnu et qu'il était possible qu'une dispute ait mal tourné. La semaine suivante, la police émettait l'idée que la jeune fille, inconsolable après avoir été abandonnée par l'inconnu, avait peut-être accompli seule l'acte désespéré. Je considérais cette présomption comme nulle et non avenue – avec qui se serait-elle querellée ? J'estimais que celui ou celle qui avait émis cette idée avait de la compote dans la cafetière. Léa n'était pas suicidaire, bien au contraire, elle vivait plusieurs vies. Où la police pouvait-elle aller chercher de telles inepties ? Décidément, les enquêteurs écrivaient un très mauvais polar.

À la rentrée suivante, les journaux ne parlaient plus du sinistre fait divers. L'enquête enlisée ne conduisait nulle part. Le temps, une fois de plus, était à l'œuvre, menant son travail d'usure. La tragédie se figeait peu à peu prenant la forme d'un dossier où les pièces ajoutées, nombreuses au début de l'enquête, devenaient de plus en plus rares. L'anonymat d'un numéro de classement prenait le pas sur le nom de la victime. Vivante ou morte, Léa était insaisissable. Le mystère demeurait et le casse-tête complet. Je finis par considérer que ce mystère correspondait au personnage qu'avait été et serait toujours pour moi Léa, une énigme, tant que je me souviendrais d'elle. Je croisais de temps à autre l'inspectrice et son clébard, elle me saluait et, immanquablement, je rougissais. Une nouvelle étoile scintillait au Panthéon de mes spéculations érotiques, je rêvais parfois de Lisbeth Van Belle, songeries brûlantes où mes lèvres et mes mains s'acharnaient sur ses seins.

Nous avons accompli notre deuil. Léa devenait le personnage central d'une sorte de récit mythologique que nous évoquions lorsque certains soirs nous étions rattrapés par nos souvenirs. Nous parlions alors durant des heures, à voix basse, à la lueur des bougies.

Luisa était là. Toujours présente. À distance pourtant. Elle m'attendait, je crois.

*

Au début de l'automne, la santé de maman s'est améliorée. Durant quelques semaines la vie a repris presque normalement à la maison. Mon père était enjoué, heureux de retrouver son épouse dans son foyer, malgré la fatigue causée par son surcroît de travail. Mais je surprenais parfois de la tristesse dans son regard lorsqu'il l'observait à la dérobée. Il est même arrivé que maman se remette au piano, pas trop longtemps bien sûr, mais ces précieuses minutes nous berçaient dans l'illusion que la vie reprenait comme avant. Je tâchais d'accomplir au mieux mes obligations scolaires, tentant de me plier à la discipline qu'exigeait un travail régulier et mes notes s'en ressentirent à la grande satisfaction maternelle. C'était le moins que je puisse faire pour elle.

Puis, comme nous nous y attendions, sa santé se dégrada à nouveau. Les analyses dévoilèrent une reprise de la maladie. Maman avait des accès de grande faiblesse et chutait parfois lourdement. Nous nous sommes résignés à une nouvelle hospitalisation. Même si nous étions préparés à cette épreuve, nous ne fûmes pas épargnés par la douleur. La mélancolie reprit le dessus. La maison redevint silencieuse et vide. Le couvercle du piano s'était refermé pour toujours. Et mon père s'obstinait à faire tourner ses putains de glaçons dans son verre. En décembre, dans ma classe, le calendrier m'hypnotisait. Chaque jour représentait une étape d'un lancinant décompte. L'ombre de la mort se glissait à nouveau dans mes pas. Je savais qu'au pire, j'allais voir mon père apparaître à l'école avant les vacances de Noël et que je le suivrais sans rien dire. Il nous conduirait en silence à l'hôpital. Ma mère serait là, pâle, effacée par sa maigreur, allongée entre des draps immaculés. Nous nous assiérions sur les chaises un peu dures de part et d'autre du lit. Nous prendrions chacun une de ses mains dans les nôtres et nous attendrions en silence que se taise le signal vital envoyé par la machine. Je connaissais ce scénario tragique par cœur. Et c'est sans doute de l'avoir possédé si précisément, que je ne manifestais ni hésitation ni maladresse lorsque les dés furent jetés. C'est donc exactement ce qu'il advint le vingt-trois décembre de cette année-là, vers vingt et une heures.

Dernier mouvement

I

TANT d'années me séparent de ces jours-là. Aujourd'hui, j'ai cinquante ans. Enfin, je les ai eus au début de l'été dernier. De l'écrire, j'ai l'impression que c'est une blague. Je n'aurais pas la sensation d'avoir beaucoup plus de seize ans, si des cheveux blancs et quelques douleurs articulaires persistantes ne m'affirmaient le contraire. J'ai, ces derniers temps, le sentiment étrange d'avoir oublié une part de ma vie. Sans doute est-ce d'avoir remué ces derniers mois mes années d'adolescence, d'avoir concentré toute mon attention sur cette période, qui me donne la sensation d'avoir eu la tête et les mains vides depuis la mort de ma mère. Et pourtant, j'en ai fait. Il suffit que je tourne la tête vers la bibliothèque pour qu'elle en atteste : voilà à quoi se résume ma vie, quelques milliers de pages, des histoires… C'est somme toute, fort dérisoire.

J'ai pataugé longtemps sans me rendre compte que l'unique solution pour m'en sortir était de prendre une décision. Durant ces années décisives entre l'adolescence et l'âge adulte – selon l'archétype généralement utilisé – j'ai pensé, était-ce excès de gentillesse, que je pouvais encore tenter d'entrer dans le moule pour m'accomplir. Où était-ce tenter de plaire aux autres pour m'épanouir ? Cependant, absolument aucun des chemins que l'on m'invitait à suivre, aucune des routes que l'on me pressait de parcourir ne me convenait. Je tenais toujours plus que tout à ma liberté et à mon indépendance. Je ne m'imaginais pas – ou seulement dans mes cauchemars – accomplir le rituel quotidien de me rendre dans un bureau pour assurer un travail morne et répétitif. Je n'ai rien contre les employés de bureau, c'est ma personnalité qui ne s'accommode pas de cette activité. Être esclave de la paperasserie, non. Obéir à un supérieur me plonge dans un malaise profond. La sentence tomba donc, je la prononçai un soir me rendant enfin à l'évidence : les études, non. Les conventions, non. Je l'écrivis en caractères gras sur un drapeau que je plantai dans le champ lunaire de mes pensées, il était plus que temps de cesser de me mentir, j'allais m'embarquer à la conquête de mon imagination, toutes voiles dehors, je ne dévierais plus de la route que je me destinais, je ne céderais plus aux tergiversations qui postposaient ma résolution, mais j'assumerais le désir qui m'habitait depuis l'enfance, j'écrirais. Je me suis senti grandir, porté par cette primeur, cette révolution qui engageait mon existence. J'ai déniché – quelle veine – une excellente bouteille que j'avais oubliée au fond d'une armoire de la cuisine et j'ai bu à la santé de l'écrivain qui remuait dans mes entrailles. J'étais enceint, *parturiant* proche de la libération. J'allais accoucher de ma vie future. Devant moi s'étendaient à l'infini les chemins de la littérature. J'ai tripoté un moment cet infini ne sachant par quel bout de son immensité le prendre. Je n'étais plus trop certain d'avoir jamais su écrire. Que pouvait vouloir dire ce sujet-verbe-complément qui trottait dans ma tête ? Ma belle assurance était soudain ébranlée. Vous dites figures de style ? Quelle pouvait bien être la signification de ces mots : métaphore, hyperbole, oxymore ? Choisir d'écrire, la belle affaire ! Mais comment donc s'y prenait-on ? Ma détermination vacillait. J'ai pris un autre verre. Je me souviens m'être assis à ma table, l'estomac noué, en proie à une angoisse abyssale, certain de prendre la décision la plus stupide de mon existence et de ne jamais m'en remettre. Bon sang, mais était-il bien là, le sens de ma vie ? Durant plusieurs jours, je fus incapable de produire la moindre ligne. L'écran de mon ordinateur ouvert sur mon programme de traitement de texte restait désespérément vierge de toute trace d'activité. C'était un abîme vertigineux au fond duquel j'allais irrévocablement disparaître. Les lettres de mon clavier constituaient une improbable salade, un fatras incompréhensible dont les mystères me demeureraient cachés à jamais. La dépression me guettait. Tapie dans l'encoignure de la porte, elle mélangeait dans un seau le goudron avec lequel elle s'apprêtait à m'empoisser le cerveau. Je me disais que ma situation était désespérée et qu'il vaudrait peut-être mieux mettre fin à mes jours plutôt que d'endurer plus longtemps les tourments de la page blanche. Et c'est à cet instant précis qu'une petite musique mystérieuse est sortie du néant. Quelques notes issues de nulle part. Mes doigts se sont posés sur le clavier. Et le miracle a eu lieu. La neurasthénie, son goudron et ses plumes, se sont fracassés la trompette dans l'escalier en battant en retraite. Je n'en ai plus jamais entendu parler. Me laisser submerger par le doute, c'était oublier la puissance de la conviction. La petite musique ne m'a plus jamais quitté. Elle joue sans cesse dans les profondeurs de mon âme.

J'ai donc appris qu'écrire demande de la détermination, de la discipline, une réflexion constante, une pratique régulière, sans lesquelles toute velléité s'épuise. Et il faut avoir acquis cette ultime certitude : l'écriture est vaine, il s'agit d'un acte obstinément inabouti, insatisfaisant, qui demande par là même que l'on s'y remette indéfiniment. L'écrivain est une variété de Sysiphe reprenant sans fin son ouvrage, non part l'effet d'une condamnation, mais par celui d'une passion dévorante.

*

J'ai partagé avec Lorient – qui reste mon ami le plus cher – durant ses études de mise en scène et mes débuts en écriture, de longues discussions où nous évoquions la création. Le sens de la création. Que de discours ! Que de délires géniaux ou parfaitement stupides. Que d'admiration ou d'irrévérence envers nos aînés ! Notre jeunesse était ambitieuse. Et pourquoi ne pas la décrocher, cette lune ? Lorient vantait les mérites de la création collective et moi ceux de l'œuvre bâtie dans la solitude. Il jurait que l'aventure humaine fécondait la sincérité et la profondeur de la dramaturgie. J'assurais que l'écriture d'un livre était une longue forme de méditation solitaire, une introspection qui mettait en pleine lumière *les plusieurs* qui séjournaient en chacun de nous. Nous dilapidions des nuits entières dans son petit studio ou dans ma chambre de bonne, en buvant de la bière et du vin, en argumentant autour du théâtre et de la littérature. Sans nous en douter, nous creusions les fondations sur lesquelles nous bâtirions le metteur en scène et l'écrivain que nous sommes devenus.

Si nous avions des dispositions pour les carrières artistiques, leur accomplissement n'est advenu que grâce à l'opiniâtreté, à l'acharnement que nous avons déployé dans la pratique de nos métiers. Quelle chance unique d'ériger une passion en profession ! Et il n'était pas question de naviguer en dilettantes satisfaits, mais bien d'exercer nos métiers en virtuoses jamais apaisés.

Dans l'exercice de l'Art on ne cesse de débattre de la condition humaine. Dans l'exercice de l'Art la part de la douleur est égale à celle du plaisir. Dans l'exercice de l'Art, il n'existe qu'une véritable quête, celle de la beauté qu'il représente. La beauté étant une fois pour toutes fondamentalement subjective. Nous avons encore, Lorient et moi, des discussions interminables que nous arrosons plutôt de single malt, aujourd'hui. Et sans doute commençons-nous à radoter certains soirs. Mais nous sommes toujours vivants et nos pensées demeurent alertes.

Amoureux inconstant, Lorient avait quitté Swan dès son arrivée dans la capitale. Les coulisses des théâtres s'étaient révélées être des terrains d'approche formidables pour ce cavaleur émérite et souvent il y entrait avec un amant et en sortait avec un autre. Il s'est assagi, appointant le temps passé avec l'argent de ses cheveux. Il y a quelques années, il est tombé pleinement amoureux, il s'est marié et vit aujourd'hui avec son époux dans une rue du centre ville, à deux pas de la scène dont il a pris la direction.

Je vis à l'autre bout de la ville, non loin de la forêt. Mi-cul-terreux mi-bûcheron, je n'ai jamais pu m'en détacher. J'ai besoin des arbres. Après avoir marqué profondément mon enfance, ils sont restés au centre de ma vie. Leur présence est une nécessité. De la fenêtre de mon bureau, je peux observer la lisière du bois et les animaux qui s'aventurent parfois hors du secret des fourrés. J'ai lu, il y a quelques temps, une suite fascinante, *la Forêt des Mythagos*[1]. Je rêve toujours de me perdre dans l'espace-temps et de guetter les fantômes à l'instar des frères Huxley, héros de ce captivant voyage. Il existe toujours en moi un profond désir d'aventure. De l'aventure en chambre, composée devant l'écran de mon ordinateur. Je suis devenu une espèce de bourlingueur en pantoufles. Lorsque je regarde la forêt, je pense presque chaque fois au moulin de mon enfance, cet endroit qui était posé sur une faille spatio-temporelle oscillant sans cesse entre le réel et l'imaginaire. Ce lieu où j'ai grandi, ce port duquel appareillait mon imagination, prenant le large portée par mes rêves d'enfants. J'y suis retourné il y a quelques années, par curiosité, pour voir ce qu'il était devenu. Je n'aurais peut-être pas dû. Le moulin est aujourd'hui une brasserie à l'enseigne rouge criarde, une vaste terrasse l'entoure où s'alignent des tables sous des parasols arborant des marques de bière ou de soda. La plage de galets a disparu avec l'agrandissement de la retenue d'eau. Ce jour-là, plusieurs pédalos y évoluaient, transportant des grappes d'adolescents qui se jetaient à l'eau en poussant des cris. La jungle aussi s'était volatilisée laissant la place à une pelouse où des visiteurs somnolaient allongés sur des chaises longues au tissu bicolore. J'ai rebroussé chemin. J'ai hésité, mais je ne suis pas monté – sans doute avec raison – vers les Hauts-Sarts et Bois Vicomte à la recherche de la pinède. Rien n'est immuable, toute chose se transforme. Le temps est un travailleur opiniâtre, rien ne l'entrave jamais. Il faut bien s'y faire. Je suis rentré. Le chapitre de Pont-sur-l'Ambrée était définitivement clos.

[1] Cycle de *la Forêt des Mythagos* de Robert Holdstock, paru chez Denoël à partir de 1984.

*

Il y a un peu plus d'un quart de siècle, déterminée à lutter contre mon ophidiophobie[1], Luisa m'a entraîné dans une équipée printanière à travers la Sicile, cette terre merveilleuse de ses origines. Trois semaines de marche – quelques étapes en autobus aussi – sac au dos, de Palerme à Syracuse en passant par les sommets de l'Etna. Elle m'avait assuré que le printemps était idéal pour lutter contre ma répulsion, car lorsqu'ils sortent de leur hibernation, les reptiles – les serpents dans mon cas – sont dans un état comateux, affaibli par les mois d'inactivité, ils sont donc plus faciles à observer. Cette étude sur le terrain serait, selon elle, l'unique moyen de m'aider, guérir le mal par le mal. Je ne sais si ces créatures nous ont boudés, mais nous n'avons croisé sur notre route que *una biscia*, une couleuvre, écrasée par un tracteur sur un chemin de campagne. Et ma thérapie se révéla un échec faute de mise en pratique. Aujourd'hui, je frissonne toujours à la vue d'un serpent, quoique avec l'âge, il me semble que ma frayeur s'amenuise. Ce qui est par ailleurs incontestable c'est que ce voyage nous a sensiblement rapprochés. Sans doute assisté par les eaux turquoises des plages du sud, par l'air exaltant des montagnes, certainement éclairé par les cieux magnifiques des nuits de printemps, ai-je eu soudain une révélation devant les charmes de Luisa et tout aussi soudainement reconnu le piquant de son caractère et la séduction qui émanait d'elle. Ou nous sommes-nous simplement retrouvés bien des années après l'initiation fulgurante que nous avions vécue dans l'épaisseur de la jungle ? Je l'ai reconnue, elle qui m'attendait

[1] Phobie des serpents.

depuis si longtemps. Nous ne nous sommes plus quittés et nous nous sommes mariés quelques mois plus tard. Ce fut une belle et grande fête. Tout le monde y était, même Phil, les jumeaux Mansour, Agathe et son frère Noé, Jessie, que nous avions tracée sur les réseaux sociaux. C'est ce grand jour-là que nous avons revu Gabriel pour la dernière fois. Gabriel Maussin, le cauchemar de mon école primaire devenu mon improbable ami. Notre bon géant, toujours très classe, impeccable dans le costume noir qu'il portait sous sa combinaison de cuir de motard. Il était arrivé tard, le bruit de son engin couvrant presque la musique. Après nous avoir serrés dans ses bras, il avait porté un toast en notre honneur en insistant sur la patience de Luisa parce que j'avais mis un temps fou à déclarer mes sentiments ! Gabriel. Une bouffée de tendresse me traverse chaque fois que je pense à lui. Gabriel... Tout le monde a appris sa disparition avec la même stupéfaction, et personne n'a jamais compris ce qui lui était arrivé. Sa moto a été retrouvée au bord de la grand-route non loin des Hauts-Sarts. Intacte, posée sur sa béquille. De lui, aucune trace. La police l'a cherché dans les bois alentours. Il y a eu plusieurs battues. Sans résultat. Personne n'a jamais plus entendu parler de Gabriel Maussin. L'Hercule de notre enfance s'était volatilisé et le vide qu'il laissait derrière lui ne serait jamais comblé. J'ai pourtant souvent eu l'impression qu'il traînait non loin et qu'il veillait sur nous.

Nous avons des enfants, Livia et Lorenzo, qui sont adultes aujourd'hui. Livia vient de terminer des études d'archéologie et elle compte bien obtenir la faveur de travailler sur l'un ou l'autre chantier de fouilles de la terre d'origine de sa mère, cette Sicile qui regorge de traces, parfois spectaculaires, des différentes civilisations qui s'y sont implantées au cours des siècles. Après un parcours scolaire parfaitement chaotique qui a occasionné bien des soucis à ses parents, Lorenzo vient de rejoindre la troupe de Lorient. Je suis infiniment reconnaissant envers mon ami de toujours de permettre à notre fils de tenter cette aventure pour laquelle je sais qu'il a des dispositions, mais j'ignore totalement s'il aura la discipline indispensable à son accomplissement. Et puis, il y a l'imprévu, Anis l'espiègle, que nous avons adopté d'un commun accord familial il y a cinq ans et qui nous enchante aujourd'hui du haut de ses dix ans. C'est Luisa qui nous a secoués et sortis de notre torpeur. Un après-midi d'automne, elle nous a réunis pour nous exposer sa proposition : elle était excédée d'assister, sans y pouvoir rien, aux noyades répétées de ces gens exploités sans scrupules par des marchands de chair humaine. La mer de son enfance devenait un cimetière et cette réalité lui était insupportable. Il fallait urgemment réagir, s'engager, faire quelque chose ! Son idée était d'offrir des parents, un frère et une sœur, en un mot un foyer, à un enfant rescapé de cet ignoble marché. Livia et Lorenzo ont accepté immédiatement, j'avoue avoir été plus dur à la détente, on ne se refait pas. Luisa a piqué une colère, me traitant de vieil animal solitaire égoïste, ajoutant que je mourrais de faim, abandonné par tous, dans le labyrinthe d'une bibliothèque, parce que le papier, quoique j'en dise, personne n'en mangeait. Nous avons décidé tous les quatre d'accueillir Anis dans notre famille et je n'ai pas une once de regret d'avoir admis cette enfant lumineux dans le petit monde des Tournel.

Voilà pour notre histoire. Tout serait aujourd'hui pour le mieux, s'il n'y avait eu ce matin du mois dernier.

6

Je suis monté au grenier avec l'intention de rechercher des photos de l'époque. J'avais refusé de céder à cette tentation plus tôt et choisi de me fier à ma seule mémoire durant l'écriture de mon livre. Je voulais partir de mes souvenirs. Les laisser peu à peu s'éveiller, et tant pis si je travestissais la réalité. Je n'écrivais pas mes mémoires, mais je tentais de mettre sur papier la succession d'événements qui avait bouleversé mon adolescence. Ce qui m'intéressait, c'était de recueillir ce qu'il m'en restait aujourd'hui. De toute façon, peu de photographies on survécu au passage du temps, j'ai cette habitude, condamnée par certains, de jeter régulièrement ce qui ne me semble plus avoir d'intérêt. Même les images, fussent-elles de ma famille, de Luisa, de mes amis ou de moi. Mais je savais que je gardais des clichés de ma jeunesse dans une boîte à chaussures. La plupart avaient ressurgi de façon inattendue à la mort de mon père, qui lui, gardait tout. Le temps était donc venu de les exhumer, de les consulter, de les raccorder à mes souvenirs pour m'aider à conclure, à mettre un terme à cette écriture où pour la première fois de ma carrière j'avais décidé de livrer une part de ma vie en racontant la fin tragique de Léa Vanderlinden, durant l'été de mes seize ans.

Au début de notre vie commune, nous nous étions efforcés, Luisa et moi, à ranger cet endroit avec méthode, mais au fil des ans, nous y avions prêté de moins en moins d'attention et accumulé une quantité incroyable de cartons et d'objets divers. S'il n'avait tenu qu'à moi l'endroit serait vide depuis longtemps. Avec le temps notre grenier avait donc acquis toutes les caractéristiques d'un capharnaüm dont la seule vue décourageait toute initiative de rangement. De vagues souvenirs m'ont guidé vers une étagère peu accessible. J'ai déplacé de vieilles chaises, un lampadaire et une série de cartons empilés les uns sur les autres. J'ai repéré au sommet de l'étagère l'ancienne boîte de chaussures de sport. J'ai repoussé une pile de livres et attrapé l'objet de ma convoitise. Au moment où je l'ai soulevée, quelque chose est tombé sur le sol derrière l'étagère. Je n'y ai pas prêté tout de suite attention. Etais-je prêt au jaillissement des souvenirs ? J'ai ouvert la boîte. Nous étions bien là, Gabriel sur son vélo, Lorient, Léa, l'été de nos douze ans. Lorient, Gabriel, Luisa et moi sur le mur de la digue... Même Phil dans son maillot des Los Angeles Lakers. Et puis les étés suivants. Léa dans la splendeur de ses seize ans... Mes parents... Lorient et Swan, les jumeaux, Noé, Agathe et Jessie. Le moulin de mon enfance que mon père avait dû vendre après la mort de ma mère. Autre déchirure. Une puissante nostalgie s'est emparée de moi, un élan de tendresse pour nos bobines de gamins, et oui, je l'ai versée la petite larme. Voilà ce qui arrive quand on remue ce qui appartient au passé. Mais j'étais satisfait, j'avais là de quoi réveiller d'autres souvenirs, de nouvelles anecdotes, de quoi nourrir différents épisodes de mon récit et mettre ainsi la dernière main à mon travail. J'ai refermé la boîte et je me disposais à regagner mon bureau quand j'ai repensé à ce qui était tombé derrière l'étagère. J'ai décalé comme je le pouvais le meuble du mur et j'ai glissé le bras derrière. Mes doigts ont saisi une enveloppe brune poussiéreuse, sur laquelle mon nom était écrit. L'enveloppe ne me disait rien. Je n'en avais aucun souvenir. Je l'ai ouverte. Mille fois la nuit qui suivit, je me suis demandé pourquoi? Pourquoi la curiosité m'avait-elle poussé à accomplir ce geste anodin et pourtant irréparable? Je me suis assis sur un carton et j'ai répandu son contenu sur le sol. Il s'agissait de coupures de presse. C'était la plupart des articles qui avaient été consacrés à la mort de Léa. Mais il y avait autre chose, un objet dont la vue m'a mis le cœur en charpie. Sur le sol, au milieu des articles jaunis, je contemplais avec effroi le galet blanc aux fils d'or. La dernière fois que je l'avais vu, c'était le jour où après l'étreinte merveilleuse tant d'années plus tôt, je l'avais glissé dans la main de Léa. Je ne sais combien de temps je suis resté immobile, sidéré, incapable d'un mouvement, le cerveau pourtant en ébullition. À un moment, j'ai entendu Luisa m'appeler depuis le jardin.

Je suis descendu sur la pointe des pieds. J'ai attrapé ma veste. J'ai cherché mes clés de voiture en me déplaçant comme un fantôme. Luisa est entrée dans la cuisine.

— Melvil.

J'ai vu mes clés au crochet dans l'entrée. Je suis resté plaqué contre le mur. Luisa a traversé le hall, elle est montée à l'étage.

— Melvil, mon chéri?

J'ai saisi les clés, fermé la porte sans un bruit. Dans la voiture, j'ai éteint mon téléphone et j'ai roulé très longtemps sans but avant de m'enfermer dans une chambre d'hôtel. Je ne savais pas où j'étais. Je m'en fichais complètement. Je ne savais absolument pas quoi faire. J'ai vidé le frigo-bar.

*

J'ai dormi. À mon réveil, la nuit était noire. Je ne trouvais pas les interrupteurs. Je me suis cogné le genou contre un meuble en allant aux toilettes. La lumière de la salle de bains était glaciale. Je détestais cette lumière blanche, assassine. Je ne comprenais pas que l'on puisse vivre dans ce type d'éclairage. J'avais une sale gueule. Je me suis aspergé le visage. J'avais toujours une sale gueule. Je me suis rassuré en murmurant entre mes dents que c'était la faute de cette lumière de chambre froide. Je me suis laissé retomber sur le lit. J'ai allumé mon téléphone. Luisa m'avait envoyé plusieurs messages. J'ai regretté d'avoir activé l'appareil, mais que pouvais-je faire d'autre après le répit de quelques heures que je m'étais accordé? J'ai ouvert le premier message : *Tu as trouvé l'enveloppe. Il faut que nous parlions.*

Puis le second :*Je sais ce que tu crois, Melvil, mais tu te trompes, cette enveloppe, quelqu'un me l'a remise en me demandant de la garder et de te la remettre, si un jour je le jugeais nécessaire.*

Le troisième : *Quand nous avons emménagé ici, j'ai décidé de m'en remettre au hasard et de laisser cette enveloppe là-haut. De l'oublier.*

Je n'en croyais pas mes yeux, je lisais et relisais en boucle ces quelques phrases. Luisa avait reçu cette enveloppe des mains de *quelqu'un*... Ce *quelqu'un* sonnait terriblement faux. Soit Luisa connaissait parfaitement ce *quelqu'un* et elle me mentait, soit il n'y avait pas de *quelqu'un*, auquel cas elle me mentait également depuis le jour tragique de l'été de nos seize ans. Un rire nerveux m'a secoué mais il n'est pas sorti de ma bouche tellement je serrais les dents.

— Quatrième message : *Rentre, s'il te plaît. Rentre et je te dis ce que je sais.*

J'ai écrit : *Qui t'a remis cette enveloppe ?*

Son dernier message datait de vingt et une heures trente. J'ai remarqué qu'il était quatre heures du matin. Mais j'étais certain que Luisa ne dormait pas. Elle attendait. Elle attendait mon retour. Elle était blottie quelque part dans le noir, son téléphone entre les mains.

La réponse est arrivée : *Rentre.*

J'ai écrit : *Qui ?*

Une longue minute s'est étirée. Mon téléphone a glissé entre mes mains moites. Il est tombé avec un bruit sourd sur la moquette. L'écran s'est éclairé. J'ai ramassé l'appareil et consulté la réponse : *Rentre.*

*

Je n'avais aucune idée de l'endroit où j'étais. La veille, j'avais roulé au hasard, virant à gauche quand c'était possible, puis à droite, j'avais erré à l'aveugle, bouleversé, l'esprit malmené par d'infinies interrogations. Le navigateur de ma voiture m'a appris, et j'en suis resté bouche bée, que j'étais à l'Auberge de Bois Vicomte, sur la route n° 7 qui menait à Pont-sur-l'Ambrée. Pris de vertige, j'ai posé la tête sur le volant. J'ai respiré lentement durant plusieurs minutes. Le visage souriant de Léa un jour de cet été au bord de la rivière a surgi des profondeurs de ma mémoire.

On n'était donc jamais tranquille avec les souvenirs? Trente-quatre années ne suffisaient-elles pas pour enterrer les vieilles histoires?

*

J'ai pris la route. J'ai freiné brusquement quand j'ai aperçu le panneau presque effacé qui indiquait Les Sablières des Ardennes et derrière celui-ci un énorme placard publicitaire qui vantait la douceur de vivre Au domaine des Pins, un lotissement en construction dont les parcelles étaient en vente. Je me suis rangé sur le bas-côté. Je suis resté immobile, les yeux sur les caractères délavés, les premières lettres du mot sablières manquaient. Deux sensations jaillissaient du passé. Mes mains tremblaient, je sentais à nouveau sous mes doigts la peau brûlante de Léa et dans l'air des atomes de son odeur – était-ce celle des pins sur le bas côté de la route qui remplissait mes narines?

*

Je suis rentré. Lorsque je me suis arrêté devant la maison, je n'avais aucun souvenir du chemin que j'avais parcouru. J'avais voyagé sous l'effet d'une hypnose où se bousculaient les sensations physiques, parfois douloureuses, et de nouvelles hypothèses que mon esprit formulait pour expliquer la mort de Léa.

Un pâle jour d'automne se levait. Luisa était dans la cuisine. Anis enfilait son manteau pour se rendre à l'école. Il m'a sauté au cou. J'ai murmuré bonne journée, bonhomme. Il a jeté son sac sur son épaule et il est sorti, emportant sa bonne humeur. Une grande théière posée sur la table m'était destinée. Luisa m'a donc servi une tasse de thé chaud. La machine à espresso a rompu le silence durant quelques secondes. Elle a sucré son café et s'est assise. Son visage était grave mais impassible. Seule une petite veine battait sur sa tempe à la naissance de ses cheveux.

— Luisa, si c'est toi qui possèdes le galet… Si c'est toi…

J'ai vu qu'elle luttait intérieurement. Son front s'est plissé et ses mâchoires crispées ont durci son visage juste avant qu'elle n'éclate en sanglots. Sa détresse m'a touché. J'avais envie de la prendre dans mes bras mais j'étais vissé à ma chaise, plombé par la tournure des événements. Luisa s'est levée. Elle m'a dit qu'elle devait effectuer un appel. Elle est revenue le portable collé à l'oreille. Elle s'excusait pour l'heure matinale. Elle a prononcé une phrase, « Melvil a découvert l'enveloppe », puis elle a fait une courte pause et dit « merci ». J'ai remarqué un cheveu blanc qui lui avait échappé ; Luisa était intraitable avec les cheveux blancs.

— Il faut attendre qu'il soit là.

J'ai demandé, il faut attendre qui ? Luisa m'a supplié de ne plus lui poser de questions et de ne pas insister.

*

Il était un peu plus de huit heures lorsqu'on a sonné. Les mains de Luisa tremblaient. Je me suis levé. J'ai ouvert la porte d'entrée. Je n'ai pas été véritablement surpris de me retrouver face à Lorient. Il se tenait là, plus épouvantail que jamais, héron égaré loin des étangs, dans les arcanes improbables du monde des hommes. Nous nous sommes embrassés sans un mot, puis nous avons piétiné un instant dans le hall ne sachant lequel de nous passerait en premier. Nous avions l'air de deux idiots. Je me suis effacé et nous avons rejoint la table de la cuisine. J'ai attendu. Lorient et Luisa semblaient se recueillir et chercher un invisible soutien. Nous devions donner l'impression de participer à un culte méconnu, le rite d'une fraternité énigmatique dont le protocole imposait de tenter de se noyer par la pensée dans sa tasse. Après un silence qui m'a paru interminable, Lorient s'est laborieusement gratté la gorge et s'est tourné vers moi :

— Il faut d'abord que tu nous croies, Melvil, c'était un accident.

*

Durant cette lointaine semaine d'août, Luisa et Lorient s'étaient retrouvés dans le plus grand secret pour évoquer mon cas. Mon meilleur ami et ma future femme s'étaient naturellement compris. Depuis longtemps, ils avaient réalisé qu'ils partageaient une inclination commune pour Melvil Tournel et je les inquiétais. L'état dans lequel j'étais les inquiétait. L'état dans lequel cette espèce de *dinde*, de *pimbêche*, d'*allumeuse prétentieuse* me plongeait – ils alimentaient chaque jour leur florilège d'expressions aiguisant son discrédit. Ils se tracassaient aussi pour Gabriel qui semblait s'égarer chaque jour un peu plus et perdre tout contrôle… Ils avaient convenu d'organiser une rencontre avec Léa pour lui demander de mettre fin à son petit jeu ; exiger était sans doute un mot plus adéquat et ils étaient prêts à l'intimider si nécessaire. Mon regard glissait de l'un à l'autre. Je n'en croyais pas mes oreilles. Ils m'aimaient. Et cet amour ne supportait plus que la princesse abuse de ma crédulité. Une bouffée de colère m'a traversé, c'était vraiment sympathique de m'avoir pris à ce point pour un imbécile !

Bouffée aussitôt dégonflée quand j'ai réalisé que j'avais certainement été un bien malléable gogo pétri de naïveté. Et ainsi qu'il apparaît la plupart du temps, le premier dupé est bien évidemment le dernier à l'apprendre. J'avais les mains moites, j'avalais ma salive plus désorienté que jamais. Le rendez-vous avait été fixé au vendredi midi. Léa avait proposé la carrière. Les abords de la falaise parce que c'était un site magnifique qui lui plaisait énormément. Elle avait ajouté avec ironie que l'endroit était idéal pour ce moment historique d'une rencontre au sommet. Lorient et Luisa avaient refusé en chœur, invoquant qu'il s'agissait du trou du cul du bout du monde ! Léa avait insisté et il n'est plus besoin d'expliquer que personne ne lui résistait. C'était là, ou ils pouvaient toujours courir pour leur fichue causette à la noix. Donc, Lorient, Luisa et Léa s'étaient retrouvés là-haut. Léa les avait nargués en leur demandant pour qui ils se prenaient avec leurs tronches de redresseurs de torts. Ce n'était vraiment pas la peine de rouler des épaules, ils étaient ridicules. Elle n'avait de leçon à recevoir de personne. Elle avait commencé à jouer avec un caillou qu'elle faisait sauter dans sa main. Ils avaient reconnu mon galet blanc. Elle avait demandé s'il nous plaisait. C'est un cadeau de Melvil. Il est beau, n'est-ce pas ? Et à propos, même s'il offre des cailloux aux filles, Melvil n'est plus un bébé. Si les deux justiciers pouvaient cesser de le materner. C'est fou ce qu'il ira loin en restant dans sa couveuse. Foutez-lui la paix et foutez-moi la paix ! Ils avaient dit que c'était trop tard parce que le mal était fait. Qu'il était temps qu'elle réfléchisse aux conséquences de ses actes. Luisa avait haussé le ton, Léa l'avait giflée. Elles s'étaient empoignées, Lorient les avaient séparées. Puis Léa avait craché son maléfice, nous enjoignant à rentrer dans les ovaires de nos putains de mères et dans les couilles de nos abrutis de pères… et à ce moment-là, ils ne savaient pas ce qui s'était passé, il semblait qu'elle avait glissé sur les aiguilles de pin. Le sol s'était dérobé, elle avait lâché le caillou, ses bras avaient battu l'air, elle avait plissé le front et adressé à mes amis un regard interrogateur. Elle avait basculé sans un cri, dans un silence étrange et interminable. Puis, ils avaient entendu le bruit sourd de son corps à son arrivée au sol. Tétanisés, ils étaient demeurés de longues secondes en apnée. Puis ils s'étaient approchés du bord et avaient vu l'étrange position de la dépouille de Léa et ses yeux fixés vers le ciel. Lorient a ajouté que pendant des années, même s'il ne doutait pas que Léa se soit brisé la nuque, il avait pensé qu'ils auraient dû descendre et vérifier qu'elle ne respirait plus. Au lieu de cela, la panique s'était emparée d'eux, ils avaient ramassé le galet qui m'aurait certainement compromis – ni l'un ni l'autre n'en doutait – et conduit à subir une accusation de meurtre auquel j'étais totalement étranger. Ils avaient fui et ils s'étaient tus.

*

Une tristesse infinie s'est insinuée en moi, au fur et à mesure que remontaient à la surface les sensations oubliées des jours d'angoisse qui précédèrent la découverte de Léa dans le massif de roseaux. Mes amis m'avaient menti par omission. Leurs années de silence se dressaient soudain entre nous. Triste mur invisible et pourtant palpable.

Puis la douleur revint me visiter, une part de celle qui s'était emparée de moi lorsque sa mort fut confirmée, écho lointain de la blessure de mon adolescence. J'observais ce garçon que j'avais été, je le voyais plié en deux, les mains nouées sur son estomac, refusant d'admettre l'insoutenable vérité. Puis, plus tard, le cœur de ce garçon, à peine l'ombre de lui-même, le teint pâle, amaigri, ouvrir les portes de la penderie, se défaire des couleurs de la joie et enfiler en silence les habits sombres du deuil. Plus se précisaient mes souvenirs, plus vive était la souffrance qui émergeait du passé.

Tout reste en nous, nous enfouissons nos larmes comme nos morts, sans quoi il nous serait impossible de vivre sans devenir fou. La mémoire et le temps font un travail d'orfèvre, ils nous délivrent lentement des fantômes qui nous hantent, des douleurs qui nous ébranlent, ils les remisent à petits pas, jours après jours. Tout est rangé dans les tiroirs de la grande armoire, soigneusement, chronologiquement, chaque souvenir posé au côté d'un autre, leur combinaison complexe constitue les fondations, les murs et la charpente de notre être qui se transforme au fil des ans. Cet être qui chemine, incertain, du jour de sa naissance à celui de sa fin. Est-ce de cela que naît le discernement ou ce que l'on appelle la sagesse de l'âge ? Je n'approche, pour ma part, d'aucune sérénité. J'avance, sans obtenir de réponse, mais toujours plus d'hypothèses et de questions. Plus s'amassent mes interrogations sur l'existence, plus s'empare de moi l'intranquillité. Il ne s'agit pas d'un malaise ou d'un mal être. Il y a juste que j'ai une clé entre les doigts, je la tourne et la retourne en tous sens, indéfiniment, ne sachant à quelle serrure elle est destinée.

Je me suis demandé comment Luisa et Lorient avaient pu garder un tel secret durant toutes ces années, comment ne s'étaient-ils pas un jour trahis ? Pourquoi ne m'avoir pas tout raconté ? Pourquoi ne pas m'avoir dit la vérité ? Mais était-ce la vérité ?

Au bout de toutes ces années, j'ai choisi de ne pas leur en vouloir.

*

Je fais une promenade quotidienne. Généralement, en fin de matinée. Presque toujours la même. C'est un moment précieux, une sorte de rituel, une forme de méditation durant laquelle j'ébauche mon travail de l'après-midi. Je suis un écrivain de l'après-midi. Je n'ai jamais été du matin. J'aimais la nuit à mes débuts, lorsque je m'émancipais de mes maîtres en forgeant ma propre langue et que j'imaginais naïvement que l'herbe et le vin contribueraient à mon épanouissement créatif. Je réserve généralement les matins aux travaux pratiques, à toutes les questions administratives, aux courses, et parfois même au repassage lorsque la dame qui s'en charge habituellement n'est pas disponible ; Luisa n'est pas à proprement parler une femme d'intérieur. Nous étions donc au début de la semaine suivant les révélations. J'ai aperçu la silhouette. J'allais entrer dans le bois par l'habituelle allée qui m'y conduit depuis chez moi. La silhouette était assise sur un banc, diffuse et lointaine, mais je lisais quelque chose d'inexplicablement familier dans son attitude. J'ai poursuivi mon approche, mesurant mes pas, l'esprit en éveil, triturant la matière de ma perplexité. J'avançais dans le sous-bois. La silhouette demeurait immobile. Au fur et à mesure de ma progression, je ne distinguais nul mouvement. Une respiration peut-être. À une cinquantaine de mètres du banc, je me suis arrêté. Mon cœur s'est mis à battre plus rapidement. Les cheveux étaient grisonnants, mais l'air, l'allure, étaient les mêmes, à cette distance réduite, cette attitude je m'en rappelais comme hier. J'ai accéléré le pas, impatient d'apporter une réponse à mon intuition. J'ai ralenti pour franchir les derniers mètres. Il était là, dans cette position qu'il prenait chaque fois qu'il tentait de résoudre une énigme ou de susciter une réponse à une question, le corps déporté vers l'avant, les coudes posés sur les genoux et les yeux fouillant la terre à ses pieds. Sans un mot, nous avons échangé un long regard, puis je me suis assis à côté de Gabriel. Longtemps nous sommes restés silencieux, à l'écoute des frémissements de l'air dans les branches des arbres. Rien ne servait de nous précipiter. Combien d'années s'étaient écoulées ? Vingt-cinq ans depuis mon mariage avec Luisa et quelques mois de moins depuis son inexplicable et jamais résolue disparition.

— Quelle carrière, bravo. Tu es un écrivain célèbre.

Gabriel regardait les arbres devant lui. Il s'est tourné vers moi.

— Je ne savais pas… J'étais loin d'ici. Je n'ai rien lu.

— Tu te rattraperas…

Il a acquiescé d'un mouvement de tête. Une jeune femme est passée avec son chien qui est venu nous renifler. Elle s'est excusée. Peu importait. Elle s'est éloignée.

— Il y a une question qui me chipote depuis pas mal de temps. Depuis une éternité à vrai dire… Pourquoi est-ce que tu me tannais à ce point quand nous étions à l'école primaire ?

Une saute de vent a soulevé les feuilles à nos pieds. Des branches ont grincé dans les hauteurs des hêtres.

— Un microbe comme toi qui me tenait tête… Tu étais vraiment agaçant, Melvil. Quel casse-pied tu faisais ! J'ai vite compris que je n'arriverais jamais à te dresser. Tu devais le payer.

Un écureuil a pointé le museau et filé aussitôt le long d'un tronc. Nous nous sommes tus à nouveau durant plusieurs minutes, nous laissant le temps d'apprivoiser ces retrouvailles qui charriaient soudain un tombereau de souvenirs.

— J'avais dans l'idée de racheter ta moto quand la police l'a mise en vente publique. Ils font ça, au bout d'un temps, les flics, une vente publique de tous les objets trouvés non réclamés... Mais je me suis trompé de jour. Je veux dire que j'y suis allé le jeudi alors que c'était le mercredi, je...

J'ai vu passer l'ombre d'un sourire sur les lèvres de Gabriel. Il a soupiré légèrement.

— Tu parles d'un acte manqué.

J'ai hoché la tête une moue sur les lèvres.

— En fait, tu as eu de la chance, Melvil. Toi, c'est la 103, ton truc. Ma bécane t'aurait expédié sur Mars en moins de deux. Et on te chercherait encore.

— Parle pour toi.

Gabriel s'est redressé et s'est tourné vers moi.

— Oui. Au temps pour moi.

Un coup de vent un peu plus soutenu a balayé à nouveau les feuilles et la poussière à nos pieds. Gabriel a enfoncé ses mains dans les poches de son manteau.

— Tu connais l'Afrique ?

— Pas trop.

— À un moment, j'ai vraiment eu la bougeotte. J'ai bourlingué. J'ai un peu fichu le bordel du côté de Mogador [1] avant de traverser le Sahara pour sauver ma peau ; une histoire de fille, j'ai toujours eu tendance à me coucher là où il valait mieux que je m'abstienne, ne me demande pas de te raconter, ça n'en vaut pas la peine. J'ai traversé le désert à dos de chameau : des semaines de voyage que tu entames avec le mal de mer. Je te jure. Après ça, j'aurais pu monter sur n'importe quel rafiot dans n'importe quelle tempête avec un estomac en béton. Tindouf, Tombouctou, Goa, Agadès... Puis la descente vers le Cameroun, la Centrafrique et la plongée dans l'infini, Melvil, j'ai découvert la République du Congo. Je suis tombé amoureux de cette Afrique profonde, celle-là, avec sa puissance, ses croyances et ses rites, ses forêts, sa misère entretenue par une classe politique sans scrupules et des multinationales avides, sa joie, et sa nonchalance aussi. Je me suis rendu compte que j'aimais ces gens-là. Je me suis dit qu'à ma façon, je pouvais apporter des solutions pour leur simplifier la vie. Je me suis lancé dans le commerce. Tu te souviens des types qui se trimballaient en roulotte dans les westerns ? Ces espèces de fripouilles qui vendaient de la potion magique et des montagnes de bric-à-brac ? J'ai commencé comme ça, sauf que je ne commettais pas d'arnaque. J'étais droit dans mes bottes, je voulais vivre honnêtement.

Gabriel a gardé le silence un instant. Puis, il a soupiré :

— Je l'ai regretté, parfois.

Il a sorti de sa poche un paquet de cigarettes. Il me l'a présenté.

— J'ai arrêté, il y a plus de dix ans.

— Moi, je n'en suis pas encore là.

Il a glissé une cigarette entre ses lèvres. Son visage a disparu un instant derrière un nuage de fumée.

— Je n'aurai jamais le temps d'en finir avec le tabac, le palu aura ma peau avant.

Il a tiré une nouvelle fois et toussé dans son poing fermé.

— Tu sais, c'est une sacrée ambition, disparaître. Recommencer à zéro. Zéro, Melvil. Il faut être vraiment stupide pour agir comme je l'ai fait. Un coup de tête, et hop, je prends la poudre d'escampette ! Escamotage du bonhomme et départ pour une nouvelle vie. Maussin s'achète une nouvelle vie ! Avec son pedigree tout neuf,

[1] Ancien nom de la ville d'Essaouira, sur la côte Atlantique du Maroc.

voilà le guignol tout beau tout frais qui contemple son destin. L'aventure, tu sais. Ce foutu mythe de l'aventure. De la poussière, de la saleté, la faim, la soif, la peur nouée dans les tripes trop souvent. J'ai porté plus de chemises et de pantalons raides de crasse que personne au monde. J'ai chopé des chapelets de saloperies, des parasites, des infections, je te passe les détails, quelques coups de couteau aussi, et bien sûr cette malaria qui aura ma peau un jour ou l'autre. Cette cochonnerie s'installe et elle te tanne quand ça lui chante. Avec le temps, mes illusions se sont érodées. La morale et l'honnêteté sont des vertus dont les tropiques n'ont rien à foutre, ils les rongent peu à peu, et un jour, plus rien. Alors, on s'en moque et c'est chacun pour soi. J'ai beaucoup joué, j'en ai roulé plus d'un, souvent ma vie n'a tenu qu'à un fil, mais jouer, Melvil, jouer et gagner, il n'y a rien de meilleur. Bref ! Après vingt-cinq ans de magouilles, d'import-export, de trafics la plupart du temps – le problème du trafic, c'est que ça rapporte beaucoup, bien plus que tu ne peux imaginer… Après tout ce temps, je me suis dit que je ne voulais pas finir une balle dans le dos et jeté aux crocodiles ou dans la gueule de toute autre bestiole qui ferait son ordinaire de mes os avant de me mettre en ordre avec mon passé.

Je suis rentré pour te dire la vérité sur cette fichue journée de l'été de nos seize ans.

— Luisa et Lorient m'ont tout raconté. C'était un accident.

— Je ne pense pas. Pas exactement. Parlons d'un concours de circonstances, si tu veux, mais…

De la pointe de sa chaussure, Gabriel a longuement écrasé son mégot.

— C'était hier, cette putain de journée.

Il a laissé un moment son regard se perdre dans le vide, puis il a repris :

— J'avais compris que Lorient et Luisa tramaient quelque chose... Je les ai suivis, et quand j'ai compris où ils se rendaient, je les ai devancés. Quand elle m'a vu me pointer là-haut, Léa était furieuse. Elle devait imaginer que je l'avais suivie. Elle m'a demandé ce que je pouvais bien foutre là ? Qu'est-ce que je fichais encore dans ses pieds ? Pourquoi fallait-il que je la colle ? N'était-il pas possible de la laisser respirer ? Je lui ai dit de la fermer. Elle m'a regardé, pas certaine d'avoir bien entendu. Elle m'a demandé de répéter si j'en étais capable. Je lui ai attrapé les poignets et je lui ai dit à nouveau de la fermer et d'en finir une fois pour toute avec ses grands airs. Elle écumait de rage. Elle a crié que je lui faisais mal. Je lui ai dit que toi et moi nous en avions assez d'être les instruments de son petit jeu pervers et que nous comptions bien qu'elle nous fiche la paix. J'ai lâché ses poignets. Dans la seconde, elle a changé de registre. Elle m'a souri. Elle était vraiment très forte, une actrice incroyable. Mais mon chéri, Gabriel, de quoi est-ce que tu me parles ? Tu sais bien que c'est toi. Qu'il n'y a que toi, mon amour. Elle souriait. J'ai pensé qu'elle était folle. J'en ai frissonné. Mais son visage s'était adouci, plus une trace de colère, le vent poussait ses cheveux devant ses yeux et d'un geste, toujours le même, elle les repoussait. Je sentais qu'elle allait se jeter dans mes bras – je pouvais le lire dans son regard – et je sentais grandir en moi le désir de la serrer contre moi, je sentais déjà ses lèvres sur mon visage, puis sa langue qui chercherait la mienne.

Il a attrapé une nouvelle cigarette. J'écoutais le récit de Gabriel et malgré moi mon cœur se serrait à l'évocation du désir qui naissait en présence Léa.

— Je me suis dit que j'étais perdu. Mais, je ne sais quel instinct de survie m'a poussé à faire un pas en arrière. Elle a eu un mouvement de surprise. Et je crois qu'elle a glissé sur les aiguilles de pins. Tu sais, ces aiguilles qui s'amassaient. Quelques secondes auparavant elle souriait et soudain, elle tendait le bras vers moi. Tu comprends, c'était ce tapis d'aiguilles, c'est la seule explication. Pas un jour ne s'est écoulé, durant toutes ces années, sans que je revoie son regard à cet instant où, les bras battant l'air, elle a basculé dans le vide. Elle n'a pas crié, elle a juste disparu. À ce moment-là, j'ai vu Luisa et Lorient, immobiles sous les arbres, pétrifiés. Ils avaient assisté à toute la scène. J'ai remarqué aussi ton caillou par terre, Melvil. Toi et tes foutus galets ! Au point où nous en étions, nous avons scellé un pacte : on ne parlerait jamais de ce qui venait de se passer à personne. La seule exception, c'était toi. Nous avons décidé de garder le galet et de nous en remettre au hasard. De le laisser à ta portée. Si un jour tu le retrouvais, nous te raconterions exactement ce qui était advenu.

— Mais pourquoi, plus tard, as-tu avoué ?

— Je voulais brouiller les pistes. Je savais qu'un certain nombre de faits joueraient à mon avantage. Et puis ce coup de poker m'excitait terriblement.

— Toutes ces années tu es resté en contact avec Luisa et Lorient ?

— Non, j'ai véritablement disparu pour tout le monde. Je ne savais pas qu'ils t'avaient parlé… C'est un pur hasard que je sois revenu ces jours-ci.

— Ça n'existe pas, le hasard…

— Si tu le dis.

Gabriel a joué quelques instants avec son paquet de cigarette.

— On ne se reverra pas cette fois, Melvil. Je repars dans quelques heures. Et je vais rester là-bas.

Gabriel s'est tu. Nous sommes restés silencieux et immobiles de longues minutes, puis je me suis levé. Il m'a imité. On s'est regardé un moment comme deux andouilles, deux gamins avec leur couronne de cheveux blancs. On s'est pris dans les bras et on s'est serré fort. Puis nous nous sommes détachés. Gabriel m'a souri un peu tristement.

— Ce qu'on a pu l'aimer cette fille…

J'avais un goût bizarre dans la bouche. J'ai levé la tête, au-delà des frondaisons de lourds nuages couraient à travers le ciel. Il allait pleuvoir. J'ai fermé les yeux. Je me suis mis à courir dans le dédale de ma mémoire. C'était une course effrénée qui enchaînait des couloirs, des escaliers, des passages dissimulés, des ponts, des passerelles périlleuses dressées au-dessus du vide, mais dans cette plongée dans le labyrinthe de mes souvenirs nul vertige ne me paralysait. Je courais sans perdre haleine, sans effort et sans douter de la route à suivre. Puis, j'ai remarqué une petite porte sombre au-dessus de laquelle figurait un panneau marqué année 16. J'ai poussé le panneau et je suis entré dans une pièce étroite contenant une austère armoire. Je m'en suis approché. Elle contenait douze tiroirs de taille égale. L'un d'eux, estampillé juillet, était ouvert. Il contenait un compartiment pour chaque jour du mois. J'ai repoussé les classeurs jusqu'au jour escompté. Léa était là, penchée sur mes yeux, le souffle court, et moi, j'attrapais ses lèvres. J'ai contemplé les images durant quelques instants, puis, d'un geste résolu, j'ai refermé le tiroir. Les souvenirs se sont décomposés, l'armoire a disparu, les passerelles et les passages se sont effacés, les couloirs et les escaliers se sont évaporés. Le visage de Léa s'est dissous emporté par l'écoulement des années tandis que j'émergeais des profondeurs, aspiré par le présent. J'ai ouvert les yeux. Une goutte de pluie est tombée sur mon visage. Gabriel s'éloignait, ombre silencieuse, glissant entre les nuages de poussière soulevés par le vent. Quelques secondes plus tard, au détour d'une allée, il a disparu. Une sérénité qui m'était jusqu'alors inconnue se saisissait de mon âme. Un apaisement insoupçonné s'appliquait à endormir mes démons intérieurs.

Je suis rentré, le dos voûté sous la pluie qui s'épaississait. Chacun de mes pas m'éloignait un peu plus de cette année-là, celle de la mort de ma mère, et puis celle de ce sublime et effroyable été de mes seize ans. Dans la cuisine, sous les yeux attentifs d'Anis, Luisa découpait des tagliatelles dans la pâte qu'elle avait finement étalée sur la table, puis elle les disposait sur une ficelle tendue en travers de la pièce pour qu'elles sèchent. Tous les souvenirs surgis ces derniers mois des fouilles que j'avais entreprises regagnaient en silence leur compartiment *ad hoc*, certains se fourvoieraient, j'en étais certain, et disparaîtraient à jamais dans le dédale infini de ma mémoire. C'était le prix du repos.

DU MÊME AUTEUR

Théâtre

LE SOURIRE DE SAGAMORE, Lansman, 2002.
LES DENTS, Lansman, 2002.
APPOLINE LONLÈRE À ROME, *dans* ENFIN SEUL, Lansman, 2002.
BUREAU NATIONAL DES ALLOGÈNES, Lansman, 2002.
LE A, *dans* SANS ÉTAT D'ÂME, Éditions du Cerisier, 2003.
ORPHÉON ET LE RATON LAVEUR, Lansman 2004.
LE RAPPORT DES ENFANTS SUR L'ÉTAT DU MONDE, Lansman, 2004.
L'HUMANITÉ PLAGE, Lansman, 2004.
SI J'AVAIS SU J'AURAIS FAIT DES CHIENS, Lansman, 2005.
LE MINISTÈRE DES INTÉRIEURS, Lansman, 2006.
LE VENTRE DE LA BALEINE, Lansman, 2007.
PETITES PIÈCES POUR DIRE LE MONDE (CORO NERO / LE CHŒUR NOIR, LE RAPPORT DES ENFANTS SUR L'ÉTAT DU MONDE, LE MINISTÈRE DES INTÉRIEURS), Lansman, 2009.
LA DICTÉE, Lansman, 2009.
TANGO LUMBAGO, *dans* NOUVEAUX DÉSORDRES EUROPÉENS, Lansman, 2009.
LE SOURIRE DE L'ANGE, Lansman, 2011.
LE PETIT BOUCHER, Le Tarmac chez Lansman, 2011.
LE RÊVE D'ANGLETERRE, *dans* VA JUSQU'OÙ TU POURRAS, Lansman, 2013.
CLOD ET SON AUGUSTE/LE ROI BOHÈME, Lansman, 2013.
ET SI NOS PAS NOUS PORTENT, Lansman, 2013.
LA PRINCESSE, L'AILLEURS ET LES SIOUX, Éditions théâtrales, 2013.

LA GÊNE DU CLOWN, Lansman, 2014.

ET DANS LE TROU DE MON CŒUR, LE MONDE ENTIER, Lansman, 2015.

LA PROFONDEUR DES FORÊTS, Lansman, 2018.

LE COMPLEXE DE ROBINSON, Lansman, 2019.

MES PAPAS, L'OGRE ET MOI, Lansman, 2020.

CE QUE BALEINE VEUT, Lansman, 2021.

Romans

LA COMPAGNIE DE L'ÉPHÉMÈRE, Luce Wilquin, 2006.

LA MOITIÉ DU JOUR, IL FAIT NUIT, Luce Wilquin, 2011.

ROSALINDE MILLER, Luce Wilquin, 2014.

UN FOU DANS LA MANCHE, Luce Wilquin, 2015.

LE JOLI MONDE, Murmures des soirs, 2020.

Divers

QUELLES NOUVELLES, APOLLINE ? La Procure-Palombi editori, 2004.

BEYROUTH TANGO, ETC., *dans* ET LE MONDE REGARDE, LIBAN ÉTÉ 2006, Éditions du Cerisier, 2007.

LUCILLE DÉSORMAIS, *dans* 10 SUR 10, tome 1, Dramedition, 2015 (Pologne).

LA BOÎTE DE CRAYONS *et* LA CHANSON DES JOURS CASSÉS, *dans* 10 SUR 10, tome 2, Dramedition, 2016 (Pologne).

Achevé d'imprimer en mai deux mille vingt-deux.

Dépôt légal D2022/12689/64
Imprimé en Europe.